聊斋志异

第二册

〔清〕蒲松龄 著
李楠 编译

小髻

长山居民某，暇居，辄有短客来，久与攀谈。素不识其生平，颇注疑念。客曰：『三数日，将便徙居，与君比邻矣。』过四五日，又曰：『今已同里，旦晚可以承教。』问：『乔居何所？』亦不详告，但以手北指。自是，日辄一来，时向人假器具；或吝不与，则自失之。群疑其狐。村北有古冢，陷不可测，意必居此。共操兵杖往。伏听之，久无少异。一更向尽，闻穴中戢戢然，似数十百人作耳语。众寂不动。俄而尺许小人，连而出，至不可数。众噪起，并击之。杖杖皆火，瞬息四散。惟遗一小髻，如胡桃壳然，纱饰而金线。嗅之，臊臭不可言。

【译文】

长山县有一位居民，在家闲着没事干时，就会有个矮个子的客人来到家里，长时间地与他攀谈。他向来不认识这个矮个子客人，心中就有些疑虑。有一天，矮个客人说：『我过几天就会搬来和你做邻居了。』过了四五天，他又说：『我现在已经和你同住一地了，今后早早晚晚都可以向你请教。』问：『迁居在哪里？』他也不说出详细地址，只用手往北一指。以后，每天都来一次。经常向人借器具，如果有人不将东西借给他，那东西就无缘无故地坏了。因此，大家怀疑他是狐狸精。

村子北面有座古墓，深不见底。料想矮个客人一定住在那儿。大伙便一同带着武器来到古墓。到那之后埋伏了很久，也不见有什么动静。大约一更快尽时，忽听得墓穴中有叽叽喳喳的声音，好像有百十人在说悄悄话。大家屏住呼吸不动。不一会会，便见到尺把长的小人儿一个接一个从墓穴中走出，越来越多，数都数不清。大伙呐喊，一跃而上，举棒就打，每棒下去都迸出一阵火花，不一会儿，小人儿就散去不见了踪影。地上只留下了一个小小的发髻，像胡桃壳一样，用纱装饰而用金丝线缠绕。闻一闻，味道骚臭，难以形容。

连城

乔生，晋宁人。少负才名。年二十余，犹偃蹇。为人有肝胆。与顾生善，顾卒，时恤其妻子。邑宰以文相契重，宰终于任，家口淹滞不能归，生破产扶柩，往返二千余里。以故士林益重之，而家由此益替。史孝谦有女，字连城，工刺绣，知书。父娇爱之。出所刺『倦绣图』，征少年题咏，意在择婿。生献诗云：『慵鬟高髻绿婆娑，早向兰窗绣碧荷；刺到鸳鸯魂欲断，暗停针线蹙双蛾。』又赞挑绣之工云：『绣线挑来似写生，幅中花鸟自天成；当年织锦非长技，幸把回文感圣明。』女得诗喜，对父称赏。父贫之。女逢人辄称道；又遣媪矫父命，赠金以助灯火。生叹曰：『连城我知己也！』倾怀结想，如饥思啖。无何，女许字于鹾贾之子王化成，生始绝望；然梦魂中犹佩戴之。未几，女病瘵，沉痼不起。有西域头陀，自谓能疗；但须男子膺肉一钱，捣合药屑。史使人诣王家告婿。婿笑曰：『痴老翁，欲我剜心头肉也！』使返，史乃言于人曰：『有能割肉者妻之。』生闻而往，自出白刃，封膺授僧。血濡袍裤，僧敷药始止。合药三丸。三日服尽，疾若失。史将践其言，先告王。王怒，欲讼官。史乃设筵招生，以千金列几上，曰：『重负大德，请以相报。』因具白背盟之由。生怫然曰：『仆所以不爱膺肉者，聊以报知己耳。岂货肉哉！』拂袖而归。女闻之，意良不忍，托媪慰谕之。且云：『以彼才华，当不久落。天下何患无佳人？我梦不祥，三年必死，不必与人争此泉下物也。』生告媪曰：『「士为知己者死」，不以色也。诚恐连城未必真知我，但得真知我，不谐何害？』媪代女郎矢诚自剖。生曰：『果尔，相逢时，当为我一笑，死无憾！』媪既去，逾数日，生偶出，遇女自叔氏归，睨之。女秋波转顾，启齿嫣然。生大喜曰：『连城真知我者！』会王氏来议吉期，女前症又作，数月寻死。生往临吊，一痛而绝。史舁送其家。生自知已死，亦无所戚。出村去，犹冀一见连城。遥望南北一道，行人连绪如蚁，因亦混身杂迹其中。俄顷，入一廨署，值顾生，惊问：『君何得来？』即把手将送令归。生太息，言：『心事殊未了。』顾曰：『仆在此典牍，颇得委任。倘可效力，不惜也。』生问连城。顾即导生旋转多所，见连城与一白衣女郎，泪睫惨黛，藉坐廊隅。见生至，骤起似喜，略问所来。生曰：『卿死，仆何敢生！』连城泣曰：『如此负义人，尚不吐弃之，身殉何为？然已不能许君今生，愿矢来世耳。』生告顾曰：『有事君自去，仆乐死不愿生矣。但烦稽连城托生何里，行与俱去耳。』顾诺而去。白衣女郎问生何人，连城为缅述之。女郎闻之，若不胜悲。连城告生曰：『此妾同姓，小字宾娘，长沙史太守女。一路同来，遂相怜爱。』生视之，意态怜人。方欲研问，而顾已返，向生贺曰：『我为君平章已确，即教小娘子从君返魂，好否？』两人各喜。方将拜别，宾娘大哭曰：『姊去，我安归？乞垂怜救，妾为姊捧悦耳。』连城凄然，无所为计，转谋生。生又哀顾。顾难之，峻辞以为不可。生固强之。乃曰：『试妄为之。』去食顷而返，摇手曰：『何如！诚万分不能为力矣！』宾娘闻之，宛转娇啼，惟依连城肘下，恐其即去。惨怛无术，相对默默；而睹其愁颜戚容，使人肺腑酸柔。顾生愤然曰：『请携宾娘去。脱有愆尤，小生拚身受之！』宾娘乃喜，从生出。生忧其道远无侣。宾娘曰：『妾从君去，不愿归也。』生曰：『卿大痴矣。不归，何以得活也？他日至湖南，勿复走避，为幸多矣。』适有两媪摄牒赴长沙，生属宾娘，泣别而去。途中，连城行蹇缓，里余辄一息；凡十余息，始见里门。连城曰：『重生后，惧有反覆。请索妾骸骨来，妾以君家生，当无悔也。』生然之。偕归生家。女惕惕若不能步，生伫待之。女曰：『妾至此，四肢摇摇，似无所主。志恐不遂，尚宜审谋，不然，生后何能自由？』相将入侧厢中。默定少时，连城笑曰：『君憎妾耶？』生惊问其故。赧然曰：『恐事不谐，重负君矣。请先以鬼报也。』生喜，极尽欢恋。因徘徊不敢遽生，寄厢中者三日。连城曰：『谚有之：「丑妇终须见姑嫜。」戚戚于此，终非久计。』乃促生入。才至灵寝，豁然顿苏。家人惊异，进以汤水。生乃使人要史来，请得连城之尸，自言能活之。史喜，从其言。方舁入室，视之已醒。告父曰：『儿已委身乔郎矣，更无归理。如有变动，但仍一死！』史归，遣婢往役给奉。王闻，具词申理。官受赂，判归王。生愤懑欲死，亦无奈之。连城至王家，忿不饮食，惟乞速死。室无人，则带悬梁上。越日，益惫，殆将奄逝。王惧，送归史。史复舁归生。王知之，亦无如何，遂安焉。连城起，每念宾娘，欲遣信探之，以道远而艰于往。一日，家人进曰：『门有车马。』夫妇出视，则宾娘已至庭中矣。相见悲喜。太守亲诣送女，生延入。太守曰：『小女子赖君复生，誓不他适，今从其志。』生叩谢如礼。孝廉亦至，叙宗好焉。生名年，字大年。

异史氏曰：『一笑之知，许之以身，世人或议其痴；彼田横五百人，岂尽愚哉。此知希之贵，贤豪所以感结而不能自已也。顾茫茫海内，遂使锦绣才人，仅倾心于蛾眉之一笑也。悲夫！』

【译文】

有个姓乔的书生，是晋宁县的人，年少时非常有才气，可是到了二十多岁，却依旧穷困潦倒。乔生为人很讲义气，与人肝胆相照，待人友善。他和顾生是很好的朋友，顾生死后，乔生就经常接济他的妻子儿女。晋宁县县令因为乔生的文章写得好，十分器重他，后来县令死在任上，一家老少因为贫困滞留在晋宁县，无法返回故乡，乔生变卖了所有的家产，亲自护送棺柩，往返两千多里，把县令的棺柩和他的家人一齐送回家中故里。因为这个义举，当地的文人更加看重他，可是他的家业却更加衰落了。

当地姓史的举人有个女儿，名叫连城，她精于刺绣，而且知书达理，史举人十分宠爱她。史举人把女儿绣的《倦绣图》拿出来展示，征求少年才子就图题诗，目的是想为连城选个有才学的夫婿。乔生也前来应征献诗，道：『慵鬟高髻绿婆娑，早向兰窗绣碧荷。刺到鸳鸯魂欲断，暗停针线蹙双蛾。』乔生又题了一首赞美绣工精美的诗句：『绣线挑来似写生，幅中花鸟自天成。

当年织锦非长技，幸把回文感圣明。』连城看到这两首诗，非常喜欢，便对着父亲称赞乔生的才华，但史举人却嫌弃乔生太贫穷了。可是连城逢人便称赞乔生，她又派了个老妈子假借父亲的名义，给乔生送去一些银两，资助他读书。乔生感叹地说：『连城真是我的知己啊！』从此，乔生对连城倾心相思，如饥似渴地想念着她。

没过多久，连城被许配给一个名叫王化成的盐商的儿子，乔生感到很绝望，但是仍然对连城梦魂萦绕，无时无刻不在想着连城。没多久，连城患了痨病，一病不起。有个从西域来的和尚，自称能够治好连城的病，但是需要一钱男子胸口上的肉，捣碎后来配药。史举人派人到王家去告诉王化成，王化成笑着说：『你这个傻老头，是想要剜我心头肉啊！』便把派去的人又打发回来，史举人于是向众人宣布：『谁愿从自己身上割肉救我女儿，我就把女儿嫁给他。』乔生听到消息，就赶到史举人家，自己拿出一把刀子，从胸脯上割下一块肉，交给了西域和尚。鲜血染红了乔生的衣服，西域和尚给他敷上药后，血才止住。和尚将乔生的肉和药物做成了三个药丸，给连城分三天服下，病果然好了。史举人打算履行自己的诺言，把连城嫁给乔生。他先去跟王化成打了招呼，谁知道王化成大怒，要告状打官司。史举人无奈，只好摆下宴席将乔生请来，他把一千两银子放在桌子上，对乔生说：『辜负了先生的大恩大德，请允许我用这些银子报答您吧！』于是跟乔生说了毁约的缘由。乔生气愤地说：『我之所以不吝惜心头的肉，是为了报答知己，难道我是卖肉换银子吗！』说完，拂袖而去。

连城听说这件事后，心中很是不忍心，她托老妈子带话去劝慰乔生，还说：『像他这样有才华的人，想必不会长久落魄失意。还发愁天下没有好女子吗？我最近做了个梦，很不吉利，三年之内必定离开人世，不必和别人争我这个将死之人了。』乔生告诉老妈子说：『古人说：「士为知己者死」，我报答她不是为了她的美色。恐怕连城也未必真的了解我，如果她真的了解我，就算做不成夫妻又有何妨呢？』老妈子连忙替连城表白了她的一片真情。乔生说：『如果真是这样，今后我们相逢时，她如果对我笑一笑，我就死而无憾了！』

老妈子回去了，没过几天，乔生偶然出去，正好遇到连城从叔父家回来，乔生就从旁看着她。连城秋波顾盼，微微启齿，嫣然一笑。乔生大喜，说：『连城真是我的知己！』等到王家来商议婚期，连城便旧病复发，没几个月便死了。乔生前去吊唁，痛哭一场，也昏死了过去，史举人便派人把他送回家中。

乔生知道自己已经死了，也没什么好难过的。他走出村外，还想着再见一见连城。远远地看到有条南北大道，路上的行人像蚂蚁一样络绎不绝，乔生不知不觉也混杂在人群中。不一会儿，进入一座衙门，正碰上了他过去的好朋友顾生，顾生惊讶地问：『你怎么来了？』说着就挽着乔生的手要送他回去。乔生叹了一口气，说：『我的心事还没了结！』顾生说：『我在这里掌管文书案卷，很受上司信任。倘若有能为你效力的地方，我一定不惜全力。』乔生便向他问起连城，顾生带着他转了很多地方，终于看到连城和一个穿白衣服的女子在一起，连城表情凄然，泪眼婆娑，席地坐在一处走廊的角落里。连城看见乔生，立刻起身，好像很是喜出望外，问他是怎么来的。乔生说：『你死了，我怎么还能继续活在世上！』连城哭着说：『像我这样忘恩负义的人，你非但不唾弃我，何苦还要以身殉死？遗憾的是我今生今世不能许配给你了，但愿来世再续前缘。』乔生对顾生说：『你若有事就忙去吧，我宁可这样死也不想再活了。只想麻烦你查一查连城将要托生到什么地方，我要和她一同去。』顾生答应着走了。

那白衣少女问连城乔生是什么人，连城就为她一一讲述了往事。少女听后，心中不胜悲伤。连城告诉乔生说：『她和我同姓，小名叫宾娘，是长沙史太守的女儿。我们一路同来，就相互要好了。』乔生看了看宾娘，见她意态凄婉，惹人怜爱。正想要问什么，顾生已经返回来了，向乔生庆贺说：『我把你的事情办妥了，就让小娘子和你一起还魂回生，怎么样？』两人听后非常高兴。正想要拜别顾生，宾娘大哭说：『姐姐走去哪里啊？乞求你可怜可怜我，救我回去，我就是给姐姐当仆人也愿意。』连城听了心里很难过，想不出办法来，就和乔生商量，乔生又去哀求顾生。顾生非常为难，严词拒绝说不可以，乔生再三恳求，顾生只得说：『我去试试看吧。』去了有一顿饭的工夫，顾生就回来了，他摇着手说：『没办法！我实在无能为力了！』宾娘听后，又痛哭起来，偎依在连城的胳膊下恋恋不舍，唯恐她马上就走了。两人一筹莫展，相对无语，再看看宾娘那愁苦凄伤的样子，真让人心酸欲碎。顾生愤然挺身说道：『你们带着宾娘一起走吧。果真追究什么罪责，我豁出去一人承担，宾娘这才高兴起来，跟着乔生出来了。乔生担心她路途遥远没有伴，宾娘说：『我想跟你们走，不想回家了。』乔生说：『你太痴了。你不回家，怎么能活呢？以后我们到了湖南去，你不躲着我们，我们就很荣幸了！』正好有两个老婆婆带着公文要去长沙，乔生就把宾娘嘱托给她们，挥泪告别。

回家的路上，连城走得很慢，大约走一里多路就要歇息歇息，一路上歇息了十几次，才看见乡里的庄门。连城说：『我们重生后恐怕事情还会有反复，请你先去索要我的尸骨，然后我在你家活过来，他们就无法反悔了！』乔生认为很对。于是两人先去了乔生家，连城战战兢兢地好像迈不动步子似的，乔生就停下来等着她。连城说：『发抖，六神无主，深恐我们的心愿实现不了，我们应该好好谋划谋划，不然，我们重生后又怎么能自己做主呢？』两人相互搀扶着进入侧厢房，四目相对，过了很久谁也没说话，连城笑着说：『你厌恶我吗？』乔生惊讶地询问这是什么意思。连城害羞地说：『恐怕我们的事不能成就，那就太辜负你了。请让我先以鬼身以身相许吧。』乔生听后大喜，于是两人极尽欢娱。因为两人徘徊不决不敢急于还生，在厢房中一直待了三天。连城说：『俗话说：「丑媳妇终要见公婆」。我们在这里提心吊胆，终究不是长久之计。』于是催促乔生赶快进入灵堂。乔生刚走进灵堂，猛然苏醒过来。家人都很吃惊，赶紧给他喝了些汤水。乔生就派人去请史举人来，请求把连城的尸体交给他，说他能让连城复活。史举人大喜，听从了他的话，刚把连城抬进乔生家，一看连城已经活过来了。连城告诉父亲说：『女儿已将自己许配给乔郎了，再也没有回家的道理。父亲如果不允许，我只能一死了之了！』史举人回了家，便派了奴婢去乔家服侍连城。

王化成听说这件事后，立即写了状子告到官府，官府接受了王家的贿赂，把连城判给了王化成。乔生愤懑不堪，直想死去，但终究也没有什么办法。连城到了王家，气愤得不吃不喝，只求快点儿死去。连城见屋内没人，便把带子悬在梁上。过了一天，越发疲惫不堪，奄奄一息了。王化成害怕，就把她送回了史家，史举人又把她送到了乔生家。王化成知道了，也没有什么办法，只得听之任之。

连城病好后，常常想念宾娘，打算派使者探听她的情况，可是因为路途遥远，行路艰难，一直没有前去。一天，家人忽然进门禀报说：『门外来了很多车马。』乔生夫妇出门一看，看到宾娘已经在院子里了。三人相见，悲喜交集。史太守亲自把女儿送来了，乔生将他请进屋中。史太守说：『我女儿多亏你才能得以复生，所以她立誓不嫁别人，现在我听从了她的意愿！』乔生连忙叩头拜谢。史举人也来了，与史太守共叙了同宗情谊。乔生名年，字大年。

异史氏说：『因为一笑的契约，就以身相许，世人或许还会觉得他痴傻，那么西汉初年为田横而死的五百壮士，岂不都是愚昧痴傻！由此可以想到知己的稀少和珍贵了，所以贤人豪杰才会被知音的真情感动而不能自已。纵观茫茫天地，竟使才情锦绣的文人学士，仅仅倾心于貌美女子的嫣然一笑，着实可悲啊！』

商三官

故诸葛城，有商士禹者，士人也。以醉谑忤邑豪。豪嗾家奴乱捶之。舁归而死。禹二子，长曰臣，次曰礼。一女曰三官，年十六，出阁有期，以父故不果。两兄出讼，终岁不得结。婿家遣人参母，请从权毕姻事。母将许之。女进曰：『焉有父尸未寒而行吉礼？彼独无父母乎？』婿家闻之，惭而止。无何，两兄讼不得直，负屈归。举家悲愤。兄弟谋留父尸，张再讼之本。三官曰：『人被杀而不理，时事可知矣。天将为汝兄弟专生一阎罗包老耶？骨骸暴露，于心何忍矣。』二兄服其言，乃葬父。葬已，三官夜遁，不知所往。母惭怍，惟恐婿家知，不敢告族党，但嘱二子冥冥侦察之。几半年，杳不可寻。会豪诞辰，招优为戏。优人孙淳携二弟子往执役。其一王成，姿容平等，而音词清澈，群赞赏焉。其一李玉，貌韶秀如好女。呼令歌，辞以不稔；强之，所度曲半杂儿女俚谣，合座为之鼓掌。孙大惭，白主人：『此子从学未久，只解行觞耳。幸勿罪责。』即命行酒。玉往来给奉，善觑主人意向。豪悦之。酒阑人散，留与同寝。玉代豪拂榻解履，殷勤周至。醉语狎之，但有展笑。豪惑益甚，尽遣诸仆去，独留玉。玉伺诸仆去，阖扉下楗焉。诸仆就别室饮。移时，闻厅事中格格有声。一仆往觇之，见室内冥黑，寂不闻声。行将旋踵，忽有响声甚厉，如悬重物而断其索。亟问之，并无应者。呼众排阖入，则主人身首两断；玉自经死，绳绝堕地上，梁间颈际，残绠俨然。众大骇，传告内闼，群集莫解。众移玉尸于庭，觉其袜履，虚若无足；解之，则素舄如钩，盖女子也。益骇。呼孙淳诘之。淳骇极，不知所对。但云：『玉月前投作弟子，愿从寿主人，实不知从来。』以其服凶，疑是商家刺客。暂以二人逻守之。女貌如生；抚之，肢体温软。二人窃谋淫之。一人抱尸转侧，方将缓其结束，忽脑如物击，口血暴注，顷刻已死。其一大惊，告众。众敬若神明焉。且以告郡。郡官问臣及礼，并言：『不知。但妹亡去，已半载矣。』俾往验视，果三官。官奇之，判二兄领葬，敕豪家勿仇。

异史氏曰：『家有女豫让而不知，则兄之为丈夫者可知矣。然三官之为人，即萧萧易水，亦将羞而不流；况碌碌与世浮沉者耶！愿天下闺中人，买丝绣之，其功德当不减于奉壮缪也。』

【译文】

从前，诸葛城有一个叫商士禹的人，是一位读书人。商士禹因为喝醉了酒，言语之间顶触了县里的一个豪绅，那豪绅唆使家奴狠狠殴打了商士禹一顿，刚被抬回家，商士禹就死了。商士禹有两个儿子，长子叫商臣，次子叫商礼。他还有一个女儿叫商三官，年方二八。本来三官出嫁的日期已经定了，现在因为父亲去世，就把婚事给耽搁了。商三官的两个哥哥去告状打官司，案子拖了一年也没有个结果。三官的夫婿便派人来拜见她母亲，请求他们根据眼下的事情变通一下，先将三官嫁过去，母亲准备答应亲家的提议。三官却上前对母亲说：『哪里有父亲尸骨未寒就办喜事的道理？难道他们家就没有父母吗？』夫婿家听了这话，感到非常惭愧，便打消了这个念头。

不久，三官的两个哥哥没有打赢官司，满含冤屈地返回家中，全家人都悲愤不已。商臣、商礼兄弟俩打算留着父亲的尸体，以便作为日后再向官府申诉告状的证据。三官劝阻说：『人都被杀死了，官府却不受理，现在的世道不问而知。难道老天会专为你们兄弟二人再生一个阎罗包公吗？父亲的尸骨常年暴露在外不能入土，于心何忍啊！』两个哥哥认为妹妹说得有道理，于是将父亲安葬了。

将父亲安葬后，三官突然在夜里离家出走了，谁也不知道她去了哪里。她母亲又不安又惭愧，担心三官的夫婿家知道这件事，也不敢告诉亲戚朋友，只是嘱咐两个儿子暗中打听三官的下落。

半年时间过去了，三官还是杳无音信。有一天正好是打死商士禹的那个豪绅过寿辰，为了祝寿，豪绅请了几个戏班子来演戏助兴。领头的戏子叫孙淳，他带着两个徒弟来演戏。其中一个叫王成，姿色平平，但唱起戏来字正腔圆，清脆响亮，博得了满堂喝彩。另一个叫李玉，相貌秀丽温雅，长得像个漂亮的女子，有客人让他唱歌，他推托说戏文不熟，再三要求，他才唱，他唱的曲子里都掺杂着粗俗的情歌民谣，在座的客人都为他鼓掌喝彩。孙淳非常羞惭，向主人解释说：『我这个弟子跟我学唱戏时间不长，只学会了斟酒之类的事。请您不要责怪！』便让李玉依次给客人斟酒。李玉来来往往地伺候着给客人斟酒，很会看主人的脸色行事，豪绅非常高兴。等到酒席散了，客人离去后，豪绅便留李玉和他同床共枕。李玉替豪绅收拾好床铺，又替他脱了鞋子，殷勤周到地侍奉着。豪绅借着酒醉不断地对他说些挑逗的话，他也只是嘻嘻地笑着。豪绅更加迷恋他，就把仆人们全部打发走了，只留下李玉。李玉看到仆人们都离开后，就关上门，插上门闩。仆人离开后就到别的屋子喝酒去了。

不一会儿，有人听见豪绅的房间里传出一阵奇怪的『咯咯』声，急忙跑过去向屋里偷偷地看了看，看到屋内漆黑一团，也没有一点儿声音。仆人想着不会有事，就转身要走，忽然听到屋里『呼』的一声巨响，像是悬挂着重物的绳子断了掉到地上的声音。仆人急忙大声询问，却没有人回答。仆人急忙叫来众人撞开门冲了进去，只见主人早已身首异处，李玉也上吊自杀了，因为上吊的绳子断了，所以尸体掉到了地上发出了声音，房梁上还挂着残留的绳子头。众人大惊失色，急忙通报豪绅的家人，全家主仆都聚集在出事的地方，都猜不透怎么回事。众人把李玉的尸体搬到院子里，觉得他的鞋袜里好像是空的，好像没有脚的样子，脱下鞋袜一看，只见是穿着白色孝鞋的三寸金莲，才知道李玉原来是个女子，众人更加惊骇。豪绅家人叫来孙淳，仔细盘问。孙淳早就被吓得魂不附体，不知道该怎样应对，只是说：『李玉是一个月前才投奔我做弟子的，他是自愿跟来给主人祝寿的，我确实不知道他是从哪里来的。』众人看到李玉穿着丧服，就怀疑她是商家的刺客，便临时派了两个仆人去看守她的尸体，准备去官府上告。两人见女子虽然已死，但容貌依旧栩栩如生，摸了摸她的身体，还是很柔软、温暖的。这两个人便偷偷动了邪念，想要奸尸。其中一人抱着尸体转了过来，想要解开她的衣带，忽然脑后像是被什么东西猛击了一下，口中鲜血狂喷，不一会儿就一命呜呼了。另一人见状惊恐万分，急忙告诉众人，众人听后非常惊恐，不由得把李玉的尸体看作神明一般供奉着，并且把此事通报了郡里。郡守把商臣、商礼传去审讯，两人都说：『我们不知道这件事情。三官妹妹离家出走了，到现在已经半年了。』郡守便带着他们去验尸，死者果然是商三官！郡守非常吃惊，便判商臣、商礼将妹妹三官的尸体带回家安葬，并下令豪绅家此后不得与商家结仇。

异史氏说：『家中有像古代豫让这样的女中豪杰都不知道，那么两个哥哥是什么样的男人便可想而知了。但是商三官的为人，即便是萧萧易水，也会自愧不如而停止不流，更何况那些碌碌无为的随波逐流之辈呢！愿普天下的女子，都去购买丝线绣出商三官的像，那么功德与供奉神位相比也毫不逊色了。』

庚娘

金大用，中州旧家子也。聘尤太守女，字庚娘，丽而贤。逑好甚敦。以流寇之乱，家人离逖。金携家南窜。途遇少年，亦偕妻以逃者，自言广陵王十八，愿为前驱。金喜，行止与俱。至河上，女隐告金曰：『勿与少年同舟。彼屡顾我，目动而色变，中叵测也。』金诺之。王殷勤，觅巨舟，代金运装，劬劳臻至。金不忍却。又念其携有少妇，应亦无他。妇与庚娘同居，意度亦颇温婉。王坐舡头上，与橹人倾语，似其熟识戚好。未几，日落，水程迢递，漫漫不辨南北。金四顾幽险，颇涉疑怪。顷之，皎月初升，见弥望皆芦苇。既泊，王邀金父子出户一豁。乃乘间挤金入水。金父见之，欲号。舟人以篙筑之，亦溺。生母闻声出窥，又筑溺之。王始喊救。母出时，庚娘在后，已微窥之。既闻一家尽溺，即亦不惊。但哭曰：『翁姑俱没，我安适归！』王入劝：『娘子勿忧，请从我至金陵。家中田庐，颇足赡给，保无虞也。』女收涕曰：『得如此，愿亦足矣。』王大悦，给奉良殷。既暮，曳女求欢。女托体姅，王乃就妇宿。初更既尽，夫妇喧竞，不知何由。但闻妇曰：『若所为，雷霆恐碎汝颅矣！』王乃挞妇。妇呼云：『便死休！诚不愿为杀人贼妇！』王吼怒，捽妇出。便闻骨董一声，遂哗言妇溺矣。未几，抵金陵，导庚娘至家，登堂见媪。媪讶非故妇。王言：『妇堕水死，新娶此耳。』归房，又欲犯之。庚娘笑曰：『三十许男子，尚未经人道耶？市儿初合卺，亦须一杯薄浆酒；汝家沃饶，当即不难。清醒相对，是何体段？』王喜，具酒对酌。庚娘执爵，劝酬殷恳。王渐醉，辞不饮。庚娘引巨碗，强媚劝之。王不忍拒，又饮之。于是酣醉，裸脱促寝。庚娘撤器灭烛，托言溲溺。出房，以刀入，暗中以手索王项，王犹捉臂作昵声。庚娘力切之，不死，号而起；又挥之，始殪。媪仿佛有闻，趋问之。女亦杀之。王弟十九觉焉。庚娘知不免，急自刎。刀钝缺不可入，启户而奔。十九逐之，已投池中矣。呼告居人，救之已死，色丽如生。共验王尸，见窗上一函，开视，则女备述其冤状。群以为烈，谋敛资作殡。天明，集视者数千人，见其容，皆朝拜之。终日间，得金百，于是葬诸南郊。好事者，为之珠冠袍服，瘗藏丰满焉。初，金生之溺也，浮片板上，得不死。将晓，至淮上，为小舟所救。舟盖富民尹翁专设以拯溺者。金既苏，诣翁申谢。翁优厚之，留教其子。金以不知亲耗，将往探访，故不决。俄白：『捞得死叟及媪。』金疑是父母，奔验果然。翁代营棺木。生方哀恸，又白：『拯一溺妇，自言金生其夫。』生挥涕惊出，女子已至，殊非庚娘，乃王十八妇也。向金大哭，请勿相弃。金曰：『我方寸已乱，何暇谋人？』妇益悲。尹审其故，喜为天报，劝金纳妇。金以居丧为辞，且将复仇，惧细弱作累。妇曰：『如君言，脱庚娘犹在，将以报仇居丧去之耶？』翁以其言善，请暂代收养，金乃许之。卜葬翁媪，妇缞绖哭泣，如丧翁姑。既葬，金怀刃托钵，将赴广陵。妇止之曰：『妾唐氏，祖居金陵，与豺子同乡。前言广陵者，诈也。且江湖水寇，半伊同党，仇不能复，只取祸耳。』金徘徊不知所谋。忽传女子诛仇事，洋溢河渠，姓名甚悉。金闻之一快，然益悲。辞妇曰：『幸不污辱。家有烈妇如此，何忍负心再娶？』妇以业有成说，不肯中离，愿自居于媵妾。会有副将军袁公，与尹有旧，适将西发，过尹；见生，大相知爱，请为记室。无何，流寇犯顺，袁有大勋；金以参机务，叙劳，授游击以归。夫妇始成合卺之礼。居数日，携妇诣金陵，将以展庚娘之墓。暂过镇江，欲登金山。漾舟中流，欻一艇过，中有一妪及少妇，怪少妇颇类庚娘。舟疾过，妇自窗中窥金，神情益肖。惊疑不敢追问，急呼曰：『看群鸭儿飞上天耶！』少妇闻之，亦呼云：『馋儿欲吃猫子腥耶！』盖当年闺中之隐谑也。金大惊，反棹近之，真庚娘。青衣扶过舟，相抱哀哭，伤感行旅。唐氏以嫡礼见庚娘。庚娘惊问，金始备述其由。庚娘执手曰：『同舟一话，心常不忘，不图吴越一家矣。蒙代葬翁姑，所当首谢，何以此礼相向？』乃以齿序，唐少庚娘一岁，妹之。先是，庚娘既葬，自不知历几春秋。忽一人呼曰：『庚娘，汝夫不死，尚当重圆。』遂如梦醒。扪之，四面皆壁，始悟身死已葬。只觉闷闷，亦无所苦。有恶少窥其葬具丰美，发冢破棺，方将搜括，见庚娘犹活，相共骇惧。庚娘恐其害己，哀之曰：『幸汝辈来，使我得睹天日。头上簪珥，悉将去。愿鬻我为尼，更可少得直。我亦不泄也。』盗稽首曰：『娘子贞烈，神人共钦。小人辈不过贫乏无计，作此不仁。但无漏言幸矣，何敢鬻作尼！』庚娘曰：『此我自乐之。』又一盗曰：『镇江耿夫人，寡而无子，若见娘子，必大喜。』庚娘谢之。自拔珠饰，悉付盗。盗不敢受；固与之，乃共拜受。遂载去，至耿夫人家，托言舡风所迷。耿夫人，巨家，寡媪自度。见庚娘大喜，以为己出。适母子自金山归也。庚娘缅述其故。金乃登舟拜母，母款之若婿。邀至家，留数日始归。后往来不绝焉。

异史氏曰：『大变当前，淫者生之，贞者死焉。生者裂人眦，死者雪人涕耳。至如谈笑不惊，手刃仇雠，千古烈丈夫中，岂多匹俦哉！谁谓女子，遂不可比踪彦云也？』

【译文】

金大用，是河南的世家子弟。他娶了尤太守的女儿，叫庚娘，既漂亮又听话。夫妻感情很融洽。但是，因为流寇作乱，家人离散。金大用带家眷南逃。路上遇到一位少年，也是带着妻子外逃的，自称是扬州人，叫王十八，愿意在前边带路。金大用很高兴，两家人行走住宿都在一起。到了一条河边，庚娘说：『不要和这个少年同船，他老是看我，贼眉鼠眼，一定有想法。』『金大用答应了。可是王十八却殷勤地雇来一条大船，帮助金大用搬运行礼，非常辛苦。金大用不忍心推辞。又想他也带着个年轻妻子，应该不会出问题。王妻和庚娘同居，态度也很温顺柔和。王坐在船头上，和船工们聊天，好像是熟识的亲朋好友。

不久，太阳落山，水路遥远，迷茫不辨方向。金大用四面一看，幽暗险怪，就有些怀疑。一会儿，皎洁的月光升起来了，看到满眼都是芦苇。船停下，王十八邀金大用父子出门散心，趁机把金大用挤到水中。金大用的父亲看见了，就呼喊起来。船工用竹篙打他，也落水中。金大用的母亲闻声出来察看，也被竹篙打落水中。这时，王十八才呼喊救人。金母出来察看时，庚娘跟在后边，已经大概看见了。听到一家人都落水，也不怎么惊慌，只是哭说：『公婆都没了，我到哪里安身呢？』『王十八进去劝她说：『娘子不要忧愁，请你跟我到金陵去，我家的田亩和房子，也有点看头，无后顾之忧。』庚娘抹一把眼泪说：『能这样，我也放心了。』王十八大喜，供给招待庚娘非常殷勤。到了晚上，王十八强拉着庚娘想要交欢。庚娘推说来了月经，王十八只好去妻子那里求欢了。一更刚过完，王十八夫妻争吵起来，不知为何。只听得王妻说：『你干的事，恐怕雷霆要打碎你的头啊！』王十八就打妻子。王妻大喊：『死了算了！真不愿做杀人贼的老婆！』王十八怒吼着，拽着妻子的头发出来。只听咕咚一声，就听到王十八喊老婆淹死了。

不久，船到金陵，王十八领着庚娘到家，登堂拜见他母亲。王母很惊讶这不是原来的儿媳妇。王十八说：『妻子淹死了，这是新妻子。』回到房中，王十八又想占便宜。庚娘笑着说：『三十来岁的男人了，还没和女人睡过觉吗？赶集上店的人家成亲，还得喝一杯薄酒；你家是大财主，应该不难办到。两人头脑清醒地干那个，是否感觉不大对头？』王十八高兴，拿酒来和庚娘对酌。庚娘拿着杯子，殷勤地劝酒。王十八逐渐感觉喝醉了，推辞不再喝了。庚娘又拿来一个大碗，勉强装出很轻佻的样子，劝王十八喝。王十八不忍拒绝，又喝了这一大碗。于是就醉了，他脱光衣服催庚娘快来。庚娘收拾碗筷，熄了灯烛，假装上厕所；出房间，带刀进来，暗中用手摸到王十八的脖子，王十八还抓着她的手臂，说些下流话。庚娘用力猛切，杀不死他，他吆喝着就起来了；庚娘又挥刀砍去，他才死了。

王母似乎听到了点动静，过来问讯，庚娘也杀了她。王十八的弟弟王十九也醒了。庚娘知道不免一死，急忙自刎；刀砍卷了刃割不进去，就开门跑出去。王十九追她，她就跳进池子里；王十九喊醒邻居，救她上来，她已经死了，艳丽如同活着。大家查王十八的尸体，见窗台上有信一封，打开一看，原来是庚娘叙述她的冤情的。众人认为庚娘是烈女，商量着凑钱埋了她。天亮后，来观看的有几千人；看到庚娘的遗容，都叩头下拜。一天时间，就募集到一百两银子，于是将庚娘葬在了南郊。热心人为庚娘穿戴上珠冠锦袍，陪葬品也很丰盛。当初，金大用落水时，漂在了一块木板上，没有淹死。天快亮时，漂到了淮河，被一只小船救起。小船是富户尹翁专门用来拯救落水者的。金大用苏醒后，到尹翁那里致谢。尹翁对金大用非常敬重，留他教儿子。金大用因不知道亲人音信，想去寻访，因此拿不定主意。不久，有人报告：『捞上来一个死老头和死老太太。』金大用怀疑是父母，跑去一看果然是父母。尹翁替金大用置办了棺木。金大用正在伤心痛哭，又有人报告：『捞上一个落水妇人，他说金大用是她的丈夫。』金大用抹着泪惊慌地出来，女子已经过来了，绝对不是庚娘，是王十八的妻子。她向金大用哭诉，请求不要嫌弃她。金大用说：『我心里很乱，哪有闲情管你呀？』王妻更加悲伤。尹翁明白了情况，高兴地说这是老天的报应，劝金大用要了王妻。金大用说在丧期，就想推辞，说：『将要报仇，担心家口拖累。』王妻说：『照你说的，如果庚娘还活着，你能借口报仇居丧，不要她吗？』尹翁说她说得有理，表示要临时替金大用养着，金大用才答应了她。

金大用安葬父母，王妻披麻戴孝地哭着，如同死了公婆。安葬完了，金大用怀揣尖刀，端着要饭碗，要到扬州去找仇人。王妻劝阻他说：『我姓唐，祖居金陵，和那个狼崽子同乡，以前他说的扬州是骗你的。再说江湖上的水贼，多半是他同党，你不但不能报仇，弄不好还会惹祸。』金大用犹犹豫豫不知怎么办好。忽然传来女子杀死仇人的消息，淮河两岸都传遍，姓甚名谁明明白白。金大用听了，先高兴后悲伤。他对唐氏推谢说：『庚娘幸亏没受侮。我有这样节烈的妻子，怎能忍心再娶呢？』唐氏认为已经说好了，不能中途变卦，愿意当个小老婆。

正好有位副将军袁公，和尹翁是老朋友，将要西去，到尹翁家拜访；见到金大用，很喜欢他，就聘请他为记室。不久，流寇作乱，袁公立了大功；金大用因为参预军事，论功行赏，带着游击的头衔回来了。这才和唐氏举行了婚礼。过了几天，金大用带着新娘子到金陵，将要去祭扫庚娘之墓。路过镇江，想登金山玩玩。泛舟中流，突然一条小船驶过，船有一老太婆和一少妇，金大用奇怪那少妇的样子很像庚娘。小船掠过，少妇从窗子看到金大用，神情更像庚娘。金大用惊疑却不敢追问，急忙高呼：『看啊，一群鸭子飞上天了！』妇听了也高呼：『馋狗子要吃猫剩的鱼了！』这是金大用和庚娘当年闺中的调情隐语。金大用大惊，拨转船头靠上来一看，真是庚娘啊。丫鬟将庚娘扶过船来，二人抱头痛哭，其哀伤之情，把过往的游人都感动了。唐氏以对待正妻的礼节拜见庚娘。庚娘惊问怎么回事，金大用才从头说了一遍。庚娘拉着唐氏的手说：『我们曾经同船说过话，我至今不忘，没想到我们竟仇人变成一家了。蒙你代为埋葬公婆，我应该先谢你，你怎能向我行此重礼呢？』于是二人按年龄排序，唐夫人小庚夫人一岁，就叫唐夫人妹妹。

庚娘被埋了，自己也不知过了几世几劫。忽有一人高呼：『庚娘啊，你丈夫没死啊，还能团圆！』就像大梦初醒。一摸，四下都是墙，才知道自己死了，埋了。只是有点气闷，也没什么痛苦。有几个无赖少年，看到她的殉葬品很丰美，就扒坟破棺，准备搜刮财物。他们见庚娘还活着，都非常害怕。庚娘怕他们害自己，就哀求他们说：『多亏你们这伙人到来，让我重见天日。我头上的金簪子银耳环，统统拿去。若想卖我为尼姑，更能得到一部分钱。我不会说出去的。』盗墓贼磕头说：『娘子贞烈，神和人都钦佩你。我们几个不过是穷得没有办法，才干这种不仁勾当。只要你不说出去，就万幸了，怎敢把你卖作尼姑！』庚娘说：『这不怪你们，我愿意。』又一个盗贼说：『镇江的耿夫人，寡居没有子女，若见到娘子，一定很高兴。』庚娘表示感谢。自己拔下珍宝首饰，全都送给盗贼。盗贼们不敢要；庚娘硬给他们，才一起叩头收下。他们用车子拉着庚娘，到了耿夫人家，假说是风吹渡船迷失道路。耿夫人是大户人家，老了就一人寡居。见到庚娘，非常高兴，当亲生女儿看待。正好母女游金山回来就碰上了金大用。庚娘向耿夫人和金大用回忆说明情况。金大用就过船来拜见岳母，耿夫人款待他像待亲女婿。耿夫人邀请他到家，住了几天才回去。以后就当亲戚走动，经常来往。

异史氏说：『面对大的变故，坏人活着，好人死去。活着的人气大了别人的眼睛，死了的人哭红了别人的眼睛。至于谈笑不惊，手刃仇人，千古以来的大丈夫中，有几个能比得上庚娘呢！谁说女子，就比不上大丈夫呢？』

宫梦弼

柳芳华，保定人。财雄一乡，慷慨好客，座上常百人。急人之急，千金不靳。宾友假贷常不还。惟一客宫梦弼，陕人，生平无所乞请。每至，辄经岁。词旨清洒，柳与寝处时最多。柳子名和，时总角，叔之。宫亦喜与和戏。每和自塾归，辄与发贴地砖，埋石子伪作埋金为笑。屋五架，掘藏几遍。众笑其行稚，而和独悦爱之，尤较诸客昵。后十余年，家渐虚，不能供多客之求，于是客渐稀；然十数人彻宵谈宴，犹是常也。年既暮，日益落，尚割亩得直，以备鸡黍。和亦挥霍，学父结小友，柳不之禁。无何，柳病卒，至无以治凶具。宫乃自出囊金，为柳经纪。和益德之。事无大小，悉委宫叔。宫时自外入，必袖瓦砾，至室则抛掷暗陬，更不解其何意。和每对宫忧贫。宫曰：『子不知作苦之难。无论无金，即授汝千金，可立尽也。男子患不自立，何患贫？』一日，辞欲归。和泣嘱速返，宫诺之，遂去。和贫不自给，典质渐空。日望宫至，以为经理，而宫灭迹匿影，去如黄鹤矣。先是，柳生时，为和论亲于无极黄氏，素封也。后闻柳贫，阴有悔心。柳卒，讣告之，即亦不吊；犹以道远曲原之。和服除，母遣自诣岳所，定婚期，冀黄怜顾。比至，黄闻其衣履穿敝，斥门者不纳。寄语云：『归谋百金，可复来；不然，请自此绝。』和闻言痛哭。对门刘媪，怜而进之食，赠钱三百，慰令归。母亦哀愤无策。因念旧客负欠者十常八九，俾择富贵者求助焉。和曰：『昔之交我者为我财耳。使儿驷马高车，假千金，亦即匪难；如此景象，谁犹念曩恩、忆故好耶？且父与人金资，曾无契保，责负亦难凭也。』母固强之。和从教。凡二十余日，不能致一文；惟优人李四，旧受恩恤，闻其事，义赠一金。母子痛哭，自此绝望矣。黄女年已及笄，闻父绝和，窃不直之。黄欲女别适。女泣曰：『柳郎非生而贫者也。使富倍他日，岂仇我者所能夺乎？今贫而弃之，不仁！』黄不悦，曲谕百端，女终不摇。翁妪并怒，旦夕唾骂之，女亦安焉。无何，夜遭寇劫，黄夫妇炮烙几死，家中席卷一空。荏苒三载，家益零替。有西贾闻女美，愿以五十金致聘。黄利而许之，将强夺其志。女察知其谋，毁装涂面，乘夜遁去，丐食于途。阅两月，始达保定，访和居址，直造其家。母以为乞人妇，故咄之。女呜咽自陈。母把手泣曰：『儿何形骸至此耶！』女又惨然而告以故。母子俱哭。便为盥沐，颜色光泽，眉目焕映。母子俱喜。然家三口，日仅一啖。母泣曰：『吾母子固应尔；所怜者，负吾贤妇！』女笑慰之曰：『新妇在乞人中，稔其况味，今日视之，觉有天堂地狱之别。』母为解颐。女一日入闲舍中，见断草丛丛，无隙地；渐入内室，尘埃积中，暗陬有物堆积，蹴之迕足，拾视皆朱提。惊走告和。和同往验视，则宫往日所抛瓦砾，尽为白金。因念儿时常与瘗石室中，得毋皆金？而故地已典于东家。急赎归。断砖残缺，所藏石子俨然露焉，颇觉失望；及发他砖，则灿灿皆白镪也。顷刻间，数巨万矣。由是赎田产，市奴仆，门庭华好过昔日。因自奋曰：『若不自立，负我宫叔！』刻志下帷，三年中乡选。乃躬赍白金往酬刘媪。鲜衣射目；仆十余辈，皆骑怒马如龙。媪仅一屋，和便坐榻上。人哗马腾，充溢里巷。黄翁自女失亡，西贾逼退聘财，业已耗去殆半，售居宅，始得偿。以故困窘如和曩日。闻旧婿烜耀，闭户自伤而已。媪沽酒备馔款和，因述女贤，且惜女遁。问和娶否。和曰：『娶矣。』食已，强媪往视新妇，载与俱归。至家，女华妆出，群婢簇拥若仙。相见大骇，遂叙往旧，殷问父母起居。居数日，款洽优厚，制好衣，上下一新，始送令返。媪诣黄许报女耗，兼致存问。夫妇大惊。媪劝往投女，黄有难色。既而冻馁难堪，不得已如保定。既到门，见闬闳峻丽，阍人怒目张，终日不得通。一妇人出，黄温色卑词，告以姓氏，求暗达女知。少间，妇出，导入耳舍。曰：『娘子极欲一觐；然恐郎君知，尚候隙也。翁几时来此？得毋饥否？』黄因诉所苦。妇人以酒一盛、馔二簋，出置黄前。又赠五金，曰：『郎君宴房中，娘子恐不得来。明旦，宜早去，勿为郎闻。』黄诺之。早起趣装，则管钥未启，止于门中，坐幞囊以待。忽哗主人出。黄将敛避，和已睹之，怪问谁何，家人悉无以应。和怒曰：『是必奸宄！可执赴有司。』众应声出，短绠绷系树间。黄惭惧不知置词。未几，昨夕妇出，跪曰：『是某舅氏。以前夕来晚，故未告主人。』和命释缚。妇送出门，曰：『忘嘱门者，遂致参差。娘子言：相思时，可使老夫人伪为卖花者，同刘媪来。』黄诺，归述于妪。妪念女若渴，以告刘媪，媪果与俱至和家。

凡启十余关，始达女所。女着帔顶髻，珠翠绮纨，散香气扑人；嘤咛一声，大小婢媪，奔入满侧，移金椅床，置双夹膝。慧婢瀹茗；备以隐语道寒暄，相视泪荧。至晚，除室安二媪；茵褥温软，并昔年富时所未经。居三五日，女意殷渥。媪辄引空处，泣白前非。女曰：『我子母有何过不忘；但郎忿不解，防他闻也。』每和至，便走匿。一日，方促膝坐，和遽入，见之，怒诟曰：『何物村妪，敢引身与娘子接坐！宜撮鬓毛令尽！』刘媪急进曰：『此老身瓜葛，王嫂卖花者，幸勿罪责。』和乃上手谢过。即坐曰：『姥来数日，我大忙，未得展叙。黄家老畜产尚在否？』笑云：『都佳。但是贫不可过。官人大富贵，何不一念翁婿情也？』和击桌曰：『曩年非姥怜赐一瓯粥，更何得旋乡土！今欲得而寝处之，何念焉！』言致忿际，辄顿足起骂。女恚曰：『彼即不仁，是我父母。我迢迢远来，手皴瘃，足趾皆穿，亦自谓无负郎君；何乃对子骂父，使人难堪？』和始敛怒，起身去。黄妪愧丧无色，辞欲归。女以二十金私付之。既归，旷绝音问，女深以为念。和乃遣人招之。夫妻至，惭怍无以自容。和谢曰：『旧岁辱临，又不明告，遂使开罪良多。』黄但唯唯。和为更易衣履。留月余，黄心终不自安，数告归。和遗白金百两曰：『西贾五十金，我今倍之。』黄汗颜受之。和以舆马送还，暮岁称小丰焉。

异史氏曰：『雍门泣后，朱履杳然，令人愤气杜门，不欲复交一客。然良朋葬骨，化石成金，不可谓非慷慨好客之报也。闺中人坐享高奉，俨然如嫔嫱，非贞异如黄卿，孰克当此而无愧者乎？造物之不妄降福泽也如是。』

乡有富者，居积取盈，搜算入骨。窖镪数百，惟恐人知，故衣败絮、啖糠秕以示贫。亲友偶来，亦曾无作鸡黍之事。或言其家不贫，便瞋目作怒，其仇如不共戴天。暮年，日餐榆屑一升，臂上皮折垂一寸长，而所窖终不肯发。后渐尪羸。濒死，两子环问之，犹未遽告；迨觉果危急，欲告子，子至，已舌蹇不能声，惟爬抓心头，呵呵而已。死后，子孙不能具棺木，遂藁葬焉。呜呼！若窖金而以为富，则大帑数千万，何不可指为我有哉？愚已！

【译文】

柳芳华是河北保定人，富甲一方。他为人慷慨好客，乐善好施，经常有上百余个客人在他家吃住，朋友们向他借了钱也不让他们归还，在这些客人之中，有一个叫宫梦弼的人，与柳芳华交情最深，在柳家住的时间也最长。柳芳华有个儿子名叫柳和，最喜欢和宫梦弼玩，称宫梦弼为叔叔。两人经常在一起玩藏金子的游戏，就是用砖石假作金子藏起来。后来，柳家因为钱财总出不进，渐渐败落了，来吃喝的客人也渐渐稀少了。等到柳芳华死的时候，家里竟穷得连棺材都买不起。这时，宫梦弼就拿出自己的钱为柳芳华办丧事，柳和更加感激他，家里无论大小事，都交由宫叔叔处理。宫梦弼每次从外面回来，衣袖里总装满砖块石头，进了屋就扔到角落里，也不知是什么意思。家的日子越来越艰难，柳和整天唉声叹气，他向宫梦弼诉苦，说：『家里越来越穷了，以后的日子怎么过啊？』可宫梦弼却说：『男子汉怕的是不能自立，哪有怕贫穷的呢？现在，即使给你一千两银子，你也会很快花光的。』一天，宫梦弼对柳和说：『我在这里待的时间很长了，现在要回家看看。』柳和不舍得他走，听后立刻流下泪来，说：『那你什么时候回来啊？一定要尽快回来！』宫梦弼点头答应了。自从宫梦弼走后，柳家越发贫穷了，家里的东西都快典当完了，可宫梦弼一去便没有踪影了。早年柳芳华在世的时候，给柳和定了一门亲事，女家是无极县黄氏，是一个财主。后来黄某听说柳家穷了，暗暗有了悔亲的意思，柳芳华去世时，他也不来吊唁。

柳和服丧期满后的一天，母亲对他说：『你现在可以去向黄家提亲了。本来要等你宫叔叔回来再去提亲的，但他一点消息都没有，我们的日子更是过不下去了，不如你去岳父家商议一下婚期，说不定还可得到他家的资助。』柳和听从母亲的吩咐，来到黄家。黄某听说他穿得破破烂烂，连门都不让他进，派人转告他：『回去筹一百两银子，不然的话，从此就断绝关系。』柳和听了，放声大哭。这时，对门有个刘老太太，很可怜他的处境，就招呼他：『孩子，上我家来吃顿饭吧！』饭后，还给他三百文铜钱，让他回家。柳和的母亲听说了亲家的不仁不义，非常伤心和气愤，但她还对儿子说：『你去你父亲以前的朋友那里借点钱吧，凑足一百两子，再去提亲。』柳和说：『以前和我们交往的人，不过是贪图我家的钱财，现在我家败落了，谁还会借钱给我们？谁还记得往日的情义呢？』但柳和的母亲坚持让他去，柳和顺从了。果然，二十多天过去，柳和一分钱都没有借到。母子俩痛哭一场，从此不再指望有人帮助他们。黄家女儿听说父亲与柳家断了亲，觉得父亲的做法太无情无义。她对父亲说：『柳郎并不是生来就穷的，现在因为他家穷了，就抛弃他，太不仁义了！』黄某听了很不高兴，训斥道：『你一个丫头懂什么？父亲会再替你寻一个好婆家的。』可黄家女儿执意不肯另嫁别人，任凭黄氏夫妇唾骂，也不改变初衷。

不久，黄家遭到强盗的抢劫，家中财物被席卷一空，也败落下来。渐渐又过了三年，家境更加衰落。有个外地商人听说黄女长得很漂亮，愿意用五十两银子娶她。黄某贪图钱财，答应了。黄女听说后，知道拗不过父亲，深夜，把脸涂黑逃走了。黄女经历了千辛万苦，一路打听着来到保定，找到柳家。柳和的母亲以为她是个乞丐，就大声呵斥着说：『我自家都难保，怎么能供你一顿饭呢？』说着就要推她出去。『我是黄氏的女儿，您的媳妇啊！』黄女哭着说明了身份。柳母大吃一惊，赶紧拉起她的手，让进屋里，流着泪说：『孩子呀，你怎么弄成这个样子！』一黄女悲戚地诉说了一切，柳和母子听了都失声痛哭。从此，三人生活在了一起，可是又添上一张嘴，家里每天只好吃一顿饭。一天，黄女走进一间闲置的房子，突然看见昏暗的墙角里有什么东西在闪闪发光，她拾起一看，原来都是些成色很足的银子。『柳郎，快来啊！快过来看啊！』黄女非常吃惊，立刻跑出去告诉柳和。柳和和她一起去查看，猛然想到这都是当年宫梦弼所扔的石头变成的。柳和又想起幼年时常和宫梦弼在屋里埋石子玩，会不会也变成银子了呢？他急忙用手中的银子把那些旧屋赎回来，一层层地挖下去，只见露在外面的还是石头，但里面全是明晃晃的白银。转眼之间，柳家又富了起来，甚至超过了柳芳华在世时的富裕程度。但是柳和谨记当年宫梦弼的教诲，他勉励自己说：『我如果不能自立，就对不起我的宫叔叔了！』从此发愤读书，三年就考中了举人。

柳和没有忘记当年帮助过他的刘老太太，他亲自携带银两，骑上高头骏马，领着十几个仆人来拜访刘老太太。黄某自从女儿逃走后，只好把房子卖了来偿还聘金，因此穷得和柳和当年一样。他听说柳和又发达起来，只好关上房门，躲在屋里独自伤感。刘老太太向柳和介绍黄家的情况，深感惋惜地说：『黄家的女儿很是贤惠，只可惜逃走了，也不知现在沦落到哪里。』又问柳和：『你娶亲了吗？』柳和说：『娶了，不如你到我家去看看我的娘子吧！』

吃完饭，柳和就载着刘老太太一起回到家。黄女穿上盛装，被丫环簇拥着，宛如仙女下凡，出来迎接他们。『啊！你不是黄家的女儿吗？』刘老太太见是黄女，十分惊异。黄女笑了笑，说：『正是。』接着向她诉说了自己逃走后的经历。『我父母现在怎么样了？几年不见，心里非常想念。』黄女说着流下泪来。『他们身子骨都还好，只是日子越过越穷了。』黄女托刘老太太替她问候父母。刘老太太住了几天，就带着柳和送的厚礼回家去了。刘老太太一回到家，就去黄家报告黄女的消息，黄氏夫妇听了，惊得目瞪口呆。『你们老两口为什么不去投靠女儿呢？这样日子也好过些。』刘老太太劝说着。『这，唉！』黄某自觉非常惭愧，抹不下面子去求柳和。黄老太太十分想念女儿，便央求刘老太太带她去。到了女儿家里，黄女怕被柳和发现，就说黄老太太是来卖花的。一天，黄女正和母亲在屋子里坐着说话，这时柳和闯进来了，看见黄老太太，就生气地骂着：『什么乡下老婆子，敢靠着娘子坐在一起！应该把她赶出去！』刘老太太急忙上前解释：『她是我的远房亲戚，是卖花的王嫂，请不要怪她。』柳和听了，拱手向她道歉，其实他已认出这是黄老太太，便故意地对刘老太太说：『你老人家来了好几天了，我一直有事，没空和你聊天，黄家那老浑蛋还在吗？』刘老太太笑着说：『他们都还好，只是穷得过不下去了。您为何不念在翁婿的情分上资助一下呢？』柳和拍着桌，生气地说：『当年要不是您老人家可怜我，我早已死了。黄家那样对我，现在想起来还难消心中的愤恨，还有什么情分可念的！』说着竟跺着脚大骂起来。黄女实在听不下去了，生气地说：『就算他们不仁不义，也是我的父母，你当着女儿骂她的父母，于心何忍呢？况且我历经磨难来到你家，也算对得起你了！』柳和见夫人生气了，这才止住愤怒，站起来走了。黄老太太羞得无地自容，就要告辞回家。黄女悄悄送给她二十两银子，黄老太太回去之后，两家再无联系，黄女十分挂念父母。过了几年，柳和不再对当年的事耿耿于怀了，就派人把黄氏夫妇接来，住了一个多月，黄氏夫妇尽管受到很高的礼遇，但总是觉得不自在，便要回家，柳和拿出一百两银子送给他们，说：『当初那个商人用五十两银子买你的女儿，今天我加倍奉还。』黄某红着脸收下了。他们回到家后，用柳和送的银子过起了比较舒适的日子。

异史氏说：『孟尝君好客，然雍门泣后，朱履杳然，直令人气愤，真想闭门不交一客。然而，好友为买棺营葬，又化石成金，不能说不是慷慨好客的回报。至于闽中女子，坐享荣华，如果不是贞洁奇异如黄氏女，谁能当之无愧？可见造化小儿是不会随便降福于人的。』

本乡有一富翁，做生意发了财，算盘打得精。地下埋藏不少银两，生怕别人知道。平日穿着破衣服，吃着粗米饭，表示他家贫困。亲戚朋友上门，从不留饭。遇到有人说他有钱，就怒目相视，好像有不共戴天之仇。晚年每天吃一斤棒子面，瘦得手膀下垂下寸多长的皮。所埋藏的白银，始终未取出。后来饿得快要死了，两个儿子守着问他，还是不说。直到断气前一分钟想说已经说不出话，抓抓胸口，问了两声就一命呜呼。子孙连买棺材的钱也没有，只得用草席裹着埋掉。唉！把钱窖藏算是富翁，那么国库中几千万何不说都为我所有？真是愚蠢之至。

刘海石

刘海石，蒲台人，避乱于滨州。时十四岁，与滨州生刘沧客同函丈，因相善，订为昆季。无何，海石失怙恃，奉丧而归，音问遂阙。沧客家颇裕。年四十，生二子：长子吉，十七岁，为邑名士；次子亦慧。沧客又内邑中倪氏女，大嬖之。后半年，长子患脑痛卒，夫妻大惨。无几何，妻病又卒；逾数月，长媳又死；而婢仆之丧亡，且相继也：沧客哀悼，殆不能堪。一日，方坐愁间，忽阍人通海石至。沧客喜，急出门迎以入。方欲展寒温，海石忽惊曰：『兄有灭门之祸，不知耶？』沧客愕然，莫解所以。海石曰：『久失闻问，窃疑近况未必佳也。』沧客泫然，因以对状。海石欷嘘。既而笑曰：『灾殃未艾，余初为兄吊也。然幸而遇仆，请为兄贺。』沧客曰：『久不晤，岂近精「越人术」耶？』海石曰：『是非所长。阳宅风鉴，颇能习之。』沧客喜，便求相宅。海石入宅，内外遍观之；已而请睹诸眷口。沧客从其教，使子媳婢妾，俱见于堂。沧客一一指示。至倪，海石仰天而视，大笑不已。众方惊疑，但见倪女战栗无色，身暴缩短，仅二尺余。海石以界方击其首，作石缶声。海石揪其发，检脑后，见白发数茎，欲拔之。女缩项跪啼，言即去，但求勿拔。海石怒曰：『汝凶心尚未死耶？』就项后拔去之。女随手而变，黑色如狸。众大骇，海石掇纳袖中，顾子妇曰：『媳受毒已深，背上当有异，请验之。』妇羞，不肯袒示。刘子固强之，见背上白毛，长四指许。海石以针挑出，曰：『此毛已老，七日即不可救。』又视刘次子，亦有毛，才二指。曰：『似此可月余死耳。』沧客以及婢仆，并刺之。曰：『仆适不来，一门无噍类矣。』问：『此何物？』曰：『亦狐属。吸人神气以为灵，最利人死。』沧客曰：『久不见君，何能神异如此！无乃仙乎？』笑曰：『特从师习小技耳，何遽云仙。』问其师，答云：『山石道人。』适此物，我不能死之，将归献俘于师。』言已，告别。觉袖中空空，骇曰：『亡之矣！尾末有大毛未去，今已遁去。』众俱骇然。海石曰：『领毛已尽，不能化人，止能化兽，遁当不远。』于是入室而相其猫，出门而嗾其犬，皆曰无之。启圈笑曰：『在此矣。』沧客视之，多一豕。闻海石笑，遂伏，不敢少动。提耳捉出，视尾上白毛一茎，硬如针。方将检拔，而豕转侧哀鸣，不听拔。海石曰：『汝造孽既多，拔一毛犹不肯耶？』执而拔之，随手复化为狸。纳袖欲出。沧客苦留，乃为一饭。问后会，曰：『此难预定。我师立愿宏，常使我等遨世上，拔救众生，未必无再见时。』及别后，细思其名，始悟曰：『海石殆仙矣！「山石」合一「岩」字，盖吕仙讳也。』

【译文】

刘海石是蒲台县人。避乱迁移到滨州，当时已经十四岁。他与滨州刘沧客是同学，因在一起很是投缘，就结拜为兄弟。不久，因刘海石父母去世，他护送灵柩回乡，从此便断了音信。

刘沧客家境十分富裕。到四十岁，生有两个儿子。长子刘吉，十七岁，是本地名士，二儿子也很聪慧。刘沧客又娶了同县倪家女儿为妾，十分宠爱。过后半年，长子突然患了头痛病亡故，夫妻俩悲恸欲绝。没有多久，妻子也病死了；又过了几个月，大儿媳又死；而家中奴仆下人接连死去。刘沧客哀伤悲悼，精神几乎崩溃。

一天，他正独自坐在家中发愁，忽然看门人进来通报说刘海石前来。刘沧客十分高兴，急忙出门相迎，刚要寒暄，刘海石却吃惊地说：『老兄有灭门之祸，不知道吗？』刘沧客非常惊讶，不知他是什么意思。刘海石说：『好长时间没有你的音信，我感到你近来事情不妙。』刘沧客泪如泉涌，说了这些年来的悲惨处境。刘海石听了先是低声叹息，忽然又笑着说：『你的厄运目前还未停止，所以使我担忧。但幸亏我来了，因而要为你祝贺。』刘沧客说：『这么长时间没有见你，难道你现在学会了起死回生之术？』海石说：『这倒不是。但我对住宅风水之事，倒有些研究。』刘沧客十分高兴，便请他相一相自己的住宅。刘海石先在各处转了转，又要求见一见家中上下家眷。刘沧客便召集全家大大小小全部来到堂上，并一一介绍给刘海石。轮到倪氏时，刘海石忽然仰天大笑起来。正当众人疑惑不解之时，那倪氏却花容失色，浑身发抖，身体立时缩短到只有二尺多。刘海石用界尺敲敲她的头，那声音像是敲在石瓮上。刘海石又揪着头发检查她的脑后，发现了几根白毛，刚要拔掉，她却缩着脖子跪下哭泣说自己会马上离去，只求别拔。刘海石怒斥道：『你难道还想害人吗？』就拔去了，而那女子随即变成一只黑色的像狐狸的东西。众人十分惊恐。刘海石将它放进袖子中，对刘沧客的二儿媳说：『你已受了很深的毒，背上肯定有东西，请让我检查。』媳妇害羞，不肯脱衣。刘沧客的二儿子强迫她脱下，发现背上有白毛，已长约四指。刘海石用针挑出，说：『这毛已经长老了，再长七天就没救了。』又看他儿子背上，也有二指长的白毛。刘海石说：『像这样只能活一个多月罢了。』他又检查了刘沧客及每一个奴婢仆人，为他们一一挑去背上的毛。说：『如果我不及时赶来，你们全家一个也活不了。』大家问：『这是什么妖物？』刘海石答道：『也属于狐狸一类。专门靠吸人精气修炼，最能害人。』刘沧客说：『久不见你，没想到你有了这样的神功，是不是成了仙？』刘海石笑着说：『只不过跟师父学了点小小的技艺，谈不上成仙。』问他师父是谁。他说：『是山石道人。刚才这妖物，我还无法处死，准备回去呈献师父。』说完，告辞要走。忽然发现袖子里空空的，吃惊地说：『逃跑了。刚才没拔去尾巴上的大毛，现在它已逃走了。』众人十分恐惧。刘海石说：『它脖子上的毛已拔净，再不会变成人形，只能变成兽类，可能还没跑远。』于是进屋看看猫，又出门唤唤狗，都不是。打开猪圈，笑着说：『在这呢。』刘沧客一看，圈中果然多了一头猪。那头猪听见刘海石的笑声，乖乖地卧在地上，一动也不敢动。捉着耳朵提出来，看到尾巴上一根白毛像针一样硬。刚要拔下，那猪扭动身子哀叫着不让拔。刘海石说：『你害了那么多人，拔一根毛还不肯吗？』就压住它拔掉了，又立时变为黑狸。刘海石又放进袖子准备走了，刘沧客苦苦留他不放，请他吃了一顿饭。问何时再见。他说：『很难预定。我师父当年立下宏愿，让我们在世间遨游，拯救众生。也许后会有期。』分手后，刘沧客仔细琢磨『山石道人』这名字，才恍然大悟，说：『大概刘海石已经成仙了。「山石」合起来为「岩」，是吕洞宾的名讳呀！』

梦别

王春李先生之祖，与先叔祖玉田公交最善。一夜，梦公至其家，黯然相语。问：『何来？』曰：『仆将长往，故与君别耳。』问：『何之？』曰：『远矣。』遂出。送至谷中，见石壁有裂罅，便拱手作别，以背向罅，逡巡倒行而入，呼之不应，因而惊寤。及明，以告太公敬一，且使备吊具，曰：『玉田公捐舍矣！』太公请先探之，信，而后吊之。不听，竟以素服往。至门，则提幡挂矣。呜呼！古人于友，其死生相信如此；丧舆待巨卿而行，岂妄哉！

【译文】

王春李先生的祖父，和我叔叔的祖父玉田公，交情最为深厚。有一天晚上，王春李的祖父梦见玉田公来到他家里，说话的时候神态很是沮丧。他问玉田公：『你到我家做什么？』玉田公说：『我要长期离开人世，所以是前来向你告别的。』问他：『要到哪里去？』玉田公说：『很远。』说完就退出去了。他把玉田公送到山谷中，看见石壁上有一道裂缝，玉田公就拱手告别，脊背靠着裂缝，挪挪蹭蹭地倒退了进去，喊他也不应声，因而就惊醒了。等到天亮，他把这个情况告诉了我的曾祖敬一老先生，并且吩咐家人准备吊唁的用具，说：『玉田公已经离开人世了！』曾祖请他先去探听一下，如果确实去世了，而后再去吊唁。他不听，竟然穿着素服奔去吊唁。到了门前，看见白幡已经挂出来了。唉！古人对于朋友，就这样相信对方的生死；所以元伯的灵柩等到范巨卿赶来以后才肯启行，并不是虚假的。

番僧

释体空言：『在青州，见二番僧，像貌奇古；耳缀双环，被黄布，须发鬈如。自言从西域来。闻太守重佛，谒之。太守遣二隶，送诣丛林。和尚灵辔，不甚礼之。执事者见其人异，私款之，止宿焉。或问：「西域多异人，罗汉得毋有奇术否？」其一辴然笑，出手于袖，掌中托小塔，高裁盈尺，玲珑可爱。壁上最高处，有小龛，僧掷塔其中，矗然端立，无少偏倚。视塔上有舍利放光，照耀一室。少间，以手招之，仍落掌中。其一僧乃袒臂，伸左肱，长可六七尺，而右肱缩无有矣；转伸右肱，亦如左状。』

【译文】

体空和尚说：『曾经在青州见到过两个外国和尚，相貌很是古怪；耳朵上戴着两个大耳环，身披黄布，胡子和头发也都是卷曲的。自称从西域来，听说这里的太守爱好佛事，特来拜谒。太守便派了两个衙役，把他们送到庙里和尚们的住处。有一个和尚叫灵辔，对他们不大礼貌。管事的僧人见这两个和尚很奇异，便私下里款待他们，留他们住下。有人问这两个和尚：『西域多异人，你们有奇异的法术吗？』其中一个和尚笑了笑，从袖子里伸出手，掌中托着一个小塔，才一尺多高，小巧玲珑，非常可爱。在屋里墙壁上最高处，有一个小龛，和尚把小塔掷过去，小塔不偏不倚，端端正正落在小龛的正中间。看看小塔，内有舍利子发出光芒，照亮了屋子。不一会儿，和尚一招手，小塔仍然落在手掌中。另一个和尚露出臂膀，伸开左臂，有六七尺长，而右臂缩得看不见了。再伸右臂，也像刚才伸左臂一样。

李司鉴

李司鉴，永年举人也。于康熙四年九月二十八日，打死其妻李氏。地方报广平，行永年查审。司鉴在府前，忽于肉架下，夺一屠刀，奔入城隍庙，登戏台上，对神而跪。自言：『神责我不当听信奸人，在乡党颠倒是非，着我割耳。』遂将左耳割落，抛台下。又言：『神责我不应骗人钱财，着我剁指。』遂将左指剁去。又言：『神责我不当奸淫妇女，使我割肾。』遂自阉，昏迷僵仆。时总督朱云门题参革褫究拟，已春俞旨，而司鉴已伏冥诛矣。邸抄。

【译文】

河北永年县的举人李司鉴，在康熙四年九月二十八日打死了妻子李氏，地方官上报广平府，广平府命永年县官查明审理案情。司鉴忽在知府衙门前向架上取去屠刀一把，跑到城隍庙戏台上面对城隍神像跪下。自说：『神责我不该听信坏人，在地方上颠倒是非，要我割去耳朵。』说着，就把左耳割了，抛在台下。又说：『神责我不该骗人钱财，要我把手指砍下。』立即剁去左手手指，接着又说：『神责我不该奸淫妇女，要我割掉外肾。』说完，就自阉了。最后昏迷死去。当时总督朱云门正奏请朝廷革除举人，追究罪行，给予惩办，并奉旨批准。但司鉴早已被阴司诛戮。以上见邸抄。

毛狐

农子马天荣，年二十余。丧偶，贫不能娶。偶芸田间，见少妇盛妆，践禾越陌而过，貌赤色，致亦风流。马疑其迷途，顾四野无人，戏挑之。妇亦微纳。欲与野合。笑曰：『青天白日，宁宜为此。子归，掩门相候，昏夜我当至。』马不信，妇矢之。马乃以门户向背俱告之，妇乃去。夜分，果至，遂相悦爱。觉其肤肌嫩甚；火之，肤赤薄如婴儿，细毛遍体，异之。又疑其踪迹无据，自念得非狐耶，遂戏相诘。妇亦自认不讳。马曰：『既为仙人，自当无求不得。既蒙缱绻，宁不以数金济我贫？』妇诺之。次夜来，马索金。妇故愕曰：『适忘之。』将去，马又嘱。至夜，问：『所乞或勿忘耶？』妇笑，请以异日。逾数日，马复索。妇笑向袖中出白金二锭，约五六金，翘边细纹，雅可爱玩。马喜，深藏于椟。积半岁，偶需金，因持示人。人曰：『是锡也。』以齿龁之，应口而落。马大骇，收藏而归。至夜，妇至，愤致诮让。妇笑曰：『子命薄，真金不能任也。』一笑而罢。马曰：『闻狐仙皆国色，殊亦不然。』妇曰：『吾等皆随人现化。子且无一金之福，落雁沉鱼，何能消受？以我蠢陋，固不足以奉上流；然较之大足驼背者，即为国色。』过数月，忽以三金赠马，曰：『子屡相索，我以子命不应有藏金。今媒聘有期，请以一妇之资相馈，亦借以赠别。』马自白无聘妇之说。妇曰：『一二日，自当有媒来。』马问：『所言姿貌如何？』曰：『子思国色，自当是国色。』马曰：『此即不敢望。但三金何能买妇？』妇曰：『此月老注定，非人力也。』马问：『何遽言别？』曰：『戴月披星，终非了局。使君自有妇，搪塞何为？』天明而去，授黄末一刀圭，曰：『别后恐病，服此可疗。』次日，果有媒来。先诘女貌，答：『在妍媸之间。』『聘金几何？』『约四五数。』马不难其价，而必欲一亲见其人。媒恐良家子不肯炫露。既而约与俱去，相机因便。既至其村，媒先往，使马待诸村外。久之，来曰：『谐矣。余表亲与同院居，适往见女，坐室中。请即伪为谒表亲者而过之，咫尺可相窥也。』马从之。果见女子坐堂中，伏体于床，倩人爬背。马趋过，掠之以目，貌诚如媒言。及议聘，并不争直，但求得一二金，妆女出阁。马益廉之，乃纳金，并酬媒氏及书券者，计三两已尽，亦未多费一文。择吉迎女归，入门，则胸背皆驼，项缩如龟，下视裙底，莲船盈尺。乃悟狐言之有因也。

异史氏曰：『随人现化，或狐女之自为解嘲；然其言福泽，良可深信。余每谓：非祖宗数世之修行，不可以博高官；非本身数世之修行，不可以得佳人。信因果者，必不以我言为河汉也。』

【译文】

农民马天荣，二十多岁时妻子去世了，家里很穷，没有能力再娶。一天，在田里干活，看见一位穿着华丽的年轻女子，踩着田埂，走了过来，绯红脸色，长得很是风流。马天荣怀疑她迷了路，又见周围无人，便调戏她，她也不拒绝。马天荣进而就拉着要和她睡觉，她笑着说：『现在大白天的，不兴这样，你晚上回去后把门虚掩上，我会来的。』马天荣不相信，女子对他发誓，于是便把住址详细告诉了她。夜里，她果然前来。两人肌肤相亲，马天荣觉得她皮肤十分细嫩，在灯光下显得又红又薄，像是婴儿，而且全身布满细毛。他觉得奇怪，又想到她来历不明，就怀疑是狐仙。于是半真半假地询问，她坦率地承认了。马天荣说：『既然你是狐仙，应当有求必应。蒙你相爱，为什么不送我几两银子？』女子回答说可以。次夜来时，马天荣向她要钱，她故意吃惊地说：『啊呀，忘了带了。』她走时，马天荣又叮嘱一遍。夜里再来时，马天荣问：『我向你要钱的事没忘吧？』她笑着请马天荣再等几天。几天后，马天荣又提起。她笑着从袖子中取出两锭银子，大约有五六两，银锭边上还带着花纹，十分精致可爱。马天荣很喜欢，收藏在柜中。过了半年，因为要用钱，马天荣拿出来给别人看。别人说：『这是锡。』用牙试着一咬就咬下来一块。马天荣吓得连忙收起来。晚上女子来时，马天荣生气地责怪她，她笑着说：『你的命薄，真的白银你无福享受。』事情就这样过去了。马天荣说：『听说狐仙都是天姿国色，哪知道并不见得如此。』女子说：『我们是随对象的情况而变化的。你命里连一两银子都无福享，哪够得上享有绝代佳人？我因容貌一般，固然不能侍奉上等人物，但比起那些大脚、驼背的女人来，也算天姿国色了。』过了几个月，她忽然送给马天荣三两银子，说：『你多次向我要钱，我因为你命里不该收藏银两，所以不同意。现在你很快就要定亲，特送你一笔结婚用的钱，也算作赠别。』马天荣声明自己没有说亲这回事。她说：『一两天内自有媒人来。』马天荣问对象长得如何。她说：『你想要天姿国色，自然是天姿国色。』马天荣说：『那倒不敢奢望。不过三两银子怎么够讨一个老婆？』女子说：『这是月下老人注定的，由不得人。』马天荣又说：『你为什么要离开我？』女子说：『每日总是深夜来去，披星戴月，到底不是结局。何况你将有妻子，我不能代替。』临走时又给了马天荣一包药粉说：『分手后恐怕你会得病，服了这药就会好的。』

第二天，果然有媒人上门提亲。马天荣先问对方长相。媒人说，『说好不好，说差不差。』问要多少钱的彩礼。答：『约需四五两银子。』马天荣认为钱的问题不大，要求必须先看看人。媒人先是担心良家女子不肯轻易露面，后来又约了马天荣一同前去，见机行事。来到村口，媒人让马天荣稍等，自己先去，过了好长时间才回来说：『行了。我的表亲和她住同一个院子，刚才我去见她，正坐在房中。你假装去拜访我的表亲，可就近看看她。马天荣跟她去了。果然见女子待在房中，正伏在床上，叫人搔背。马天荣走近一看，长相确实如媒人所说。立刻就商量聘礼，对方并不争多争少，有一二两银子稍为装扮一下女子就行了。马天荣更觉得便宜，就交了聘金，加上酬谢媒人和书写婚约的开销，三两银子刚刚用尽，也没有多花一文钱。等选择吉日迎接女子过了门，才知道是鸡胸驼背，头颈像乌龟似的缩着，再看裙子底下，一双大脚有一尺长。这才意识到狐仙的话事出有因。

异史氏说：『随人变化现形，也许是狐女的自我解嘲。但她谈到福泽，却是可信的。我常说：不是祖宗修了数代，是不可能做大官的；不是自身修行数世，也不可能娶到佳人。凡相信因果报应的人，必然不会说我信口胡诌。』

翩翩

罗子浮，邠人。父母俱早世。八九岁，依叔大业。业为国子左厢，富有金缯而无子，爱子浮若己出。十四岁，为匪人诱去作狭邪游。会有金陵娼，侨寓郡中，生悦而惑之。娼返金陵，生窃从遁去。居娼家半年，床头金尽，大为姊妹行齿冷。然犹未遽绝之。无何，广创溃臭，沾染床席，逐而出。丐于市。市人见辄遥避。自恐死异域，乞食西行；日三四十里，渐至邠界。又念败絮脓秽，无颜入里门，尚趑趄近邑间。日既暮，欲趋山寺宿。遇一女子，容貌若仙。近问：『何适？』生以实告。女曰：『我出家人，居有山洞，可以下榻，颇不畏虎狼。』生喜，从去。入深山中，见一洞府。入则门横溪水，石梁驾之。又数武，有石室二，光明彻照，无须灯烛。命生解悬鹑，浴于溪流。曰：『濯之，创当愈。』又开幛拂褥促寝，曰：『请即眠，当为郎作裤。』乃取大叶类芭蕉，剪缀作衣。生卧视之。制无几时，折迭床头，曰：『晓取着之。』乃与对榻寝。生浴后，觉创疡无苦。既醒，摸之，则痂厚结矣。诘旦，将兴，心疑蕉叶不可着。取而审视，则绿锦滑绝。少间，具餐。女取山叶呼作饼，食之，果饼；又剪作鸡、鱼，烹之皆如真者。室隅一罂，贮佳酝，辄复取饮；少减，则以溪水灌益之。数日，创痂尽脱，就女求宿。女曰：『轻薄儿！甫能安身，便生妄想！』生云：『聊以报德。』遂同卧处，大相欢爱。一日，有少妇笑入，曰：『翩翩小鬼头快活死！

薛姑子好梦，几时做得？」女迎笑曰：「花城娘子，贵趾久弗涉，今日西南风紧，吹送来也！小哥子抱得未？」曰：「又一小婢子。」女笑曰：「花娘子瓦窑哉！那弗将来？」曰：「方呜之，睡却矣。」于是坐以款饮。又顾生曰：「小郎君焚好香也。」生视之，年二十有三四，绰有余妍。心好之。剥果误落案下，俯假拾果，阴捻翘凤。花城他顾而笑，若不知者。生方怳然神夺，顿觉袍裤无温；自顾所服，悉成秋叶。几骇绝。危坐移时，渐变如故。窃幸二女之弗见也。少顷，酬酢间，又以指搔纤掌。城坦然笑谑，殊不觉知。突突怔忡间，衣已化叶，移时始复变。由是惭颜息虑，不敢妄想。城笑曰：「而家小郎子，大不端好！若弗是醋葫芦娘子，恐跳迹入云霄去。」女亦哂曰：「薄幸儿，便值得寒冻杀！」相与鼓掌。花城离席曰：「小婢醒，恐啼肠断矣。」女亦起曰：「贪引他家男儿，不忆得小江城啼绝矣。」花城既去，惧贻诮责；女卒晤对如平时。居无何，秋老风寒，霜零木脱，女乃收落叶，蓄旨御冬。顾生肃缩，乃持襆掇拾洞口白云，为絮复衣；着之，温暖如襦，且轻松常如新绵。逾年，生一子，极惠美。日在洞中弄儿为乐。然每念故里，乞与同归。女曰：「妾不能从；不然，君自去。」因循二三年，儿渐长，遂与花城订为姻好。生每以叔老为念。女曰：「阿叔腊故大高，幸复强健，无劳悬耿。待保儿婚后，去住由君。」女在洞中辄取叶写书教儿读，儿过目即了。女曰：「此儿福相，放教入尘寰，无忧至台阁。」未几，儿年十四。花城亲诣送女。女华妆至，容光照人。夫妻大悦，举家宴集。翩翩扣钗而歌曰：「我有佳儿，不羡贵官。我有佳妇，不羡绮纨。今夕聚首，皆当喜欢。为君行酒，劝君加餐。」既而花城去，与儿夫妇对室居。新妇孝，依依膝下，宛如所生。生又言归。女曰：「子有俗骨，终非仙品；儿亦富贵中人，可携去，我不误儿生平。」新妇思别其母，花城已至。儿女恋恋，涕各满眶。两母慰之曰：「暂去，可复来。」翩翩乃剪叶为驴，令三人跨之以归。大业已老归林下，意侄已死，忽携佳孙美妇归，喜如获宝。入门，各视所衣，悉蕉叶；破之，絮蒸蒸腾去。乃并易之。后生思翩翩，偕儿往探之，则黄叶满径，洞口云迷，零涕而返。

异史氏曰：「翩翩、花城，殆仙者耶？餐叶衣云，何其怪也！然帏幄诽谑，狎寝生雏，亦复何殊于人世？山中十五载，虽无『人民城郭』之异；而云迷洞口，无迹可寻，睹其景况，真刘、阮返棹时矣。」

【译文】

罗子浮是邠州人士。父母相继早逝，八九岁的时候，依靠着叔父罗大业生活。罗大业任国子祭酒，家境很是富有，却没有儿子，于是把罗子浮看作亲生骨肉。罗子浮十四岁时，因受坏人教唆，开始嫖妓。一个金陵来的妓女寄住在邻州，将他迷得神魂颠倒。那妓女回金陵时，罗子浮偷偷跟着她去了。在金陵的妓院中一住半年，花光了钱，就被冷落在一旁。不久，又得了杨梅疮，浑身溃烂发臭，被赶出了妓院，流落在街头乞讨。路人见到他，无不远远避开，他自己也生怕客死他乡，就一路要着饭向西走，每天行三四十里，渐渐就到了邻州境内。心想自己一身脓疮，实在无脸见人，便在外乡徘徊。见天黑了，就想去山中的庙里安身。正走着，遇见一位十分美丽的女子。她走上前问：『要去哪里？』罗子浮就如实说了。女子说：『我是出家人，住在山洞里。洞里有地方可以让你住下，也不必害怕野兽。』罗子浮高兴地随她去了。到了深山，见到一个山洞。洞前有一条溪水，溪上架着石桥。离桥几步远的地方，还有两间石屋。进屋一看，里面光线很好，不需点灯。女子叫他脱去破衣烂衫，去溪水里洗澡，说：『洗了澡，疮就好了。』又掀开帐子，打扫床铺，催他就寝，说：『睡吧，我给你缝一件衣裳。』于是，用芭蕉叶那样大的树叶，剪制衣服，罗子浮躺在床上看着，不多时，女子做好了衣服，叠在床头，吩咐他早晨起来穿上，就在他对面床上睡下了。

罗子浮洗过澡后，疮果然不痛了。醒来一摸，已结痂了。早晨起身，他怀疑树叶不能穿。但取来一看，却是碧绿色锦缎，平整光滑，闪闪发亮。不久，吃早饭了，见女子将树叶剪成饼的样子，吃到嘴里果然是饼。又剪了鸡、鱼等，煮熟之后和真的一样美味可口。屋角上还放着一坛好酒，随时可取来喝，少了就舀溪水灌进去。罗子浮在这里住了没几天，病就全好了。他向女子求欢，女子说：『你这个浪子，才安下身来，又生妄想。』罗子浮说：『这是为了报答你的恩德。』于是两人同床共眠。

一天，忽然有个少妇笑着进来，对女子说：『翩翩，看把你这小鬼头快活的，什么时候做成的这桩好事？』翩翩忙起身迎接，也笑着说：『原来是花城娘子，这么长时间都不见你，今天是什么风把你吹来的？生了儿子没有？』少妇答：『又是一个小丫头。』翩翩笑着又说：『看来花城娘是只会生女儿了，为什么不带她来？』答：『刚才把她哄睡着了。』于是大家坐下一同饮酒。花城娘子对罗子浮说：『你这小郎君可是烧了高香。』罗子浮打量她，见有二十三四岁的样子，风流妖媚，不觉心生爱意，就趁弯腰在地上捡水果时，悄悄捏了一下她的脚尖。花城娘子只是望着他笑，装作不知道。罗子浮正暗自欣喜，忽觉全身冰凉，衣裤全变成了树叶，心里一惊，赶快收起杂念，端坐几上，慢慢衣服内又有了温度。他心中暗暗庆幸没被两位女子看到。一会儿，他又趁劝酒之际，抓了抓花城娘子的小手，花城娘子正在说笑，毫不理会。就在罗子浮心悸不安的瞬间，衣服又变成了树叶，很久才恢复原状。从此，他再不敢胡思乱想。花城娘子笑着说：『你家郎君，太不规矩。如果不是你喜欢吃醋，他恐怕会跳到天上去。』翩翩也嘲讽说：『这薄情之人，应该让他冻死。』两人一起鼓掌而笑。花城娘子站起身说：『小丫头该醒了，恐怕已哭断了肠子。』翩翩也起身笑着说：『只顾勾引别人的汉子，都不记得小江城要哭坏了。』花城娘子走后，罗子浮担心挨骂，但翩翩不动声色，和往日一样。

不久，秋风飒飒，落叶翻飞。翩翩忙着收拾落叶，准备过冬。看罗子浮冷得缩身耸肩，就用包袱把洞口的白云捡来，给他做成棉袄，穿到身上又暖又轻。一年之后，翩翩生下个男孩，十分聪明。罗子浮天天在洞里逗孩子玩，也很快乐。但又时时怀念家乡，让翩翩与他一同回去。翩翩说：“我不能去，要去，你自己去。”罗子浮没办法，也只得留下。这样又是两三年过去了，儿子渐渐长大，就与花城娘子结为亲家。罗子浮挂念叔父年老，翩翩说：“叔父虽老，身体还健康，你不必记挂。等保儿结婚后去留听你的。”翩翩在洞中常用树叶写字教儿读书，儿子过目成诵。翩翩说：“这孩子有福相，放出洞去，教他进入尘世，不愁做不到宰相。”不久，儿子十四岁了。花城亲自送女儿来成亲。那女儿容光焕发，衣衫艳丽，十分动人。罗子浮夫妻俩很是高兴，全家举行宴会。翩翩拔下金钗，打着拍子唱道：

我有佳儿，不羡贵官。

我有佳妇，不羡绮纨。

今夕聚首，皆当喜欢。

为君行酒，劝君加餐。

随后，花城娘子便回去了。儿子、媳妇住在对面石屋中。儿媳孝顺双亲，和亲生女儿一样。罗子浮又想回家乡。翩翩说：『你骨子里带俗气，终究不能成仙。儿子也是富贵命，可以把他一同带去，我不耽误他的前途。』媳妇请求和母亲告别，正说着，花城娘子就来了。小两口儿都对母亲依依不舍，热泪盈眶。两个母亲都说：『暂时先去，以后还可以回来。』翩翩用树叶剪成三匹驴子，叫他们三人骑着回家。

这时，叔父罗大业年纪已老，辞官在家。他以为侄儿早就死了，忽然见他回家来，还带着孙子和孙媳，高兴得如获至宝。进门后，他们各自都看到自己穿着一片片树叶，就扯开它，里面棉絮变成白云飘上天去。于是换了衣服。后来罗子浮思念翩翩，同儿子、媳妇一道进山寻访，只见遍地黄叶，洞口已迷失不见，只好含泪还家。

异史氏说：『翩翩、花城娘子，大概是仙人吧？她们以树叶为食，以白云为衣，多么神奇啊！但在闺房中调笑亲热，生儿育女，又与人世间有什么不同？山中十五年，回家后虽然没有丁令威化鹤归来「城郭如故人民非」的变化，但再入深山，白云迷漫，洞口湮没，没有踪迹可找，看你这景观，像汉代刘晨、阮肇入山逢仙女后回船重寻时的光景了。』

卷四

杨千总

毕民部公即家起备兵洮岷时，有千总杨化麟来迎。冠盖在途，偶见一人遗便路侧。杨关弓欲射之，公急呵止。杨曰：『此奴无礼，合小怖之。』乃遥呼曰：『遗屙者！奉赠一股会稽藤簪绾髻子。』即飞矢去，正中其髻。其人急奔，便液污地。

【译文】

户部尚书毕自严在移防去往洮河流域的岷州路上，有个名叫杨化麟的千总前来迎接他。他们旗锣伞盖地走在路上，偶然看见一个人蹲在路旁解大便。杨化麟张弓搭箭就要射那个人。毕尚书赶紧给予呵止。杨化麟说：『这个奴才没有礼貌，应该稍微吓唬吓唬他。』就远远地招呼一声说：『拉屎的！奉送一支会稽山的藤条给你做簪子，别住你的发髻。』就射出一支箭，正好射中那个人的发髻。那个人急忙提起裤子往前跑，屎尿涂了一地。

罗刹海市

马骥，字龙媒，贾人子。美丰姿。少倜傥，喜歌舞。辄从梨园子弟，以锦帕缠头，美如好女，因复有『俊人』之号。十四岁，入郡庠，即知名。父衰老，罢贾而居。谓生曰：『数卷书，饥不可煮，寒不可衣。吾儿可仍继父贾。』马由是稍稍权子母。从人浮海，为飓风引去，数昼夜，至一都会。其人皆奇丑；见马至，以为妖，群哗而走。马初见其状，大惧；迨知国人之骇己也，遂反以此欺国人。遇饮食者，则奔而往；人惊遁，则啜其余。久之，入山村。其间形貌亦有似人者，然褴褛如丐。马息树下，村人不敢前，但遥望之。久之，觉马非噬人者，始稍稍近就之。马笑与语。其言虽异，亦半可解。马遂自陈所自。村人喜，遍告邻里，客非能搏噬者。然奇丑者望望即去，终不敢前。其来者，口鼻位置，尚皆与中国同。共罗浆酒奉马。马问其相骇之故。答曰：『尝闻祖父言：西去二万六千里，有中国，其人民形象率诡异。但耳食之，今始信。』问其何贫。曰：『我国所重，不在文章，而在形貌。其美之极者，为上卿；次任民社；下焉者，亦邀贵人宠，故得鼎烹以养妻子。若我辈初生时，父母皆以为不祥，往往置弃之；其不忍遽弃者，皆为宗嗣耳。』问：『此名何国？』曰：『大罗刹国。都城在北去三十里。』马请导往一观。

于是鸡鸣而兴，引与俱去。天明，始达都。都以黑石为墙，色如墨，楼阁近百尺。然少瓦，覆以红石；拾其残块磨甲上，无异丹砂。时值朝退，朝中有冠盖出，村人指曰：『此相国也。』视之，双耳皆背生，鼻三孔，睫毛覆目如帘。又数骑出，曰：『此大夫也。』以次各指其官职，率鬇怪异；然位渐卑，丑亦渐杀。无何，马归，街衢人望见之，噪奔跌蹶，如逢怪物。村人百口解说，市人始敢遥立。既归，国中无大小，咸知村有异人，于是缙绅大夫，争欲一广见闻，遂令村人要马。然每至一家，阍人辄阖户，丈夫女子窃窃自门隙中窥语；终一日，无敢延见者。村人曰：『此间一执戟郎，曾为先王出使异国，所阅人多，或不以子为惧。』造郎门。郎果喜，揖为上宾。视其貌，如八九十岁人。目睛突出，须卷如猬。曰：『仆少奉王命，出使最多；独未尝至中华。今一百二十余岁，又得睹上国人物，此不可不上闻于天子。然臣卧林下，十余年不践朝阶，早旦，为君一行。』乃具饮馔，修主客礼。酒数行，出女乐十余人，更番歌舞。貌类如夜叉，皆以白锦缠头，拖朱衣及地。扮唱不知何词，腔拍恢诡。主人顾而乐之。问：『中国亦有此乐乎？』曰：『有。』主人请拟其声，遂击桌为度一曲。主人喜曰：『异哉！声如凤鸣龙啸，得未曾闻。』翼日，趋朝，荐诸国王。王忻然下诏。有二三大臣，言其怪状，恐惊圣体。王乃止。郎出告马，深为扼腕。居久之，与主人饮而醉，把剑起舞，以煤涂面作张飞。主人以为美，曰：『请客以张飞见宰相，宰相必乐用之，厚禄不难致。』马曰：『嘻！游戏犹可，何能易面目图荣显？』主人固强之，马乃诺。主人设筵，邀当路者饮，令马绘面以待。未几，客至，呼马出见客。客讶曰：『异哉！何前媸而今妍也！』遂与共饮，甚欢。马婆娑歌『弋阳曲』，一座无不倾倒。明日，交章荐马。王喜，召以旌节。既见，问中国治安之道，马委曲上陈，大蒙嘉叹，赠宴离宫。酒酣，王曰：『闻卿善雅乐，可使寡人得而闻之乎？』马即起舞，亦效白锦缠头，作靡靡之音。王大悦，即日拜下大夫。时与私宴，恩宠殊异。久而官僚百执事，颇觉其面目之假；所至，辄见人耳语，不甚与款洽。马至是孤立，然不自安。遂上疏乞休致，不许；又告休沐，乃给三月假。于是乘传载金宝，复归山村。村人膝行以迎。马以金赀分给旧所与交好者，欢声雷动。村人曰：『吾侪小人受大夫赐，明日赴海市，当求珍玩，用报大夫。』问：『海市何地』？曰：『海中市，四海鲛人，集货珠宝；四方十二国，均来贸易。中多神人游戏。云霞障天，波涛间作。贵人自重，不敢犯险阻，皆以金帛付我辈，代购异珍。今其期不远矣。』问所自知，曰：『每见海上朱鸟来往，七日即市。』马问行期，欲同游瞩。村人劝使自贵。马曰：『我顾沧海客，何畏风涛？』未几，果有踵门寄资者，遂与装资入船。船容数十人，平底高栏。十人摇橹，激水如箭。凡三日，遥见水云幌漾之中，楼阁层叠；贸迁之舟，纷集如蚁。少时，抵城下。视墙上砖，皆长与人等。敌楼高接云汉。维舟而入，见市上所陈，奇珍异宝，光明射眼，多人世所无。一少年乘骏马来，市人尽奔避，云是『东洋三世子』。世子过，目生曰：『此非异域人。』即有前马者来诘乡籍。生揖道左，具展邦族。世子喜曰：『即蒙辱临，缘分不浅！』于是授生骑，请与连辔。乃出西城。方至岛岸，所骑嘶跃入水。生大骇失声。则见海水中分，屹如壁立。俄睹宫殿，玳瑁为梁，鲂鳞作瓦；四壁晶明，鉴影炫目。下马揖入。仰视龙君在上，世子启奏：『臣游市廛，得中华贤士，引见大王。』生前拜舞。龙君乃言：『先生文学士，必能衙官屈、宋。欲烦椽笔赋「海市」，幸无吝珠玉。』生稽首受命。授以水精之砚，龙鬣之毫，纸光似雪，墨气如兰。生立成千余言，献殿上。龙君击节曰：『先生雄才，有光水国多矣！』遂集诸龙族，宴集彩霞宫。酒炙数行，龙君执爵而向客曰：『寡人所怜女，未有良匹，愿累先生。先生倘有意乎？』生离席愧荷，唯唯而已。龙君顾左右语。无何，宫人数辈，扶女郎出。珮环声动，鼓吹暴作，拜竟睨之，实仙人也。女拜已而去。少时，酒罢，双鬟挑画灯，导生入副宫。女浓妆坐伺。珊瑚之床，饰以八宝，帐外流苏，缀明珠如斗大；衾褥皆香软。天方曙，则雏女妖鬟，奔入满侧。生起，趋出朝谢。拜为驸马都尉。以其赋驰传诸海。诸海龙君，皆专员来贺；争折简招驸马饮。生衣绣裳，驾青虬，呵殿而出。武士数十骑，背雕弧，荷白棓，晃耀填拥。马上弹筝，车中奏玉。三日间，遍历诸海。由是『龙媒』之名，噪于四海。宫中有玉树一株，围可合抱；本莹澈，如白琉璃；中有心，淡黄色；稍细于臂；叶类碧玉，厚一钱许，细碎有浓阴。常与女啸咏其下。花开满树，状类薝葡。每一瓣落，锵然作响。拾视之，如赤瑙雕镂，光明可爱。时有异鸟来鸣——毛金碧色，尾长于身，——声等哀玉，恻人肺腑。生每闻，辄念乡土。因谓女曰：『亡出三年，恩慈间阻，每一念及，涕膺汗背。卿能从我归乎？』女曰：『仙尘路隔，不能相依。妾亦不忍以鱼水之爱，夺膝下之欢。容徐谋之。』生闻之，泣不自禁。女亦叹曰：『此势之不能两全者也！』明日，生自外归。龙王曰：『闻都尉有故土之思，诘旦趣装，可乎？』生谢曰：『逆旅孤臣，过蒙优宠，衔报之诚，结于肺肝。容暂归省，当图复聚耳。』入暮，女置酒话别。生订后会。女曰：『情缘尽矣。』生大悲，女曰：『归养双亲，见君之孝。人生聚散，百年犹旦暮耳，何用作儿女哀泣？此后妾为君贞，君为妾义，两地同心，即伉俪也，何必旦夕相守，乃谓之偕老乎？若渝此盟，婚姻不吉。倘虑中匮乏人，纳婢可耳。更有一事相嘱：自奉裳衣，似有佳朕，烦君命名。』生曰：『其女耶，可名龙宫；男耶，可名福海。』女乞一物为信。生在罗刹国所得赤玉莲花一对，出以授女。女曰：『三年后四月八日，君当泛舟南岛，还君体胤。』女以鱼革为囊，实以珠宝，授生曰：『珍藏之，数世吃着不尽也。』天微明，王设祖帐，馈遗甚丰。生拜别出宫。女乘白羊车，送诸海涘。生上岸下马，女致声珍重，回车便去，少顷便远。海水复合，不可复见。生乃归。自浮海去，咸谓其已死；及至家，家人无不诧异。幸翁媪无恙，独妻已他适。乃悟龙女『守义』之言，盖已先知也。父欲为生再婚；生不可，纳婢焉。谨志三年之期，泛舟岛中。见两儿坐浮水面，拍流嬉笑，不动亦不沉。近引之。儿哑然捉生臂，跃入怀中。其一大啼，似嗔生之不援己者。亦引上之。细审之，一男一女，貌皆婉秀。额上花冠缀玉，则赤莲在焉。背有锦囊，拆视，得书云：『翁姑计各无恙。忽忽三年，红尘永隔；盈盈一水，青鸟难通。结想为梦，引领成劳，茫茫蓝蔚，有恨如何也！顾念奔月姮娥，且虚桂府；投梭织女，犹怅银河。我何人斯，而能永好？兴思及此，辄复破涕为笑。别后两月，竟得孪生。今已啁啾怀抱，颇解笑言；觅枣抓梨，不母可活，敬以还君。所贻赤玉莲花，饰冠作信。膝头抱儿时，犹妾在左右也。闻君克践旧盟，意愿斯慰。妾此生不二，之死靡他。奁中珍物，不蓄兰膏；镜里新妆，久辞粉黛。君似征人，妾作荡妇，即置而不御，亦何得谓非琴瑟哉？独计翁姑已既抱孙，曾未一觌新妇，揆之情理，亦属缺然。岁后阿姑窀穸，当往临穴，一尽妇职。过此以往，则「龙宫」无恙，不少把握之期；「福海」长生，或有往还之路。伏惟珍重，不尽欲言。』生反复省书揽涕。两儿抱颈曰：『归休乎！』生益恸，抚之曰：『儿知家在何许？』儿亟啼，呕哑言归。生望海水茫茫，极天无际；雾鬟人渺，烟波路穷。抱儿返棹，怅然遂归。生知母寿不永，周身物悉为预具，墓中植松槚百余。逾岁，媪果亡。灵舆至殡宫，有女子缞绖临穴。众方惊顾，忽而风激雷轰，继以急雨，转瞬间已失所在。松柏新植多枯，至是皆活。福海稍长，辄思其母，忽自投入海，数日始还。龙宫以女子不得往，时掩户泣。一日，昼暝，龙女急入，止之曰：『儿自成家，哭泣何为？』乃赐八尺珊瑚一树、龙脑香一帖、明珠百颗、八宝嵌金合一双，为作嫁资。生闻之，突入，执手啜泣。俄顷，疾雷破屋，女已无矣。

异史氏曰：『花面逢迎，世情如鬼。嗜痂之癖，举世一辙。「小惭小好，大惭大好」；若公然带须眉以游都市，其不骇而走者，盖几希矣。彼陵阳痴子，将抱连城玉向何处哭也？呜呼！显荣富贵，当于蜃楼海市中求之耳！』

【译文】

马骥，字龙媒，是商人的儿子。他生得姿容俊美，从少年时起，就十分豪迈洒脱，喜欢唱歌跳舞，经常跟着戏曲艺人用锦帕缠头，俊得像个美女，因此又有了一个“俊人”的外号。他十四岁就考中了府学里的秀才，颇有名气。他父亲因为年老体衰，歇了买卖，闲居在家。对马骥说：“那本书，饿了不能当米煮，冷了不能当衣穿。我看你不如继承我的事业，出去做买卖。”

马骏听从父亲的劝告，从此也就渐渐做起生意来了。

有一回，他跟别人一起漂洋过海去经商，船被大台风刮走了，漂了几天几夜，到了一座大都城。那里的人都长得奇丑无比。他们看见马骥来了，以为是个妖怪，大家吓得连喊带叫逃散了。马骥初次看到他们那副丑模样非常害怕；等到知道这里的人害怕自己，便反而以此去吓唬他们。遇见吃饭饮酒的，他就跑过去，把那些人吓跑了，便吃他们剩下的食物。

过了很久以后，他走进一个山村。村里人的形状相貌，也有生得像个人样的，但是穿得破破烂烂，如同乞丐。马骥坐在树下休息，村里人不敢靠近他，只是躲得远远的张望。时间长了，他们觉得马骥不像是吃人的物，才渐渐地接近他。马骥满脸笑容，亲切地和他们交谈。语言虽然不同，大约可以听懂一半。马骥就把自己的来历告诉他们。村里人很高兴，立即告诉邻近所有人，说这个生客不是抓人吃人的。但是那些长得特别丑陋的村民，只在远处望一眼就赶紧跑掉，始终不敢走到跟前。那些敢于走近的人，其五官位置都还长得和中国人差不多。他们共同摆酒招待马骥。马骥问他们为什么怕他的原因。他们说："听老爷爷说过，由这里往西二万六千里，有个中国，那里人的形象大都是奇形怪状的。但这些都是听来的，今天看到了你，才相信了。"问他们为什么这样穷，他们说："我国所注重的，不在于文章好坏，而在于容貌美丑。相貌最美的，可以做朝廷大官；次一等的，做地方官；再差些的也可博得贵人的宠，因而也能得到美食来养活妻子儿女。像我们这样的，刚一生下来，就被父母看成不吉利，往往被扔掉；其中有些人之所以不被父母忍心遗弃，也只是为了传宗接代罢了。"马骥又问他们："这个国家叫什么名字？"回答说："叫作大罗刹国，都城就在北边三十里的地方。"马骥就请他们领自己去参观一下。

于是，第二天鸡一叫就起床，村人就引着马骥一起，一直走到天亮，才到达都城。都城是用黑色石头砌的城墙，颜色如墨一样。城内的楼阁高约百尺，可是很少用瓦，都是用红石覆盖楼顶。马骥捡起一点碎片在指甲磨一磨，和朱砂没有什么两样。这时正赶上百官退朝，从朝廷中出来一个坐车的官员，村人指着说：『这是当朝的宰相。』一看，两个耳朵都是倒过来生的，鼻子有三个孔，睫毛遮住双眼，像帘子一样。接着又有几个官骑马出来，村人说：『这些都是大夫。』然后逐个介绍他们的官职，相貌大都长得狰狞怪异；可是随着官职的降低，丑陋的程度也随着减弱。不久，马骥往回走，街上行人望见他，都惊叫奔跑，边跌边逃，好像碰见了妖怪似的。村人向他们百般解释，市里的人才敢站立在老远的地方。

马骥回到山村以后，全国无论大小，都知道这村子里来了异人，于是满朝的官员都争着要开开眼界，就吩咐村人邀约马骥。

可是马骥每到一家，守门人一见总是关上大门，男男女女只敢从门缝里偷偷张望和小声议论；整整一天，没有哪一家敢开门请他进去。村人说：『这里有一位执戟郎，曾经为老国王多次出使外国，他见过各色各样的人物，也许不怕你。』于是就去拜访那位执戟郎，执戟郎果然很高兴，很礼貌地把他待为上宾。看执戟郎的相貌，像是八九十岁的老人，眼球突出，胡须像刺猬毛似的往上卷着。他说：『我年轻时，奉国王的命令，出使外国，次数最多，但唯独没有到过中华。现在我已经一百二十多岁了，又能亲眼看到你这位上国的人物，这件事不可不奏明国王。但是我已退居林下，十几年没有踏上朝廷的台阶了。明天早晨，我要为你走一趟。』于是就安排酒宴，主人和宾客按照应有的礼节互相行礼入席。敬过几遍酒，出来十几名歌女，轮番唱歌跳舞。她们的面貌大都像夜叉，全用白绸缠头，朱红的长衣拖到地面。不知扮演的什么人物，也不明白唱的什么歌词，只觉得强调节拍都非常奇怪。主人看着她们，感到很高兴，就问马骥：『你们中国也有这种以歌女演唱的音乐吗？』马骥说：『有的。』执戟郎请他模仿一段听听，他就敲着桌子唱了一曲。主人很高兴地说：『真新奇呀。歌声如同凤鸣龙啸，我从来没有听到过。』

第二天，他上朝去，把马骥推荐给国王。国王欣然下令，要召见马骥。有两三个大臣说马骥长得古怪难看，恐怕吓坏圣体。国王终于打消了接见的念头。执戟郎就出来，把经过告诉了马骥，深表惋惜和不平。马骥在执戟郎那儿住了好多天。有一次，和主人一起喝酒，喝醉了，就用煤灰涂脸，扮成张飞的模样，握剑起舞。主人认为这模样很漂亮，就说：『请你扮成张飞的模样去见宰相，宰相一定乐意重用你，要高官要厚禄都不难办到。』马骥『嘻』地笑了一声，说：『随便玩玩还可以，怎能改换面目去谋求荣华富贵呢？』主人一定要马骥这样做，他只好答应了。于是主人摆酒设宴，邀请一些当权的大官来喝酒，要他涂黑脸面等着。没多久，客人来了，主人招呼马骥出来见客。客人们惊讶地说：『真是怪事，怎么前些天那么丑陋，今天却这样美呢？』就跟马骥一起喝酒，十分高兴。马骥婆娑起舞，用弋阳腔唱了一段曲子，满座客人无不赞美钦佩。

第二天，那些客人纷纷上奏章，向国王推荐马骥。国王很高兴，用隆重的礼节召见他。一见面，就仔细询问中国治国安邦的办法，马骥深入浅出地向国王做了介绍，大受国王的赏识和夸奖，立即在行宫里摆酒赐宴。喝到半醉，国王说：『听说爱卿精通雅乐，能唱一段让寡人听听吗？』马骥马上离座跳起舞来，也学他们那样用白绸缠头，吟唱靡靡之音。国王快活极了，当时就封他做下大夫。以后，时常参加国王的私人宴会，国王对他的恩赐、宠爱远远超过别人。但是，时间长了，文武百官逐渐感到马骥的面目是假的。他不论走到哪里，总是见到人们在交头接耳议论他，对他相当冷淡。这时，马骥感到孤立，心里很不安。

于是上书要求辞职，国王不允许；他又请求短期休假，国王同意给他三个月假期。他就乘坐驿站的马车，载着金银珠宝，又回到了山村。村里人跪在地上，用膝盖向前挪移来迎接他，他把金银财宝分给早先结交的好友，村里欢声雷动。村民看他这么慷慨仗义，十分感动，说：『难为大人还记得我们这些小人物。明天我们就要去海市了，到时候，一定搜罗些珍奇的东西来报答您。』马骥好奇地问：『海市是什么地方？』村人回答：『就是海中的集市。四海的鲛人到那里卖珠宝，各国的商人也到那儿进行贸易，甚至很多神仙也到海市上玩耍呢。海市虽然珍宝琳琅满目，但交易时总是云霞遮天，波涛大作，所以达官贵人一般不敢前往，他们多数是将钱交给我们，让我们代购奇珍异宝。再过不了几天，今年的海市就要开张了。』马骥被说得心痒难耐，便央求村人带他一起出海，好去见识一下。村人见他坚持，也就同意了。

第二天早上，海边码头上人来人往，到处是一片繁忙景象，村民们忙着装载货物，备好食物和淡水。一切就绪后，船只扬帆起航了。这只船并不大，仅仅能容下十多个人，有着高高的栏杆和平坦的船舱，摇橹的水手们『嗨哟嗨哟』划动船桨，激水如箭。经过了整整三天的航行，海市终于在前方若隐若现了。马骥站在船头望过去，只见远远的水天相接处，层层楼阁平地拔起，商船一艘接一艘，密密麻麻如同蚂蚁，场面十分壮观。不一会儿，船就抵达海市城下，抬头看去，城墙都用和人一样长的大石块垒成，瞭望塔更是高耸入云。马骥他们把船拴好，随着人流走进集市。嗬，这海市可真热闹啊。市面上陈列的东西，没有一件不是奇珍异宝，有大如鸽蛋的南海珍珠、光彩照人的红珊瑚，走了不到几步，马骥就看花了眼。突然，前面传来了一阵骚乱，紧接着，街上的人纷纷向路两旁避让，还压低声音相互招呼说『东海三世子来了』。只见一个骑着骏马的年轻人慢慢走过来，当他看到马骥时，勒住缰绳，侧头对随从说道：『这人不是当地人。』闻言，随从立即翻身下马，上前询问马骥的籍贯。

马骥很恭敬地在路旁行了礼，说自己是中国人。三世子一听，大喜道：『幸会，幸会。』马上叫人牵来一匹好马，请马骥和他同行游览。他们一行人出了城门直奔岛西岸，到了海边，座下的马儿也不减速，前蹄抬起，长嘶一声，竟然向水中跃去。马骥吓得晕头转向，大声喊叫『救命』。就在这时，奇怪的事发生了，汹涌的海水迅速地向两边退开，中间闪出一条平坦的路。马骥惊魂未定地看向两旁，只见海水像两堵墙壁那样竖着，游动的水草、成群的鱼儿、笨拙的海龟都清晰可见。

马儿嘚嘚跑得飞快，不一会儿，就载着马骥来到一座宫殿前。这宫殿玳瑁做梁，鱼鳞为瓦，墙壁如水晶般透明，发出炫目的光彩。步入宫殿，就见龙王端坐在大殿上。三世子上前启奏：『臣在海市游览时，遇见这位中国来的贤士，所以特地带他来晋见大王。』马骥赶忙上前参拜。龙王吩咐说：『先生既然是饱学之士，肯定善于写诗作赋。今天，就请你以《海市》为题，做一篇文章吧。』

马骥欣然受命，略作思索，就飞龙走蛇般提笔疾书，毫不停顿，稍许，一千多字的《海市赋》就完成了。龙王读了后，击节赞叹：『先生真是雄才，使我水国增光不少啊！』他下令召集龙族，在采霞宫设宴款待马骥。

在酒宴上，龙王举杯对马骥说：『我有个爱女还未成亲，想把她嫁与先生，你是否愿意？』能得到龙王的厚爱，马骥哪敢推辞，连忙答应了。

龙王低声对随从说了句话。片刻后，从殿外传来一阵环佩叮当声，接着，乐师们吹打起欢快的曲子，几个宫女扶着公主走出来。马骥偷偷看了一眼，真是貌美如仙，心里更是高兴。于是，龙王封马骥为驸马都尉，把他写的《海市赋》传阅四海。四海龙王都纷纷派人来祝贺，抢着发请柬，邀请驸马去做客。每次马骥出门，都身穿锦绣衣服，骑着青龙，还有十几名武士前呼后拥。这些武士披着明晃晃的盔甲，背着雕弓，手拿大棒，一个个威武雄健。一路上，马骥时而弹琴，时而吹笛，畅快极了。不到三天，他就游遍了四海，天下无人不识。

不知不觉，马骥已经在龙宫生活有三年了，他和龙女情投意合，生活得十分幸福。在龙宫中有一棵神奇的玉树，树干晶莹剔透，有如白色的琉璃，碧玉的树叶密密麻麻地遮蔽住阳光，洒下满地浓荫。每逢花开时节，红色的花朵缀满树枝，类似于人间的栀子花，微风拂过，花瓣缓缓坠落，着地时发出清脆的声音。捡起来一看，那花瓣就像是用红玛瑙雕刻而成的，洁亮可爱。平日里，夫妻俩经常在这树下吟诗唱歌。

这一天，马骥独自一人来到树下。看到树上停着几只金色羽毛的鸟儿，拖曳着长长的翎毛，在树枝间跳跃歌唱。这鸟儿的叫声十分哀婉，让人听来就想落泪。

马骥不由得想起了故乡，闷闷不乐地回到宫殿，对龙女说：『我已经离开家乡三年了，一直不能在父母身边尽孝，每当我想到这些就很难过。你能不能同我一起回去呢？』龙女说：『思念父母是人之常情，驸马想回家，妾身自然不能阻拦。只是仙界与人间道路不通，以后我们夫妻俩恐怕是不能见面了。』马骥一听，顿时流下眼泪。他虽然舍不得龙女，可还是希望能看看年迈的父母。龙女见他去意已决，便置下酒宴为他送行。马骥要求定个相会的日子。龙女叹了口气，低声说：『我们俩的缘分已经尽了。』马骥听了，知道相会无望，十分伤心。龙女安慰他说：『人生总有聚散，驸马何必伤心呢？你我定下个盟誓吧。从此以后，我不再嫁，君不再娶。我俩如果是真心相爱，即便是分隔两地，也一样是白头偕老。另外，还有一个好消息要告诉你，我已经有了身孕，你给孩子娶个名字吧。』

这个喜讯暂时冲淡了离别的苦闷，马骥想了会儿，说：『如果是个女孩，就叫龙宫；要是男孩，就叫他福海吧。』龙女向他要一件信物，马骥便找出在罗刹国获得的一对赤玉莲花送给她。龙女轻轻抚着莲花花瓣，说：『三年后的四月八日，你驾船到南岛来，我把孩子托付给你。』这一晚，夫妻俩都没有入睡，靠在一起说着话，恨不得第二天永远不要到来。可时间过得飞快，眼看着东方露白，分别的时刻还是来了。

临行前，龙女用鱼皮做成袋子，在里面装满了珍珠、玛瑙、翡翠等各色珍宝，送给马骥。等马骥拜别龙王后，龙女亲自驾着白羊车，一直把丈夫送到海边，饱含深情地看了他最后一眼，道了声『珍重』，便回转羊车离开了。不一会儿，海水又重新合在一起，龙女的身影再也看不见了。马骥怅惘地站在岸边，看着水面良久，才一步步离开。马骥出海三年不归，家里人都以为他早死了，等他回到家中，家人真是又惊又喜。不久，父亲想让他再娶个妻子，马骥为了遵守和龙女的誓言，坚决不同意。马骥一直牢记着三年之约。到了那一天，他驾船到南岛，焦急地四处搜寻，远远地就看见两个小孩浮在水面，互相拍水戏耍。马骥赶忙划船靠拢，一等船近了，其中的一个孩子『呀呀』叫着扑向马骥，抓住他的手臂不放，一下就跳入怀中。另一个小孩马上就咧嘴哇哇大哭起来，似乎是怪马骥不抱自己。马骥忙上前抱起，把两个孩子都搂在怀中，仔细一打量，原来是一个男孩一个女孩，长得都很像龙女，十分俊秀。孩子们头上扎着精致的花冠，上面缀有晶莹的玉石，发结上还插着马骥当年送给龙女的信物——赤玉莲花。马骥想到美丽贤惠的龙女，不禁泪如泉涌。两个孩子抱着他的脖子，撒娇道：『爹爹，我们困了，要回家睡觉。』马骥听了，更加伤心，摸着孩子的头问：『你们知道家在哪儿吗？』孩子立即就号啕大哭起来，哽咽着说：『要回家，要回家。』马骥望着无边无际的大海，在这浩渺烟波中，哪里找得到去龙宫的路？他只好怅然地抱着两个孩子回家了。

第二年，马骥的母亲病死了。下葬这天，人们抬着棺材走向墓地，隔了几十步远，就见一个女子披麻戴孝跪在坟前。众人还来不及细看，忽然间就狂风大作，暴雨倾盆而下，再一看，那女子却消失了。等雨停了，众人惊诧地发现，坟边那几株新种下的干枯松树，已经长出了绿叶。过了几年，福海和龙宫都长大了，十分想念母亲。有一天，福海说要去探望母亲，就突然跳入大海不见了，过了好几天才回到家中。一回来，他便手舞足蹈地说起海底见闻。龙宫听了十分羡慕，因为她不能下海去见母亲，心里很是难过，一个人偷偷窝在屋子里哭泣。正哭得伤心时，门『吱呀』一声开了，龙女走了进来。她摸着女儿的头发，柔声安慰道：『傻孩子，你都要嫁人了，哭什么呢？来，看看我送给你的嫁妆。』屋子里流光溢彩，摆满了珍宝，有八尺珊瑚一树、龙脑香一贴、明珠百颗、百宝嵌金一双，都是世间罕有的宝贝。马骥在屋外隐约听到龙女的声音，急匆匆跑过来，猛地推门而入，他看到分别多年的妻子，心中悲喜交加，拉着她的手失声痛哭起来。夫妻俩还来不及说些什么，这时，一道惊天动地的响雷劈向屋子，一道白光闪过，龙女倏地消失不见了。

异史氏说：『变幻脸谱，讨好别人，人情世态，巧诈得像鬼一样。怪僻的嗜好，人人都有。但往往自己觉得惭愧，别人反而觉得不错；自己羞愧得要命，别人却鼓掌叫好。如果公然带着假面，招摇过市，人们不见而走的，恐怕很少了。唉！那些仙家情痴，抱着价值连城的美好的东西，到那里会哭皇天啊！唉，真正的荣华富贵，只能在海市蜃楼中去找啊！』

田七郎

武承休，辽阳人。喜交游，所与皆知名士。夜梦一人告之曰：『子交游遍海内，皆滥交耳。惟一人可共患难，何反不识？』问：『何人？』曰：『田七郎非与？』醒而异之。诘朝，见所于游，辄问七郎。客或识为东村业猎者。武敬谒诸家，以马箠挝门。未几，一人出，年二十余，区目蜂腰，着腻帕，衣皂犊鼻，多白补缀。拱手于额而问所自。武展姓字；且托途中不快，借庐憩息。问七郎，答云：『即我是也。』遂延客入。见破屋数椽，木岐支壁。入一小室，虎皮狼蜕，悬布楹间，更无杌榻可坐。七郎就地设皋比焉。武与语，言词朴质，大悦之。遽贻金作生计。七郎不受。固予之。七郎受以白母。俄顷将还，固辞不受。武强之再四。母龙钟而至，厉色曰：『老身止此儿，不欲令事贵客！』武惭而退。归途展转，不解其意。适从人于舍后闻母言，因以告武。先是，七郎持金白母。母曰：『我适睹公子，有晦纹，必罹奇祸。闻之：受人知者分人忧，受人恩者急人难。富人报人以财，贫人报人以义。无故而得重赂，不祥，恐将取死报于子矣。』武闻之，深叹母贤；然益倾慕七郎。翼日，设筵招之，辞不至。武登其堂，坐而索饮。七郎自行酒，陈鹿脯，殊尽情礼。越日，武邀酬之，乃至。款洽甚欢。赠以金，即不受。武托购虎皮，乃受之。归视所蓄，计不足偿，思再猎而后献之。入山三日，无所猎获。会妻病，守视汤药，不遑操业。浃旬，妻奄忽以死。为营斋葬，所受金，稍稍耗去。武亲临唁送，礼仪优渥。既葬，负弩山林，益思所以报武；而迄无所得。武探得其故，辄劝勿亟。切望七郎姑一临存；而七郎终以负债为憾，不肯至。武因先索旧藏，以速其来。七郎检视故革，则蠹蚀殃败，毛尽脱，懊丧益甚。武知之，驰行其庭，极意慰解之。又视败革，曰：『此亦复佳。仆所欲得，原不以毛。』遂轴鞟出，兼邀同往。七郎不可，乃自归。七郎念终不足以报武，裹粮入山，凡数夜得一虎，全而馈之。武喜，治具，请三日留。七郎辞之坚。武键庭户，使不得出。宾客见七郎朴陋，窃谓公子妄交。而武周旋七郎，殊异诸客。为易新服，却不授；承其寐而潜易之，不得已而受之。既去，其子奉媪命，返新衣，索其敝裰。武笑曰：『归语老姥，故衣已拆作履衬矣。』自是，七郎日以兔鹿相贻，召之即不复至。

武一日诣七郎，值出猎未返。媪出，骑门语曰：『再勿引致吾儿，大不怀好意！』武敬礼之，惭而退。半年许，家人忽白：『七郎为争猎豹，殴死人命，捉将官里去。』武大惊，驰视之，已械收在狱。见武无言，但云：『此后烦恤老母。』武惨然出，急以重金赂邑宰，又以百金赂仇主。月余无事，释七郎归。母慨然曰：『子发肤受之武公子，非老身所得而爱惜者矣。但祝公子终百年，无灾患，即儿福。』七郎欲诣谢武，母曰：『往则往耳，见公子勿谢也。小恩可谢，大恩不可谢。』七郎见武，武温言慰藉，七郎唯唯。家人咸怪其疏；武喜其诚笃，益厚遇之。由是恒数日留公子家。馈遗辄受，不复辞，亦不言报。会武初度，宾从烦多，夜舍履满。武偕七郎卧斗室中，三仆即床下藉刍藁。二更向尽，诸仆皆睡去，两人犹刺刺语。七郎佩刀挂壁间，忽自腾出匣数寸许，铮铮作响，光闪烁如电。武惊起。七郎亦起，问：『床下卧者何人？』武答：『皆厮仆。』七郎曰：『此中必有恶人。』武问故。七郎曰：『此刀购诸异国，杀人未尝濡缕。迄今佩三世矣。决首至千计，尚如新发于硎。见恶人则鸣跃，当去杀人不远矣。公子宜亲君子、远小人，或万一可免。』武颔之。七郎终不乐，辗转床席。武曰：『灾祥数耳，何忧之深？』七郎曰：『我诸无恐怖，徒以有老母在。』武曰：『何遽至此？』七郎曰：『无则便佳。』盖床下三人：一为林儿，是老弥子，能得主人欢；一僮仆，年十二三，武所常役者；一李应，最拗拙，每因细事与公子裂眼争，武恒怒之。当夜默念，疑必此人。诘旦，唤至，善言绝令去。武长子绅，娶王氏。一日，武他出，留林儿居守。斋中菊花方灿。新妇意翁出，斋庭当寂，自诣摘菊。林儿突出勾戏。妇欲遁，林儿强挟入室。妇啼拒，色变声嘶。绅奔入，林儿始释手逃去。武归闻之，怒觅林儿，竟已不知所之。过二三日，始知其投身某御史家。某官都中，家务皆委决于弟。武以同袍义，致书索林儿，某弟竟置不发。武益恚，质词邑宰。勾牒虽出，而隶不捕，官亦不问。武方愤怒，适七郎至。武曰：『君言验矣。』因与告诉。七郎颜色惨变，终无一语，即径去。

武嘱干仆逻察林儿。林儿夜归，为逻者所获，执见武。武掠楚之。林儿语侵武。武叔恒，故长者，恐侄暴怒致祸，劝不如治以官法。武从之，絷赴公庭。而御史家刺书邮至；宰释林儿，付纪纲以去。林儿意益肆，倡言丛众中，诬主人妇与私。武无奈之，忿塞欲死。驰登御史门，俯仰叫骂。里舍慰劝令归。逾夜，忽有家人白：『林儿被人脔割，抛尸旷野间。』武惊喜，意气稍得伸。俄闻御史家讼其叔侄，遂偕叔赴质。宰不容辨，欲笞恒。武抗声曰：『杀人莫须有！至辱詈缙绅，则生实为之，无与叔事。』宰置不闻。武裂眦欲上，群役禁捽之。操杖隶皆绅家走狗，恒又老耄，签数未半，奄然已死。宰见武叔垂毙，亦不复究。武号且骂，宰亦若弗闻也者。遂舁叔归，哀愤无所为计。思欲得七郎谋，而七郎更不一吊问。窃自念：待七郎不薄，何遽如行路人？亦疑杀林儿必七郎。转念：果尔，胡得不谋？于是遣人探诸其家，至则扃寂然，邻人并不知耗。一日，某弟方在内廨，与宰关说。值晨进薪水，忽一樵人至前，释担抽利刃，直奔之。某惶急，以手格刃，刃落断腕；又一刀，始决其首。宰大惊，窜去。樵人犹张皇四顾。诸役吏急阖署门，操杖疾呼。樵人乃自刭死。纷纷集认，识者知为田七郎也。宰惊定，始出覆验。见七郎僵卧血泊中，手犹握刃。方停盖审视，尸忽崛然跃起，竟决宰首，已而复踣。衙官捕其母子，则亡去已数日矣。武闻七郎死，驰哭尽哀。咸谓其主使七郎。武破产夤缘当路，始得免。七郎尸弃原野三十余日，禽犬环守之。武取而厚葬。其子流寓于登，变姓为佟。起行伍，以功至同知将军。归辽，武已八十余，乃指示其父墓焉。

异史氏曰：『一钱不轻受，正其一饭不忘者也。贤哉母乎！七郎者，愤未尽雪，死犹伸之，抑何其神？使荆卿能尔，则千载无遗恨矣。苟有其人，可以补天网之漏；世道茫茫，恨七郎少也。悲夫！』

【译文】

辽阳人武承休喜欢结交朋友，所以，家里常常宾客盈门。有一天晚上，他梦见一个人对他说：『你结交的朋友虽然遍及四海，可惜都是酒肉之交。现在，只有一个人可以和你共患难，你为什么不去结识他？』武承休问：『他是谁？』那人说：『田七郎。』武承休还想追问，忽然就醒了过来。他心里奇怪，一早便出门打听田七郎是什么人。有人说：『是东村的一个猎户。』

武承休立即吩咐家人准备了礼物，亲自登门拜访。来到田七郎家门前，他下了马，恭恭敬敬地敲门。不一会儿，出来一个人，看起来二十多岁，一双眼睛闪着精光，像山猫一样。头上戴着一顶油腻腻的圆帽，系着黑色的围裙，上面缀满了白色的补丁。那人行了礼，问武承休：『你是什么人？有什么事？』武承休通报了自己的名字，然后说：『我途中劳累，想到您家里休息一下。』那人便把他请进了屋子，武承休问：『不知道这里是否住着一位叫田七郎的人？』那人爽快地说：『我就是。』

武承休发现田七郎的家里只有几间破屋子，墙壁都摇摇欲坠，用树杈撑着。走进一个小房间，到处扔着虎皮和狼皮，门框上挂着一块破布，连个板凳都没有。田七郎在地上铺了一张虎皮，请武承休坐下。两个人叙谈一会儿，武承休发现他言语朴实，性格爽朗，心中十分敬佩，拿出银两相赠，让他补贴家用。田七郎不接受，武承休坚持要给。田七郎便拿去禀告母亲。不一会儿，他回来了，坚决不接受。武承休再三强行相赠，两人推让了半天。这时，田母走了过来，神情严肃地对武承休说：『老身只有这么一个儿子，不希望他和贵人往来。』武承休告辞了。

回去的路上，武承休反复琢磨，不明白他们母子的意思。有个家人听到了田家母子的对话，便如实告诉了武承休。原来，田七郎拿着银子去见母亲时，田母说：『我刚才看那位公子，脸上带着晦气，必定会遭大祸。富人以钱财相报，穷人以义气相报。你如果接受了他的馈赠，恐怕日后要以死相报。』武承休听后，对田母的贤良十分赞叹，也更加钦慕田七郎。

第二天，武承休邀请田七郎来家赴宴，可是他推辞不到。武承休便登门拜访，坐下来讨酒喝。田七郎置办酒菜，礼数十分周全。过了一天，武承休设宴酬谢，田七郎这才应邀前来。在席间，武承休赠他银子，田七郎坚决不接受。武承休便假装自己要买虎皮，田七郎这才收下。回到家中，田七郎清点了自己储存的兽皮，发现值不了这么多钱，便准备进山打猎，可是连着几天一无所获。这时他的妻子病了，更没有时间去打猎。十天后，妻子病逝，田七郎办理丧事，把武承休的钱慢慢花完了。武承休亲自登门吊唁，馈赠厚礼。田七郎安葬了妻子，念念不忘报答武承休，又带了干粮进山打猎。连着埋伏了好几个晚上，终于打到一只老虎，然后把整个老虎都送到了武家。武承休非常高兴，请他在家里住三天。田七郎坚持要回去，武承休就把庭院门窗都锁上，使他没法出去。宾客们见田七郎穿戴朴素简陋，都看不起他。武承休却对田七郎另眼相看，态度始终十分恭敬热情，拿出新衣服请他换上，田七郎不接受，就趁他睡觉的时候，偷偷地换掉了他的旧衣服。田七郎没有办法，只好穿着新衣服回家了。

田母让儿子退还新衣服，要回旧衣服。武承休笑着说：『你的旧衣服已经折掉做了鞋子。』从此后，田七郎时常把猎到的兔肉、鹿肉送给武承休，却再也不来做客了。有一天，武承休去田家找他，正好他去打猎还没有回来。田母走出来，严肃地对武承休说：『别再来找我儿子，你一定会害了他的！』武承休惭愧地告退了。过了半年左右，家人忽然告诉武承休：『田七郎为了争一只豹子，打死一个人，被抓到了监狱里。』武承休大惊，急忙去探望。田七郎见到他，默不作声，半晌才说：『今后拜托你照顾我的老母亲。』武承休十分伤感，立即找到县令，送给他很多金银，又用重金贿赂了仇家。一个多月后，田七郎就被释放了。田母看着儿子，感慨地说：『武公子真是你的再生父母。我现在只能祝愿他终身无灾无难，这就是你的福分了。』田七郎想去感谢武承休，母亲说：『去可以，但不必感谢。小恩可以谢，大恩不可谢。』田七郎来到武家，武承休好言安慰，他只是唯唯诺诺地答应着。众人都怪他没礼貌，武承休却觉得他很诚恳，仍然热情地招待他。田七郎这次住了好几天，馈赠的礼物也毫不推辞地接受了。

这天是武承休生日，晚上他和田七郎住在一个小房间里，三名仆人睡在地下。半夜三更时分，田七郎挂在墙上的佩剑忽然从匣子里蹿出好几寸，铮铮作响，闪闪发光。武承休吃惊地坐了起来，田七郎问：『睡在地上的都是什么人？』武承休说：『都是仆人。』田七郎说：『其中必有恶人。』武承休惊讶地问原因。田七郎说：『这把刀是从外国买来的，在我家已经传了三代人。这刀斩过数千首级，仍然是吹毛利刃，只要附近有恶人，它就会从匣子里跳出来报警。公子一定小心，远离小人。』武承休连连点头，田七郎始终闷闷不乐，在床上辗转反侧。武承休说：『吉凶自有天意，何必过于担忧？』他说：『我只是放心不下老母亲。』武承休再三安慰他，他才叹着气说：『但愿是我多心了。』

那天睡在地上的三个仆人，其中一个叫林儿，最得主人喜欢；还有一个叫李应，笨手笨脚，可是脾气暴躁，经常因为小事和主人顶嘴。武承休怀疑李应就是那个恶人，天亮后就找个借口把他辞退了。

武承休的长子叫武绅，娶了王家的女儿，刚成亲不久。一天，武承休外出，留下林儿看家。新媳妇觉得公公不在家，就独自到园子里摘菊花。林儿突然跑了过来，调戏新媳妇。新媳妇吓得花容失色，拼命呼救。武绅听到声音，急忙跑过来，林儿这才吓得逃走了。武承休回家后，勃然大怒，四处寻找林儿，谁也不知道他逃到哪里去了。过了三四天，才打听到他投奔了一个御史的弟弟。武承休派人送去书信，请他交出林儿。御史的弟弟竟然置之不理。武承休告到县令那里，拘捕的公文虽然发出了，可是衙役们都不去捕人，县令也不追问。武承休恼怒万分，正在这时，田七郎前来拜访。知道这件事情后，他的脸色变得十分难看，一言不发，转身就走。武承休吩咐精干的仆人日夜埋伏，搜寻林儿。一天晚上，终于抓到了他。武承休见到林儿，立即令人责打，林儿口出恶言，辱骂主人。武承休气得暴跳如雷，他的叔叔武恒担心闹出人命，就劝侄子把林儿送官法办。武承休于是令人捆绑了林儿，押送到县衙。可是御史家的书信已经送到了，县官看过后，立即释放了林儿。林儿于是更加放肆，四处散播谣言，说主人的儿媳妇和他私通。武承休愤懑欲死，在御史家门前破口大骂。过了一夜，忽然听说林儿被杀。武承休又惊又喜，觉得终于出了胸中的恶气。然而不久，御史家就把他和武恒告了，说他们是杀害林儿的凶手。县令不由分说，抓捕了叔侄两个。武承休抗议说：『我们根本没有杀人。至于辱骂缙绅，是我自己做的，和叔父无关。』县令置若罔闻，吩咐衙役拷打武恒。武恒年老体弱，受刑不过，竟然死去了。县令见武恒已死，就放了武承休，不再追究。武承休把叔父的尸体抬回家中，哀痛愤怒，不知所措。想找田七郎商量一下，可是他竟然没来吊唁。武承休不由得想道：『我待他不薄，他为什么忽然与我形同路人？难道林儿是他杀的？』想到这里，他立即派人到田家探望，这才发现门户紧闭，寂静无人，一家人不知道都到哪里去了。

过了一段时间，御史的弟弟在县衙和县令说话，一些用人在往院子里搬运柴草。忽然，一个樵夫从担子里抽出一把锋利的刀，冲到堂上直奔御史的弟弟。御史的弟弟惊慌失措，急忙用手去挡，手腕立即被砍断了，又一刀，他的人头就落了下来。县令狼狈地逃窜，衙役们关闭了大门，拿着刑杖围了过来。樵夫环顾四周，发现无路可走，便自刎而死。

衙役们走到近前，有人认出他就是田七郎。县令惊魂未定，慢慢地走到尸体旁边，发现田七郎倒在血泊之中，手里还紧紧地握着那把刀。他刚刚松口气，想仔细观看，忽然尸体跳了起来，一刀就把县令的人头砍掉了。衙役们去抓田七郎的母亲，可是她已经逃走好几天了。武承休听说田七郎死了，痛哭失声。有人诬告是他指使田七郎去行刺的，武承休变卖了全部家产，才得以免罪。田七郎的尸体被抛在野外好几个月，鸟和狗一直守护在旁边。武承休出狱后，厚葬了他。田七郎的儿子流落到登州，改姓佟，后来官拜副将军。他回到辽宁老家寻亲时，武承休已经80岁了，还亲自带他到田七郎的坟上祭拜。

异史氏说：『一钱不轻受，正是一饭不敢忘的表现。多么贤达啊，七郎的老母！七郎这个人，怨愤没有完全昭雪，死了还要伸张义气，又是多么神奇啊！假使荆轲能够这样，那么就不会有千古遗憾了。如果有七郎这样的人，就可以补救国法的疏漏。可惜偌大的世界，像田七郎这样的人太少了，唉！』

促织

宣德间，宫中尚促织之戏，岁征民间。此物故非西产；有华阴令欲媚上官，以一头进，试使斗而才，因责常供。令以责之里正。市中游侠儿，得佳者笼养之，昂其直，居为奇货。里胥猾黠，假此科敛丁口，每责一头，辄倾数家之产。邑有成名者，操童子业，久不售。为人迂讷，遂为猾胥报充里正役，百计营谋不能脱。不终岁，薄产累尽。会征促织，成不敢敛户口，而又无所赔偿，忧闷欲死。妻曰：『死何裨益？不如自行搜觅，冀有万一之得。』成然之。早出暮归，提竹筒铜丝笼，于败堵丛草处，探石发穴，靡计不施，迄无济；即捕得三两头，又劣弱不中于款。宰严限追比；旬余，杖至百，两股间脓血流离，并虫亦不能行捉矣。转侧床头，惟思自尽。时村中来一驼背巫，能以神卜。成妻具赀诣问。见红女白婆，填塞门户。入其舍，则密室垂帘，帘外设香几。问者爇香于鼎，再拜。巫从旁望空代祝，唇吻翕辟，不知何词。个个竦立以听。少间，帘内掷一纸出，即道人意中事，无毫发爽。成妻纳钱案上，焚拜如前人。食顷，帘动，片纸抛落。拾视之，非字而画：中绘殿阁，类兰若；后小山下，怪石乱卧，针针丛棘，青麻头伏焉；旁一蟆，若将跳舞。展玩不可晓。然睹促织，隐中胸怀。折藏之，归以示成。成反复自念，得无教我猎虫所耶？细瞻景状，与村东大佛阁真逼似。乃强起扶杖，执图诣寺后。有古陵蔚起；循陵而走，见蹲石鳞鳞，俨然类画。遂于蒿莱中，侧听徐行，似寻针芥；而心目耳力俱穷，绝无踪响。冥搜未已，一癞头蟆猝然跃去。成益愕，急逐趁之。蟆入草间。蹑迹披求，见有虫伏棘根；遽扑之，入石穴中。掭以尖草，不出；以筒水灌之，始出。状极俊健。逐而得之。审视，巨身修尾，青项金翅。大喜，笼归。举家庆贺，虽连城拱璧不啻也。上于盆而养之，蟹白栗黄，备极护爱，留待限期，以塞官责。

成有子九岁，窥父不在，窃发盆。虫跃掷径出，迅不可捉；及扑入手，已股落腹裂，斯须就毙。儿惧，啼告母。母闻之，面色灰死，大骂曰：『业根！死期至矣！而翁归，自与汝覆算耳！』儿涕而出。未几成归，闻妻言，如被冰雪。怒索儿，儿渺然不知所往；既得其尸于井。因而化怒为悲，抢呼欲绝。夫妻向隅，茅舍无烟，相对默然，不复聊赖。日将暮，取儿藁葬。近抚之，气息惙然。喜置榻上，半夜复苏。夫妻心稍慰。但蟋蟀笼虚，顾之则气断声吞，亦不敢复究儿。自昏达曙，目不交睫。东曦既驾，僵卧长愁。忽闻门外虫鸣，惊起觇视，虫宛然尚在。喜而捕之。一鸣辄跃去，行且速。覆之以掌，虚若无物；手裁举，则又超忽而跃。急趁之。折过墙隅，迷其所往。徘徊四顾，见虫伏壁上。审谛之，短小，黑赤色，顿非前物。成以其小，劣之。惟彷徨瞻顾，寻所逐者。壁上小虫，忽跃落衿袖间。视之，形若土狗，梅花翅，方首长胫，意似良。喜而收之。将献公堂，惴惴恐不当意，思试之斗以觇之。村中少年好事者，驯养一虫，自名『蟹壳青』，日与子弟角，无不胜。欲居之以为利；而高其直，亦无售者。径造庐访成。视成所蓄，掩口胡卢而笑。因出己虫，纳比笼中。成视之，庞然修伟，自增惭怍，不敢与较。少年固强之。顾念蓄劣物终无所用，不如拼搏一笑。因合纳斗盆。小虫伏不动，蠢若木鸡。少年又大笑。试以猪鬣毛，撩拨虫须，仍不动。少年又笑。屡撩之，虫暴怒，直奔，遂相腾击，振奋作声。俄见小虫跃起，张尾伸须，直龁敌领。少年大骇，解令休止。虫翘然矜鸣，似报主知。成大喜。方共瞻玩，一鸡瞥来，径进以啄。成骇立愕呼。幸啄不中，虫跃去尺有咫；鸡健进，逐逼之，虫已在爪下矣。成仓猝莫知所救，顿足失色。旋见鸡伸颈摆扑；临视，则虫集冠上，力叮不释。成益惊喜，掇置笼中。翼日进宰。宰见其小，怒诃成。成述其异。宰不信。试与他虫斗，虫尽靡；又试之鸡，果如成言。乃赏成，献诸抚军。抚军大悦，以金笼进上，细疏其能。既入宫中，举天下所贡蝴蝶、螳螂、油利挞、青丝额……一切异状，遍试之，无出其右者。每闻琴瑟之声，则应节而舞。益奇之。上大嘉悦，诏赐抚臣名马衣缎。抚军不忘所自，无何，宰以『卓异』闻。宰悦，免成役。又嘱学使，俾入邑庠。后岁余，成子精神复旧。自言身化促织，轻捷善斗，今始苏耳。抚军亦厚赉成。不数岁，田百顷，楼阁万椽，牛羊蹄躈各千计。一出门，裘马过世家焉。

异史氏曰：『天子偶用一物，未必不过此已忘；而奉行者即为定例。加之官贪吏虐，民日贴妇卖儿，更无休止。故天子一跬步，皆关民命，不可忽也。独是成氏子以蠹贫，以促织富，裘马扬扬。当其为里正、受扑责时，岂意其至此哉！天将以酬长厚者，遂使抚臣、令尹，并受促织恩荫。闻之：一人飞升，仙及鸡犬。信夫！』

【译文】

在明朝宣德年间，皇宫中非常盛行斗蟋蟀，每年都会向民间征收。蟋蟀本不是陕西特产，有个华阴县令想要巴结上司，就选送了一只蟋蟀呈送给了上级，那只蟋蟀也真正为他争气，勇猛异常。于是，上司就责令他年年供奉。县令就把差使摊派到乡官头上。街市上游手好闲之徒，获得一只好蟋蟀便养在竹笼里，抬高市价，就当作宝贝。乡长地保想出了坏点子，以此为借口照人头摊派钱款，上边每征收一头蟋蟀，就有好几户倾家荡产。

县里有一个叫成名的读书人，考过几次秀才，都落第了。他为人迂腐，不善于言辞，就被刁猾的公差报上去，当上了乡长的差事。他千方百计想要卸脱这责任，没有成功，不到一年，一点微薄的家产倒赔光了。不久又逢征收蟋蟀，成名不敢照户口摊派，自己又拿不出钱来贴，又焦急又担心。

他妻子说：『就算你死了也不起作用。趁自己还奔着去找找吧，或许运气好的话可以碰上呢。』成名认为有理。他早出晚归，提着竹筒丝笼，来到断墙脚下，草丛深处，翻石挖洞，用尽办法，但始终没有结果。即使捉到了三两只，又低劣瘦弱，完全不合格。县令严格限期，催促交纳，十多天里，成名挨了上百下板子，臀部和两腿打得流血化脓，连出去捉虫的力气也没有了，在床上翻来覆去，只想死去。

这时村里来了一个驼背的女巫，据说能降神占卜。成名的妻子凑了钱去向她请教。刚到女巫家门口，只见红颜少女和白发者太多，挤得把门口都堵住了。挨到自己进屋，就看见密室中间挂着道帘布，帘布外面摆着一张香案。求卜的人在香炉里烧香，再跪拜叩首。女巫站在一旁朝天代为祷告，嘴唇一开一合念念有词，不知她说些什么。求卜的人都恭敬地站在一旁听着。没过多久，帘布后面扔出一张纸来，上面写的就是求卜者所求的事，不会有丝毫差错。

成名的妻子把钱放在香案上，与别人一样焚香叩拜。大约一顿饭的工夫，帘布掀动，一张纸片抛落下来。她拿起来一看，上面不是字而是一幅画，中间画着殿台楼阁，像是寺庙；后面的小山下，乱堆着各种怪石，一丛丛长刺的灌木中，伏着一头名为『青麻头』的上等蟋蟀；旁边一只蛤蟆，好像要跳起来的样子。她拿在手里反复观看还是不解其意，但看到那头蟋蟀，倒是隐隐切中自己的心事。就把画折起来藏好，带回去给成名看。

成名脑子里反复地想：莫不是指点我捉蟋蟀的地点吧？细看图上的景象，与村东大佛阁非常相似，就勉强扶着拐杖，拿着图来到佛寺后面。那儿有一座草木茂盛的古墓，沿着坟墓边上走去，看见一片鱼鳞似的堆石，与图上画的一模一样。就在乱草丛中侧耳细听，慢慢前进，就像寻觅针芥一样；他全神贯注地观察，哪里有什么蟋蟀的影子？穷搜冥索不止，突然看见一头癞蛤蟆跳过。成名愈加惊奇，急忙赶过去，癞蛤蟆跳进了草丛中，忙追踪拔草寻找，只见一只蟋蟀伏在草根下。他猛地扑上去，蟋蟀跳进了一个石缝。用尖草去捅，蟋蟀不出来；用竹筒灌水进去，才出来了，模样儿十分壮健。成名追上去逮住它，仔细观看，只见它身大尾长，青颈金翅，心中大喜，盛在竹笼里带回了家。全家都很高兴，将它视为传世珍宝。成名将蟋蟀养在瓦盆里，用蟹肉、栗粉喂它，爱护备至，只等到了限期应付官差。

成名有个九岁的儿子，看父亲不在家，偷偷地打开瓦盆。蟋蟀一跃而出，小儿子大吃一惊，赶忙上前捕捉，等到扑在手中，蟋蟀已经腿断腹破，一下子就死了。儿子很害怕，哭着告诉母亲。母亲听了，顿时面如死灰，又惊又怒道：“你这个孽种，你的死期到了！等你父亲回来，自会跟你算账的。”儿子哭着出去了。

过了一会儿，成名回家，一听妻子的话，心都凉了，脑袋隐隐生痛。他怒冲冲寻找儿子，儿子却不见人影，不知跑到哪里去了。后来在井里找到了儿子的尸体，于是又化怒为悲，呼天抢地，哀伤欲绝。夫妻俩对着墙角哭泣，泪水长流，止也止不住，觉得这辈子没了指望。挨到天快黑，用草席去裹儿子埋葬。走近一摸，觉得似乎还有一些微弱的呼吸，不由一喜，便把儿子移到床上，到半夜里他果然苏醒过来了。夫妻二人稍稍有些宽慰，但是儿子还是痴头呆脑的，昏昏沉沉的总像睡着一般。成名回头看到空空的蟋蟀盆子，想到儿子又复活，但蟋蟀却再也找不回来，忧虑重重，脑子闪现的总是蟋蟀蹦跳的样子，想来思去，心中好生悲苦，不知不觉一夜已过。

太阳从东方升起，成名还直愣愣地躺在床上发愁。忽然他听见外面有蟋蟀的叫声，一惊而起，赶紧去察看，蟋蟀果然还在。他高兴地去捉，蟋蟀叫了一声就跳走了，速度还很快。成名扑上去用手掌罩住，掌心里好像没有东西，手刚放开，蟋蟀又忽地跳了开去。成名急忙再追上去，转过墙脚，却不见了蟋蟀的踪迹。他来回四面观看，却见蟋蟀伏在墙壁上，仔细看去，蟋蟀身体短小，黑中带红，根本不是原先那头。成名见它很小，有些看不上，所以只顾四处张望，想要找到刚才追赶的那头。这时墙壁上的小蟋蟀，忽地一下跳到他的衣袖上。一看，形状就像土狗子一般，长着梅花翅，方头长腿，样子像是良种。于是他高兴地把蟋蟀收起来，准备献给上司，但心里七上八下，唯恐上司不满意，想先试着拿出去斗一斗看看。

村里有个游手好闲的年轻人，养着一只蟋蟀，自己取名叫『蟹壳青』。每拿出去与其他蟋蟀斗，总是胜利。他想靠它赚一笔钱，价钱抬得太高，也没人买。这天，他径直来到成名家里拜访，见了成名所养的蟋蟀，便掩着嘴嘿嘿地笑，就拿出自己那头蟋蟀，放进比赛用的瓦盆。成名一看，见它修长壮健，加倍地觉得惭愧，不敢拿自己的蟋蟀与它较量。那年轻人执意要成名拿出他的蟋蟀来斗，他前思后想，觉得留着这头劣货终究无用，倒不如斗一斗来博一下，于是也把蟋蟀放进了斗盆。

小蟋蟀在盆里伏着不动，一副呆若木鸡的样子，那年轻人又大笑一阵。试着用猪鬃毛去撩拨它的须，它还是不动，年轻人又笑了起来。再三撩拨之下，蟋蟀突然奋起，向前冲去，于是相互翻腾搏击起来，还振翅鸣叫示威。不一会儿，只见小蟋蟀跳起，张尾伸须，直向『蟹壳青』颈项咬去。那年轻人大惊，忙将两头蟋蟀分开让它休战。小蟋蟀抬起头得意地长鸣，似乎是向主人报捷。成名不由大喜。

两人正在观看赏玩，有只公鸡一眼看见小蟋蟀，直走过来向它啄去。成名吓得惊叫，幸而公鸡一啄不中，小蟋蟀跳出去一尺多远。公鸡大步向前，紧追上去，小蟋蟀几乎已在鸡爪之下了。仓促之间，成名不知所措，跺着脚，变了脸色。转眼间，只见公鸡伸长颈，扑打翅膀，近前一看，原来小蟋蟀已经停在鸡冠上，用力咬住它不放。成名愈加惊喜，忙取下来收进了竹笼。

第二天，成名把小蟋蟀进献给了县令。县令嫌它太小，发脾气把他训斥一顿。他讲了蟋蟀的奇妙本领，县令不信，拿它与其他蟋蟀斗，一只只都败下阵去；又用鸡来试验，果然如同成名所说的一般。县令转怒为喜，大大嘉赏了成名，把蟋蟀献给了巡抚。巡抚大喜，用金丝笼子盛起来献给皇上，并且上书详细说明这头蟋蟀的本领。进宫以后，用全国各地进贡的蝴蝶、螳螂、油利挞、青丝额等一切蟋蟀佳品先后与它相斗，没有能胜过它的。每当听到琴瑟和鸣，它还会应着节奏跳舞，被皇宫上下称为奇物。皇上大为高兴，下诏赏赐给巡抚名马和缎匹。巡抚也很高兴，重重赏了县令。县令一高兴，免除了成名的徭役，又嘱咐县学的主考官，让成名入学补了一名秀才。

又过了一年多，成名的儿子才精神复原。自称化成了蟋蟀，轻捷灵巧，善于格斗，现在才苏醒过来。巡抚后来得知蟋蟀是成名所贡的，心中很高兴，也重重赏了成名。由此，成名富甲一方，过上了富足的生活。

异史氏说：『天子偶尔使用一件物品，未必不是用过之后就忘记了，但那些趋炎谄媚之人却把它当成了定例，加上官员的贪婪和隶役的肆虐，百姓就过着卖妻卖儿的日子。所以，天子的任何一个举动，都与百姓的性命相连，丝毫不能轻视。初时，成名因为担任里正而变得多么贫苦不堪，后又由于善于饲养蟋蟀而富甲一方，穿着裘衣，骑着肥马，赫赫扬扬；在他担任里正，受鞭打督责时，他怎会料得到有今天呢？老天要酬报忠厚老实的人，于是也让巡抚、县令一起受到蟋蟀的荫庇。俗语说：「一人得道，鸡犬升天」，果真如此啊！』

柳秀才

明季，蝗生青兖间，渐集于沂。沂令忧之。退卧署幕，梦一秀才来谒，峨冠绿衣，状貌修伟。自言御蝗有策。询之，答云：『明日西南道上有妇跨硕腹牝驴子，蝗神也。哀之，可免。』令异之，治具出邑南。伺良久，果有妇高髻褐帔，独控老苍卫，缓蹇北度。即爇香，捧卮酒，迎拜道左，捉驴不令去。妇问：『大夫将何为？』令便哀恳：『区区小治，幸悯脱蝗口。』妇曰：『可恨柳秀才饶舌，泄吾密机！当即以其身受，不损禾稼可耳。』乃尽三卮，瞥不复见。后蝗来，飞蔽天日，竟不落禾田，但集杨柳，过处柳叶都尽。方悟秀才柳神也。或云：『是宰官忧民所感。』诚然哉！

【译文】

明代末年，青州和兖州间发生了蝗灾，遮天蔽日的蝗虫逐渐聚集到了沂州。沂州县令非常忧愁。这天，县令退堂后，到后衙刚睡下就梦见一个秀才来拜访。戴着高高的帽子，身穿绿色衣服，身材高大健壮。他毛遂自荐，说他有办法防御蝗灾。县令询问他有什么办法，回答说：『明天在西南方向的路上，会有一个妇人骑着一匹大肚子母驴走过来，她就是蝗神。向她求情，可免蝗灾。』县令梦醒后，感到很奇异，于是，准备了供神用的器具，到县城南等候。等了很久，果然看见一个妇人，梳着高高的发髻，披着褐色的披风，骑着一匹老驴，独自一人缓慢而艰难地往北走来。县令立即烧上香，捧上一杯酒，在路左边迎面拜下去，并且捉住驴不让老妇人走。妇人问：『县太爷要干什么？』县令便哀求道：『区区小县，请你大发慈悲，免了全县的蝗灾。』妇人说：『可恨的柳秀才，多嘴多舌，泄露我的机密！我要让他自己承受，不损坏庄稼算了。』于是喝了三杯酒，一转眼不见了踪影。

后来，蝗虫飞来，遮天蔽日，但是都不落在庄稼地里，而是全都聚集到杨柳树上，所到之处，柳叶一扫而光。这才醒悟到秀才就是柳树神。有的人说：『这是县令忧国忧民，所以感动了神人。』这话很对。

库官

邹平张华东公，奉旨祭南岳。道出江淮间，将宿驿亭。前驱白：驿中有怪异，宿之必致纷纭，张弗听。宵分，冠剑而坐。俄闻靴声入，则一斑白叟，皂纱黑带。怪而问之。叟稽首曰：『我库官也。为大人典藏有日矣。幸节钺遥临，下官释此重负。』问：『库存几何？』答言：『二万三千五百金。』公虑多金累缀，约归时盘验。叟唯唯而退。张至南中，馈遗颇丰。及还，宿驿亭，叟复出谒。及问库物，曰：『已拨辽东兵饷矣。』深讶其前后之乖。叟曰：『人世禄命，皆有额数，锱铢不能增损。大人此行，应得之数已得矣，又何求？』言已，竟去。张乃计其所获，与所言库数适相吻合。方叹饮啄有定，不可以妄求也。

【译文】

邹平张华东，他奉旨去朝拜南岳，沿途要经过江淮一带，就准备在一个客栈里住宿。带路的人告诉他：『那客栈里有鬼怪，不能在那里投宿。』张华东不听，到了半夜，他还戴着帽子、抚着佩剑坐在那里。不久，听到步履的声音由远而近，原来是一个头发花白的老头，披着黑纱，围着黑带。觉得有些稀罕，便问他是做什么的，老头叩头施礼说：『我是一个管理财物的官员，替你管理财物很久了。幸好大驾远道而来，下官从此可以解除沉重的负担了。』问：『库存多少？』答说：『二万三千五百两银子。』张华东担心这么多的钱，在旅途中是一个包袱，于是约定回来时再点收，老头答应着就走了。张至南方，沿途馈送的东西很多。等他朝拜南岳回来，又到那个客栈里投宿，老头又来拜见了，问到库藏的那些钱，老头说：『已作为兵饷拨给辽东了。』张深怪其前后矛盾，出尔反尔。老头说：『人的富贵贫贱，都有一个定数，一些一毫也不能增损。大人这一趟，应该得到的已经得到了，又何必再有所求呢？』说罢竟自走了。张于是估算了一下他这次所得的，恰好符合库存的数目。始知世人的一饮一啄，都是命中注定的，不可胡乱去谋求的。

狐谐

万福，字子祥，博兴人也。幼业儒。家少有而运殊蹇，行年二十有奇，尚不能掇一芹。乡中浇俗，多报富户役，长厚者至碎破其家。万适报充役，惧而逃，如济南，税居逆旅。夜有奔女，颜色颇丽，万悦而私之。请其姓氏，女自言：『实狐，但不为君祟耳。』万喜而不疑。女嘱勿与客共，遂日至，与共卧处。凡日用所需，无不仰给于狐。居无何，二三相识，辄来造访，恒信宿不去。万厌之而不忍拒，不得已，以实告客。客愿一睹仙容。万白于狐。狐谓客曰：『见我何为哉？我亦犹人耳。』闻其声，呖呖在目前，四顾，即又不见。客有孙得言者，善诽谑，固请见，且谓：『得听娇音，魂魄飞越；何吝容华，徒使人闻声相思？』狐笑曰：『贤哉孙子！欲为高曾母作行乐图耶？』诸客俱笑。狐曰：『我为狐，请与客言狐典，颇愿闻之否？』众唯唯。狐曰：『昔某村旅舍，故多狐，辄出祟行客。客知之，相戒不宿其舍，半年，门户萧索。主人大忧，甚讳言狐。忽有一远方客，自言异国人，望门休止。主人大悦。甫邀入门，即有途人阴告曰：「是家有狐。」客惧，白主人，欲他徙。主人力白其妄，客乃止。入室方卧，见群鼠出于床下。客大骇，骤奔，急呼：「有狐！」主人惊问。客怨曰：「狐巢于此，何诳我言无？」主人又问：「所见何状？」客曰：「我今所见，细细幺麽，不是狐儿，必当是狐孙子！」』言罢，座客为之粲然。孙曰：『既不赐见，我辈留宿，宜勿去，阻其阳台。』狐笑曰：『寄宿无妨；倘小有迕犯，幸勿滞怀。』客恐其恶作剧，乃共散去。然数日必一来，索狐笑骂。狐谐甚，每一语，即颠倒宾客，滑稽者不能屈也。群戏呼为『狐娘子』。一日，置酒高会，万居主人位，孙与二客分左右座，上设一榻屈狐。狐辞不善酒。咸请坐谈，许之。酒数行，众掷骰为瓜蔓之令。客值瓜色，会当饮，戏以觥移上座曰：『狐娘子大清醒，暂借一觞。』狐笑曰：『我故不饮。愿陈一典，以佐诸公饮。』孙掩耳不乐闻。客皆言曰：『骂人者当罚。』狐笑曰：『我骂狐何如？』众曰：『可。』于是倾耳共听。狐曰：『昔一大臣，出使红毛国，着狐腋冠，见国王。王见而异之，问：「何皮毛，温厚乃尔？」大臣以狐对。王言：「此物生平未曾得闻。狐字字画何等？」使臣书空而奏曰：「右边是一大瓜，左边是一小犬。」』主客又复哄堂。二客，陈氏兄弟，一名所见，一名所闻。见孙大窘，乃曰：『雄狐何在，而纵雌流毒若此？』狐曰：『适一典，谈犹未终，遂为群吠所乱，请终之。国王见使臣乘一骡，甚异之。使臣告曰：「此马之所生。」又大异之。使臣曰：「中国马生骡，骡生驹驹。」王细问其状。使臣曰：「马生骡，是臣所见；骡生驹驹，乃臣所闻」。』举座又大笑。众共不敌，乃相约：后有开谑端者，罚作东道主。顷之，酒酣，孙戏谓万曰：『一联请君属之。』万曰：『何如？』孙曰：『妓者出门访情人，来时「万福」，去时「万福」。』合座属思不能对。狐笑曰：『我有之矣。』众共听之。曰：『龙王下诏求直谏，鳖也「得言」，龟也「得言」。』四座无不绝倒。孙大恚曰：『适与尔盟，何复犯戒？』狐笑曰：『罪诚在我；但非此，不成确对耳。明旦设席，以赎吾过。』相笑而罢。狐之诙谐，不可殚述。居数月，与万偕归。及博兴界，告万曰：『我此处有葭莩亲，往来久梗，不可不一讯。日且暮，与君同寄宿，待旦而行可也。』万询其处，指言：『不远。』万疑前此故无村落，姑从之。二里许，果见一庄，生平所未历。狐往叩关，一苍头出应门。入则重门叠阁，宛然世家。俄见主人，有翁与媪，揖万而坐。列筵丰盛，待万以姻娅，遂宿焉。狐早谓曰：『我遽偕君归，恐骇闻听。君宜先往，我将继至。』万从其言，先至，预白于家人。未几，狐至。与万言笑，人尽闻之，而不见其人。逾年，万复事于济，狐又与俱。忽有数人来，狐从与语，备极寒暄。乃语万曰：『我本陕中人，与君有夙因，遂从尔许时。今我兄弟至矣。将从以归，不能周事。』留之不可，竟去。

【译文】

万福，字子祥，是山东博兴人，从小就喜欢攻读诗书，但他的家境贫寒，命运不好。已经二十多岁了，可是连个秀才也没有捞到。乡里有个很坏的习俗，多由富户推荐出任里正，忠厚的人往往因此而倾家荡产。碰巧万福也被推荐充当这个差使，担心赔不了应征的税款，便逃到了济南，租了一间房子住下来。一天夜里，有个私奔的女子到他那里，长得很漂亮，万福很喜欢她，就跟她同居了。问她姓甚名谁，那女子自己说：『真的我是一只狐狸精，但不会伤害你的。』万福非常高兴，从不怀疑。女嘱咐他不要与别的人住在一起，于是每天都来，跟万福过着恩爱的夫妻生活。所有日常的必需品，无一不是狐女供给的。

过了不久，几个相识，不断前来拜访，常常要住上两晚才走。万福讨厌他们，但又不好拒绝，不得已把实情告诉了他们。客人们都希望一睹狐女的芳容，万福把客人的要求告诉了狐女。狐女说，『见我有什么意思，我还不是跟人一样？』客人只听到她的声音，却不见她这个人。客人中有个叫孙得言的，喜欢说俏皮话，一再请求见一见，并说：『听到那娇滴滴的声音，令人魂飞魄散。何必吝惜你那芳容，空使人闻其声而思其人呢？』狐女笑着说：『好孙儿，你想给老祖母画个「行乐图」吗？』大家都笑了起来。狐女说：『我是狐，让我给客人讲一讲有关狐的故事，不知道大家愿不愿听？』大家都说好得很。狐女说：『过去某村有个旅店，一向多狐，常常出来作怪。客人知道了，都互相转告不要到那里去投宿，半年来，店里冷冷清清，谁也不愿上门。主人十分忧虑，非常忌讳说狐。忽然来了一个远方客人，自称是外国佬，看到这个旅店就想在那里投宿。主人非常高兴，刚想邀客人进门，就有人悄悄地告诉客人说：「这一家有狐。」客人害怕起来了，把这话告诉了主人，打算换个地方住。主人极力说明那是瞎话，客人这才住了下来。走进卧房，正要躺下来休息，只见一群老鼠从床下跑了出来，客人大惊，连忙跑了出来，气急败坏地喊着「有狐」！主人惊讶地问他出了什么事，客人大发脾气说：「这是狐的老窝，为什么骗我说没有狐？」主人又问：「你看到的狐是什么模样？」客人说：「我刚才看到的，小小的，一点点大，不是狐的儿子，也应当是狐的孙子！」』说罢，座上的客人都为之哑然失笑。孙曰：『既然不肯让我们见一面，我们就留在这儿过夜，叫你们做不成云雨巫山的美梦。』狐女笑着说：『在这儿借宿没有关系，倘有冒犯，请不要介意。』客人们唯恐她来个恶作剧，便都起身走了。然而每隔几天，总要来一次，讨狐女一阵笑骂。狐女十分诙谐，常常一句话逗得大家笑得前俯后仰，就连最滑稽的人也不能压倒她，大家风趣地称她为『狐娘子』。

一天，设宴大会宾客，万福坐了主位，孙得言和另外两位客人分别坐在左右两边，上头摆了一个小几请狐娘子来坐，狐娘子推说不会喝酒，大家又请她坐在那里讲笑话，她愉快地答应了。酒过数巡，大家掷着骰子，行着瓜蔓的酒令。一个客人正好碰上瓜色，该罚一杯，客人风趣地把杯移到上座说：『狐娘子太清醒了，暂且请你代我喝了这一杯吧。』狐娘子笑着说：『我从来不喝酒，愿意讲个故事，以助诸位的酒兴。』孙得言连忙捂了耳朵，表示不愿意听。客人都说：『骂人的就要罚酒。』狐娘子笑着说：『那我骂狐怎么样？』大家说：『可以。』于是大家都侧着耳朵来听。狐娘子说：『过去有一位大臣，出使到红毛国去，戴着一顶狐皮帽子去见红毛国王，国王见了他所戴的帽子，觉得很稀奇，问：「这是什么毛，怎么这么柔软，这么温暖？」大臣告诉他是狐皮。王说：「这东西我从来没有听说过。狐字是怎么个写法？大臣一边用手在空中书写，一边解释说：「右边是一大瓜，左边是一小犬。」』逗得宾主哄堂大笑。另外两个客人是陈氏兄弟，一个叫所见，一个叫所闻，看到孙得言很狼狈，就插嘴说：『雄狐哪里去了？纵使雌狐在这里如此肆无忌惮。』狐娘子说：『刚才讲的那个故事还没讲完，就被大家乱叫乱闹地打断了，请让我讲完吧：国王看到使臣骑的骡子，觉得很奇怪，使臣告诉他说：「这是马生的。」国王更加觉得奇怪了。使臣说：「在中国是马生骡，骡生驹。」国王详细问了驹的形状，使臣说：「马生骡，是臣所见；骡生驹，是臣所闻。」』满座又大笑起来。客人自知不是她的对手，相约今后谁第一个开玩笑，就罚谁做东道主。

过了一会儿，大家都有些醉意了，孙得言对万福开着玩笑说：『我有一个上联，请你把下联对起来。』万说：『上联是什么？』孙说：『妓者出门访情人，来时「万福」，去时「万福」。』大家思索了半天，没有一个对得上。狐娘子笑着说：『我已想好了。』接着就说了下联：『龙王下诏求直谏，鳖也「得言」，龟也「得言」。』满坐的人都被逗得前倾后倒地大笑起来。孙得言却大发脾气地说：『刚刚和你订了约，怎么又犯戒了？』狐娘子笑着说：『这回确实是我的错，但除此以外，就无法准确地对好你的上联啊。明天由我设宴，以赎我的过错。』大伙又互相取笑了一阵就散了。狐娘子的诙谐故事，简直说不完啊。

过了几个月，狐娘子便与万福一同回到博兴。到达边境时，狐娘子对万福说：『我有一个远房的亲戚在这里，好久不通往来了，不能不去问候一下。天快黑了，带你一同去住一晚，到明天再走吧！』万福问她在什么地方，她用手指着说：『不远。』万福怀疑，因过去这里从来没有什么村落。姑且跟着她走吧。走了大约两里多路，果然看到一个村落，是他生平以来从未到过的。狐娘子走上前去敲门，一个老仆把门开了，进门后，只见千门万户，楼阁相连，好像一个官宦人家。不一会儿，主人出来了，一翁一媪，向万福施礼请坐。接着摆出了丰盛的筵席，像至亲一样招待了万福，那晚就睡在翁媪家里。狐娘子又对万福说：『我突然同你回去，恐怕要引起别人的惊异。你应当先走一步，我随后就来。』万福依了她的话，先走了一步，预先把情况告诉了家里。不久狐娘子也来了，跟万福又说又笑，家里人都听见了，就是看不见人。

过了一年，万福又因事到济南去，狐娘子也跟他一同前去。忽然来了几个人，狐娘子跟他们谈了一阵，互相问候，十分热情。这才对万福说：『我本来是陕西人，与君有一段夙缘，所以与你同居了这么久。现在我的兄弟来了，打算跟他们一起回去，不能侍奉你一辈子了。』万福想挽留她，她不同意，终于去了。

驱怪

长山徐远公，故明诸生也。鼎革后，弃儒访道，稍稍学敕勒之术，远近多耳其名。某邑一巨公，具币，致诚款书，招之以骑。徐问：『召某何意？』仆辞以不知，『但嘱小人务屈临降耳。』徐乃行。至则中庭宴馔，礼遇甚恭；然终不道其所以致迎之旨。徐不耐，因问曰：『实欲何为？幸祛疑抱。』主人辄言无何也。但劝杯酒，言辞闪烁，殊所不解。言话之间，不觉向暮。邀徐饮园中。园构造颇佳胜，而竹树蒙翳，景物阴森，杂花丛丛，半没草莱中。抵一阁，覆板上悬蛛错缀，大小上下，不可以数。酒数行，天色曛暗，命烛复饮。徐辞不胜酒。主人即罢酒呼茶。诸仆仓皇撤肴器，尽纳阁之左室几上。茶啜未半，主人托故竟去。仆人便持烛引宿左室。烛置案上，遽返身去，颇甚草草。徐疑或携襆被来伴，久之，人声殊杳。即自起扃户寝。窗外皎月，入室侵床，夜鸟秋虫，一时啾唧。心中怛然，不成梦寝。顷之，板上橐橐，似踏蹴声，甚厉。俄下护梯，俄近寝门。徐骇，毛发蝟立，急引被覆首。而门已豁然顿开。徐展被角，微伺之，则一物，兽首人身，毛周其体，长如马鬣，深黑色；牙粲群峰，目炯双炬。及几，伏餂器中剩肴，舌一过，连数器辄净如扫。已而趋近榻，嗅徐被。徐骤起，翻被幂怪头，按之狂喊。怪出不意，惊脱，启外户窜去。徐披衣起遁，则园门外扃，不可得出。缘墙而走，择短垣逾，则主人马厩也。厩人惊；徐告以故，即就乞宿。将旦，主人使伺徐，失所在，大骇。已而得自厩中。徐出，大恨，怒曰：『我不惯作驱怪术；君遣我，又秘不一言；我囊中蓄有如意钩一，又不送达寝所：是死我也！』主人谢曰：『拟即相告，虑君难之。初亦不知囊有藏钩。幸宥十死！』徐终怏怏，索骑归。自是而怪遂绝。主人宴集园中，辄笑向客曰：『我不忘徐生功也。』

异史氏曰：『黄狸黑狸，得鼠者雄。』此非空言也。假令翻被狂喊之后，隐其所骇惧，而公然以怪之遁为己能，天下必将谓徐生真神人不可及。』

【译文】

长山县的徐远公，是前明的一名秀才。明朝覆灭后，他弃儒访道，稍稍学到了一些驱怪的方法，远远近近的人大都听说过他的名字。某县有个大富翁，准备了钱财，写了一封非常诚恳的信，派了坐骑去请他。问：『来招他去干什么？』派来的仆人回答说不知，『只是让人一定请你屈驾光临』。徐公于是跟仆人走了。到了富翁家，富翁已在院子里摆下酒宴，非常恭敬地招待他。但是总不说为什么招他前来。徐公耐不住，便问道：『你们究竟要我做什么？请明白告诉我，以消除我的疑虑。』主人总说没什么事，只劝客人喝酒。言辞之间吞吞吐吐，让人不明所以。说话之间，天晚了。主人又邀请徐公去花园里饮酒。花园造得颇为精巧，竹子树木郁郁葱葱，在暮色中显得阴森森的。丛丛杂花，在杂草中半隐半现。进了一个阁楼，只见天花板上布满密密的蜘蛛网，大大小小、上上下下，不可胜数。酒过数巡，夜色更黑了，主人命点上蜡烛继续喝酒。徐公推辞不胜酒力，主人便命撤去酒席，上茶。仆人们慌慌张张地撤下酒肴器具，都放到左边房内的案几上。茶还没喝一半，主人找了个借口，径自走了。仆人便举着蜡烛，引领着徐公到左边房间内住宿。蜡烛放在案上，仆人也匆匆忙忙地反身走了，让人感到像是草草了事。徐公起初还疑惑他是去拿被褥来做伴，过了很久，一点动静也没有。徐公便自己起身，关上屋门睡觉。

不一会儿，听见天花板上头响起嘎吱嘎吱的声音，像是有人走过的脚步声，甚是尖厉。一会儿听见声音下了楼梯，又一会儿离卧室门越来越近。徐公大为恐惧，浑身寒毛倒立，急忙用被子蒙住头。这时房门豁然洞开，徐公展开被子的一角，朝外微微偷窥。只见一个怪物，兽首人身，全身长着一层马鬃那样长的毛，深黑色；獠牙锯齿，白森森的，两眼像火炬一样闪闪发光。怪物走到案几边，伏下身子舔食盘中的剩菜；舌头舔一下，就把几个盘子中的剩菜一扫而光。然后来到床前，闻徐公的被子。徐公猛然起身，用被子一下子蒙住怪物的头，按住它狂喊起来。怪物受惊挣脱，打开外边的房门逃了出去。徐公披上衣服跑出阁楼躲避，只见花园门已经从外面锁上，无法出去。顺着墙跑了一会儿，找到一处矮的地方，翻墙而出，则是主人的马厩。马夫见了徐公，吃了一惊，徐公告诉了他原委，并请求在这里住了一宿。

天明后，主人派人去伺候徐公，不见了徐公的人影，仆人大惊。不久从马厩里找到了徐公。徐公出来，又恨又怒，说：『我并不熟悉驱怪的法术；你让我捉怪，却又不让我知道；我的行囊中本来藏着一把如意钩，又不给我送到寝室里来；这是非得让我死不可呀！』主人谢罪说：『本来打算如实相告，又怕你作难。当初我也不知道你的行囊中藏有如意钩。请你宽恕我的十恶不赦之罪！』徐公终究还是怏怏不乐，要了一匹坐骑回去了。从此后，主人花园里的怪物也绝迹了。主人每次在花园里宴会，总是笑着向客人说：『我终不会忘了徐生的功劳。』

异史氏说：『「不管黄猫黑猫，捉住老鼠就是好猫。」这话真不是空话。假使徐公用被子蒙住怪物的头狂喊、惊跑了怪物后，隐瞒自己的恐惧，公然以怪物逃走炫耀自己的捉怪技能，那么天下的人必然以为徐生的本领真是神人所不能及。』

姊妹易嫁

掖县相国毛公，家素微。其父常为人牧牛。时邑世族张姓者有新阡在东山之阳。或经其侧，闻墓中叱咤声曰：『若等速避去，勿久溷贵人宅！』张闻，亦未深信。既又频得梦警曰：『汝家墓地，本是毛公佳城，何得久假此？』由是家数不利。客劝徙葬吉，张听之，徙焉。一日，相国父牧，出张家故墓，猝遇雨，匿身废圹中。已而雨益倾盆，潦水奔穴，崩淯灌注，遂溺以死。相国时尚孩童。母自诣张，愿丐咫尺地，掩儿父。张征知其姓氏，大异之。行视溺死所，俨然当置棺处，又益骇。乃使就故圹窆焉。且令携若儿来。葬已，母偕儿诣张谢。张一见，辄喜，即留其家，教之读，以齿子弟行。又请以长女妻儿。母骇不敢应。张妻云：『既已有言，奈何中改？』卒许之。然此女甚薄毛家，怨惭之意，形于言色。有人或道及，辄掩其耳。每向人曰：『我死不从牧牛儿！』及亲迎，新郎入宴，彩舆在门；而女掩袂向隅而哭。催之妆，不妆；劝之亦不解。俄而新郎告行，鼓乐大作，女犹眼零雨而首飞蓬也。父止婿，自入劝女。女涕若罔闻。怒而逼之，益哭失声。父无奈之。又有家人传曰：『新郎欲行。』父急出，言：『衣妆未竟，乞郎少停待。』即又奔入视女，往来者无停履。迁延少时，事愈急，女终无回意。父无计，周张欲自死。其次女在侧，颇非其姊，苦逼劝之。姊怒曰：『小妮子，亦学人喋聒！尔何不从他去？』妹曰：『阿爷原不曾以妹子属毛郎；若以妹子属毛郎，更何须姊姊劝驾也？』父以其言慷爽，因与伊母窃议，以次易长。母即向女曰：『忤逆婢不遵父母命，欲以儿代若姊，儿肯之否？』女慨然曰：『父母教儿往也，即乞丐不敢辞；且何以见毛家郎便终饿莩死乎？』父母闻其言，大喜，即以姊妆妆女，仓猝登车而去。入门，夫妇雅敦逑好。然女素病赤，稍稍介公意。久之，浸知易嫁之说，由是益以知己德女。居无何，公补博士弟子，应秋闱试。道经王舍人店，店主人先一夕梦神曰：『旦日当有毛解元来，后且脱汝于厄。』以故晨起，专伺察东来客。及得公，甚喜。供具殊丰善，不索直；特以梦兆厚自托。公亦颇自负。私以细君发鬑鬑，虑为显者笑，富贵后，念当易之，已而晓榜既揭，竟落孙山，咨嗟蹇步，懊惋丧志。心赧旧主人，不敢复由王舍，以他道归。后三年，再赴试，店主人延候如初。公曰：『尔言初不验，殊惭祇奉。』主人曰：『秀才以阴欲易妻，故被冥司黜落，岂妖梦不足以践？』公愕而问故，盖别后复梦而云。公闻之，惕然悔惧，木立若偶。主人谓：『秀才宜自爱，终当作解首。』未几，果举贤书第一人。夫人发亦寻长，云鬟委绿，转更增媚。姊适里中富室儿，意气颇自高。夫荡惰，家渐陵夷，空舍无烟火。闻妹为孝廉妇，弥增惭怍。姊妹辄避路而行。又无何，良人卒，家落。顷之，公又擢进士。女闻，刻骨自恨，遂忿然废身为尼。及公以宰相归，强遣女行者诣府谒问，冀有所贻。比至，夫人馈以绮縠罗绢若干匹，以金纳其中，而行者不知也。携归见师。师失所望，恚曰：『与我金钱，尚可作薪米费；此等仪物，我何须尔！』遂令将回。公及夫人疑之。及启视而金具在，方悟见却之意。发金笑曰：『汝师百余金尚不能任，焉有福泽从我老尚书也。』遂以五十金付尼去，曰：『将去作尔师用度；多，恐福薄人难承荷也。』行者归，具以告。师默然自叹，念生平所为，辄自颠倒，美恶避就，繄岂由人耶？后店主人以人命事逮系囹圄，公为力解释罪。

异史氏曰：『张公故墓，毛氏佳城，斯已奇矣。余闻时人有「大姨夫作小姨夫，前解元为后解元」之戏，此岂慧黠者所能较计耶？呜呼！彼苍者天久不可问，何至毛公，其应如响？』

【译文】

从前有一位毛公，家住在山东掖县，家里向来很是贫困，他的父亲以给人放牛来维持生计。县里有一世家大族姓张，在东山的南面开辟了一块坟地。有人从墓地里经过，听到墓中发出大声叱喝的声音说：『你们赶快回避，不要久久地在这里玷污贵人的住宅。』张某听说后，也不大相信。不久，他又接二连三地在梦中听到有人警告他说：『你家的墓地，本是毛公的地盘，怎么能长期借占人家的地方？』从此家里屡次发生不吉利的事情。有人劝说张家将坟迁走，张某这才把坟迁了。

有一天，毛公的父亲放牛，来到张家旧坟地，突然遇雨，躲到废弃的墓穴里。后来雨越下越大，大水涌进墓穴，哗哗地往里灌，毛父就被淹死在里面。毛公当时还是个小孩，他母亲亲自找到张家，希望能给一小块地掩埋孩子的父亲。张某问明他的姓氏，非常惊奇。他前去察看淹死人的地方，恰好是放置棺材的位置，更加吃惊。于是就让毛母在原来的墓穴把她丈夫下葬。张某又叫她把儿子带来。毛母办完丧事，领着儿子前来拜谢张某。张某一见孩子就特别喜欢，马上将他留在家中，教他读书，并且把他按年龄与本家子弟依次排行。他又提出将自己的大女儿许配给毛公，毛母觉得门不当户不对，不敢答应。但后来在张某妻子的劝说下，毛母终于同意了。然而这个大女儿很看不起毛家，怨恨之心，惭愧之意，流露在神色上，体现在言谈举止中，只要有人偶然谈及毛家，就捂住耳朵不听。她每每对别人说：『我死也不嫁放牛汉的儿子！』

到迎亲那天，新郎上了宴席，花轿停在门口，而大女儿却用衣袖遮住面孔，对着墙角哭泣，催她梳妆，她不梳妆，劝解也不奏效。一会儿，新郎告辞请行，鼓乐大声奏起，而大女儿还是泪下如雨，发如飞蓬。张某止住女婿，亲自进屋去劝大女儿，大女儿只是流泪，置若罔闻。张某生气地强迫她上轿，她更是痛哭失声，弄得张某也无可奈何。这时又有家人传话说：『新郎要走了。』张父急忙出来说：『穿衣打扮还没完，请你停下稍等。』立刻跑进去看大女儿。就这样脚不停步地进进出出了好几次，拖延了一点时间，外面催得更紧，大女儿始终没有回心转意。张父束手无策，焦躁急迫，简直就想自杀。他的二姑娘也在面前，与她的姐姐一点儿也不一样。她甜言蜜语地劝姐姐，强行让她梳妆上轿。姐姐非常生气地说：『小女子，也学别人絮絮叨叨的！那你为什么不嫁给姓毛的？』妹妹说：『爸爸本来就没有把妹子许配给毛郎；如果把妹妹许配给了毛郎，又哪里还需要姐姐嫁呢？』父亲听她说得慷慨而又明快，就在暗地里跟她母亲商议，用二女儿代替大女儿。母亲就对二女儿说：『你姐这个违背意愿的丫头，不听从父母的安排，现在想要让你去代替你的姐姐，不知我的女儿是否愿意？』二女儿非常感慨地说：『父母让女儿出嫁，就算是嫁给要饭叫花子，女儿也不敢推辞；而且又不见得嫁给毛家郎君就会挨饿。』父母听了她的一席话，非常高兴，就把姐姐的嫁妆给她穿戴上了，匆忙地上了彩轿，把他们打发走了。到了毛家之后，小夫妻俩恩恩爱爱，尤其是毛公知道了姐妹易嫁的内幕，对妻子更加敬重。要说有什么美中不足，就是觉得她头上生过秃疮，头发有些稀落，不好看。过了些时日，毛公补上了博士弟子，去参加乡试。在他去赶考的路途中，要经过一家客店。店主人王老板头天晚上做了个梦，有天神嘱咐他说：『明天会有一个姓毛的书生从东方来，他注定能考上解元，你要好好招待他，日后对你有好处。』店主很迷信，就早早在店门口等着，果然接到了赶考的毛公，好酒、好菜、热床铺招待，待若上宾，而且分文不取。毛公对此感到很奇怪，王老板就将梦境告诉了他。毛公本来就很自负，听了这个预言，更加自信，心安理得地享受店老板提供的一切服务。睡到床上他还想入非非，幻想当官后的享乐生活，他担心当官后妻子稀少的头发会被同事嘲笑，心想猎取官位之后要休了这稀头发的妻子，另娶个漂亮的。不料考完以后，竟然名落孙山，困顿萎靡，羞见原来的店家，只好绕道回去。

过了三年，又去应考，店主人又像先前一样的款待他，毛公说：『你的话没说对，实在对不起你那番好意啊！』店主人说：『只因你暗中想换个夫人，所以被阴曹把你的名字勾掉了，难道是我的梦不灵吗？』毛公十分惊异，问何以知道，店主人说：『别后又梦菩萨见告，所以知道。』毛公听了，又后悔又害怕，像一个木头人似的站在那里。店主人又说：『秀才应当自爱，终究会做解元的。』不久，果然中了第一名举人，夫人的鬓发不久也长起来了，那发亮的乌丝，更加增添了她的美丽。再说大女儿嫁给乡里一位富户的儿子，颇为扬扬自得。丈夫放荡不羁，好吃懒做，家境逐渐破败，屋中空空，没有炊烟。她听说妹妹成了举人的妻子，更加惭愧，姐妹俩走路时都互相避开。又过了不久，丈夫死了，家道败落。而不久毛公又考中了进士。大女儿听说后，刻骨铭心地痛恨自己，于是愤然舍身出家，当了尼姑。等毛公当了大学士，重归故乡时，大女儿勉强打发一名尚未剃发的女弟子到毛府来问候，希望毛府能赠送些钱财。及至来到毛府，毛夫人赠给绫罗绸缎若干匹，把银子夹在中间，而女弟子并不知道。她把赠品带回去见师父，师父大失所望，怨恨地说：『给我金钱还可以去买柴米。这些用于礼仪的东西，我哪里需要！』便命送回。毛公和夫人很疑惑，打开一看，银子全在里面，这才明白她把东西退回来的意思。毛公笑着说：『你师傅连一百两银子都消受不了，哪还有福气跟着我这个老宰相啊！』随即拿了五十两银子给女弟子说：『拿回去作为你师父的生活费用，只怕福薄的人连这一点也消受不了啊！』女弟子回去，把情况告诉师父，师父默默无语，不住地叹息着。暗自回想过去的所作所为，往往是倒行逆施，避吉趋凶，难道是人所能做主的吗？后来那个姓王的店主，因为人命官司，被关进了监狱，毛公尽力为他解脱，才获得赦免。

异史氏说：『张公的旧墓地竟是毛家的好坟场，这已够奇异了。我听时下人们有「大姨夫做了小姨夫，前解元成为后解元」的戏谑之语，这难道是那些聪明狡黠的人所能算计得到的吗？唉！那莽莽苍天已经好久昏聩不可闻了，为什么到了毛相国身上，就这么灵验了呢？』

龙取水

俗传龙取江河之水以为雨，此疑似之说耳。徐东痴南游，泊舟江岸，见一苍龙自云中垂下，以尾搅江水，波浪涌起，随龙身而上。遥望水光闪，阔于三匹练。移时，龙尾收去，水亦顿息；俄而大雨倾注，渠道皆平。

【译文】

有民间传说，龙取江河水而成雨，这是一个让人将信将疑的说法。徐东痴南游时，船泊在江岸边，看见一条苍龙从空中垂下，用尾巴使劲搅动江水，波浪翻涌而起，随着龙身往上升腾。远远望去，水光闪烁，比三匹白练还要宽。不一会儿，龙尾收去，随龙身上升的水柱也顿时消失；过不一会儿，大雨倾盆而下，沟满壕平。

辛十四娘

广平冯生，正德间人。少轻脱，纵酒。昧爽偶行，遇一少女，着红帔，容色娟好。从小奚奴，蹑露奔波，履袜沾濡。心窃好之。薄暮醉归，道侧故有兰若，久芜废，有女子自内出，则向丽人也。忽见生来，即转身入。阴念：丽者何得在禅院中？絷驴于门，往觇其异。入则断垣零落，阶上细草如毯。彷徨间，一斑白叟出，衣帽整洁，问：『客何来？』生曰：『偶过古刹，欲一瞻仰。翁何至此？』叟曰：『老夫流寓无所，暂借此安顿细小。既承宠降，有山茶可以当酒。』乃肃宾入。见殿后一院，石路光明，无复榛莽。入其室，则帘幌床幕，香雾喷人。坐展姓字，云：『蒙叟姓辛。』生乘醉遽问曰：『闻有女公子，未遭良匹。窃不自揣，愿以镜台自献。』辛笑曰：『容谋之荆人。』生即索笔为诗曰：『千金觅玉杵，殷勤手自将。云英如有意，亲为捣玄霜。』主人笑付左右。少间，有婢与辛耳语。辛起慰客耐坐，牵幕入。隐约三数语，即趋出。生意必有佳报；而辛乃坐与嗢噱，不复有他言。生不能忍，问曰：『未审意旨，幸释疑抱。』辛曰：『君卓荦士，倾风已久。但有私衷，所不敢言耳。』生固请之。辛曰：『弱息十九人，嫁者十有二。醮命任之荆人，老夫不与焉。』生曰：『小生只要得今朝领小奚奴带露行者。』辛不应，相对默然。闻房内嘤嘤腻语，生乘醉搴帘曰：『伉俪既不可得，当一见颜色，以消吾憾。』内闻钩动，群立愕顾。果有红衣人，振袖倾鬟，亭亭拈带。望见生入，遍室张皇。辛怒，命数人捽生出。酒愈涌上，倒榛芜中。瓦石乱落如雨，幸不着体。卧移时，听驴子犹龁草路侧，乃起跨驴，踉跄而行。夜色迷闷，误入涧谷，狼奔鸱叫，竖毛寒心。踟蹰四顾，并不知其何所。遥望苍林中，灯火明灭，疑必村落，竟驰投之。仰见高闳，以策挝门。内有问者曰：『何处郎君，半夜来此？』生以失路告。问者曰：『待达主人。』生累足鹄俟。忽闻振管辟扉，一健仆出，代客捉驴。生入，见室甚华好，堂上张灯火。少坐，有妇人出，问客姓字。生以告。逾刻，青衣数人，扶一老妪出，曰：『郡君至。』生起立，肃身欲拜。妪止之坐，谓生曰：『尔非冯云子之孙耶？』曰：『然。』妪曰：『子当是我弥甥。老身钟漏并歇，残年向尽，骨肉之间，殊多乖阔。』生曰：『儿少失怙，与我祖父处者，十不识一焉。素未拜省，乞便指示。』妪曰：『子自知之。』生不敢复问，坐对悬想。妪曰：『甥深夜何得来此？』生以胆力自矜诩，遂一一历陈所遇。妪笑曰：『此大好事。况甥名士，殊不玷于姻娅，野狐精何得强自高？甥勿虑，我能为若致之。』生称谢唯唯。妪顾左右曰：『我不知辛家女儿，遂如此端好。』青衣人曰：『渠有十九女，都翩翩有风格，不知官人所聘行几？』生曰：『年约十五余矣。』青衣曰：『此是十四娘。三月间，曾从阿母寿郡君，何忘却？』妪笑曰：『是非刻莲瓣为高履，实以香屑，蒙纱而步者乎？』青衣曰：『是也。』妪曰：『此婢大会作意，弄媚巧。然果窈窕，阿甥赏鉴不谬。』即谓青衣曰：『可遣小狸奴唤之来。』青衣应诺去。移时，入曰：『呼得辛家十四娘至矣。』旋见红衣女子，望妪俯拜。妪曳之曰：『后为我家甥妇，勿得修婢子礼。』女子起，娉娉而立，红袖低垂。妪理其鬓发，捻其耳环，曰：『十四娘近在闺中作么生？』女低应曰：『闲来只挑绣。』回首见生，羞缩不安。妪曰：『此吾甥也。盛意与儿作姻好，何便教迷途，终夜窜溪谷？』女俯首无语。妪曰：『我唤汝，非他，欲为阿甥作伐耳。』女默默而已。妪命扫榻展姻褥，即为合卺。女腆然曰：『还以告之父母。』妪曰：『我为汝作冰，有何舛谬？』女曰：『郡君之命，父母当不敢违。然如此草草，婢子即死，不敢奉命！』妪笑曰：『小女子志不可夺，真吾甥妇也！』乃拔女头上金花一朵，付生收之。命归家检历，以良辰为定。乃使青衣送女去。听远鸡已唱，遣人持驴送生出。数步外，欻一回顾，则村舍已失；但见松楸浓黑，蓬颗蔽冢而已。定想移时，乃悟其处为薛尚书墓。薛故生祖母弟，故相呼以甥。心知遇鬼，然亦不知十四娘何人。咨嗟而归，漫检历以待之，而心恐鬼约难恃。再往兰若，则殿宇荒凉。问之居人，则寺中往往见狐狸云。阴念：若得丽人，狐亦自佳。至日，除舍扫途，更仆眺望，夜半犹寂。生已无望。顷之，门外哗然。屣出窥，则绣已驻于庭，双鬟扶女坐青庐中。妆奁亦无长物，惟两长鬣奴扛一扑满，大如瓮，息肩置堂隅。生喜得佳丽偶，并不疑其异类。问女曰：『一死鬼，卿家何帖服之甚？』女曰：『薛尚书，今作五都巡环使，数百里鬼狐皆备扈从，故归墓时常少。』生不忘蹇修，翼日，往祭其墓。归见二青衣，持贝锦为贺，竟委几上而去。生以告女，女视之，曰：『此郡君物也。』邑有楚银台之公子，少与生共笔砚，相狎。闻生得狐妇，馈遗为，即登堂称觞。越数日，又折简来招饮。女闻，谓生曰：『曩公子来，我穴壁窥之，其人猿睛而鹰准，不可与久居也。宜勿往。』生诺之。翼日，公子造门，问负约之罪，且献新什。生评涉嘲笑，公子大惭，不欢而散。生归，笑述于房。女惨然曰：『公子豺狼，不可狎也！子不听吾言，将及于难！』生笑谢之。后与公子辄相谀噱，前郤渐释。会提学试，公子第一，生第二。公子沾沾自喜，走伻来邀生饮。生辞，频招乃往。至则知为公子初度，客从满堂，列筵甚盛。公子出试卷示生。亲友叠肩叹赏。酒数行，乐奏于堂，鼓吹伧佇，宾主甚乐。公子忽谓生曰：『谚云：「场中莫论文。」此言今知其谬。小生所以忝出君上者，以起处数语，略高一筹耳。』公子言已，一座尽赞。生醉不能忍，大笑曰：『君到于今，尚以为文章至是耶？』生言已，一座失色。公子惭忿气结。客渐去，生亦遁。醒而悔之，因以告女。女不乐曰：『君诚乡曲之儇子也！轻薄之态，施之君子，则丧吾德；施之小人，则杀吾身。君祸不远矣！我不忍见君流落，请从此辞。」生惧而涕，且告之悔。女曰：「如欲我留，与君约：从今闭户绝交游，勿浪饮。」生谨受教。十四娘为人勤俭洒脱，日以纴织为事。时自归宁，未尝逾夜。又时出金帛作生计。日有盈余，辄投扑满。日杜门户，有造访者，辄嘱苍头谢去。一日，楚公子驰函来，女焚燕不以闻。翼日，出吊于城，遇公子于丧者之家，捉臂苦邀。生辞以故。公子使圉人挽辔，拥捽以行。至家，立命洗腆。继辞夙退。公子要遮无已，出家姬弹筝为乐。生素不羁，向闭置庭中，颇觉闷损；忽逢剧饮，兴顿豪，无复萦念。因而酣醉，颓卧席间。公子妻阮氏，最悍妒，婢妾不敢施脂泽。日前，婢入斋中，为阮掩执，以杖击首，脑裂立毙。公子以生嘲慢故，衔生，日思所报，遂谋醉以酒而诬之。乘生醉寐，扛尸床间，合扉径去。生五更醒解，始觉身卧几上。起寻枕榻，则有物腻然，绁绊步履，摸之，人也。意主人遣僮伴睡。又蹴之，不动而僵。大骇，出门怪呼。厮役尽起，爇之，见尸，执生怒闹。公子出验之，诬生逼奸杀婢，执送广平。隔日，十四娘始知，潸然曰：「早知今日矣！」因按日以金钱遗生。生见府尹，无理可伸，朝夕搒掠，皮肉尽脱。女自诣问。生见之，悲气塞心，不能言说。女知陷阱已深，劝令诬服，以免刑宪。生泣听命。女还往之间，人咫尺不相窥。归家咨惋，遽遣婢子去。独居数日，又托媒媪购良家女，名禄儿，年已及笄，容华颇丽，与同寝食，抚爱异于群小。生认误杀拟绞。苍头得信归，恸述不成声。女闻，坦然若不介意。既而秋决有日，女始皇皇躁动，昼去夕来，无停履。每于寂所，于邑悲哀，至损眠食。一日，日晡，狐婢忽来。女顿起，相引屏语。出则笑色满容，料理门户如平时。翼日，苍头至狱，生寄语娘子一往永诀。苍头复命。女漫应之，亦不怆恻，殊落落置之。家人窃议其忍。忽道路沸传：楚银台革爵，平阳观察奉特旨治冯生案。苍头闻之喜，告主母。女亦喜，即遣入府探视，则生已出狱，相见悲喜。俄捕公子至，一鞫，尽得其情。生立释宁家。归见闺中人，泫然流涕，女亦相对怆楚，悲已而喜。然终不知何以得达上听。女笑指婢曰：「此君之功臣也。」生愕问故。先是，女遣婢赴燕都，欲达宫闱，为生陈冤。婢至，则宫中有神守护，徘徊御沟间，数月不得入。婢惧误事，方欲归谋，忽闻今上将幸大同，婢乃预往，伪作流妓。上至勾栏，极蒙宠眷。疑婢不拟风尘人，婢乃垂泣。上问：「有何冤苦？」婢对：「妾原籍隶广平，生员冯某之女。父以冤狱将死，遂鬻妾勾栏中。」上惨然，赐金百两。临行，细问颠末，以纸笔记姓名，且言欲与共富贵。婢言：「但得父子团聚，不愿华也。」上颔之，乃去。婢以此情告生。生急拜，泪眦双荧。居无几何，女忽谓生曰：「妾不为情缘，何处得烦恼？君被逮时，妾奔走戚眷间，并无一人代一谋者。尔时酸衷，诚不可以告诉。今视尘俗益厌苦。我已为君续良偶，可从此别。」生闻，泣伏不起。女乃止。夜遣禄儿侍生寝，生拒不纳。朝视十四娘，容光顿减；又月余，渐已衰老；半载，黯黑如村妪：生敬之，终不替。女忽复言别，且曰：『君自有佳侣，安用此鸠盘为？』生哀泣如前日。又逾月，女暴疾，绝食饮，羸卧闺闼。生侍汤药，如奉父母。巫医无灵，竟以溘逝。生悲怛欲绝。即以婢赐金，为营斋葬。数日，婢亦去，遂以禄儿为室。逾年举一子。然比岁不登，家益落。夫妻无计，对影长愁。忽忆堂陬扑满，常见十四娘投钱于中，不知尚在否。近临之，则豉具盐盎，罗列殆满。头头置去，箸探其中，坚不可入；扑而碎之，金钱溢出。由此顿大充裕。后苍头至太华，遇十四娘，乘青骡，婢子跨蹇以从，问：『冯郎安否？』且言：『致意主人，我已名列仙籍矣。』言讫，不见。

异史氏曰：『轻薄之词，多出于士类，此君子所悼惜也。余尝冒不韪之名，言冤则已迂；然未尝不刻苦自励，以勉附于君子之林，而祸福之说不与焉。若冯生者，一言之微，几至杀身，苟非室有仙人，亦何能解脱囹圄，以再生于当世耶？可惧哉！』

【译文】

广平县的冯生，是明朝正德年间的人，他年少时就行为轻佻，酗酒没有限度。一天黎明，他外出散步，偶然遇到了一位少女，披着红色的斗篷，容貌十分秀美。身后跟着几个丫鬟，正踏着清晨的露水在赶路，鞋袜都沾湿了。冯生暗自对她一见钟情。傍晚，冯生喝得醉醺醺的回家，路过一座荒废已久的寺庙时，看到一个女子从里面走出来，冯生一看竟是早晨遇到的那个少女。少女忽然看到冯生前来，立刻转身回了寺庙。冯生暗想，这样的绝妙美人怎么会住在寺庙里？于是把驴拴在门前，打算进去看个究竟。

进入寺庙后，只见断壁残垣，破败零落，石阶上细草茸茸，好像铺着一层绿毯。冯生正在徘徊犹豫的时候，一位头发斑白、衣帽整洁的老翁走了出来，问道：『客人从哪里来？』冯生回答说：『偶然经过这座古寺，想进来观赏一番。老伯又怎么到这里了？』老翁说：『老夫到处漂泊，没有固定住所，暂时借此地安顿一家老小。既然承蒙大驾光临，备有山茶可以权当薄酒。』说完，就引着冯生入庙。冯生看到殿后有个院子，石板路光可鉴人，再也没有杂草丛生。进入屋内，帷幔床帐，香气袭人。冯生坐下后通报了姓名，老翁自我介绍说：『老夫姓辛。』冯生乘着醉意唐突地问道：『听说您有位女公子，还没找到合适的女婿。我不自量力，愿意自己做媒人礼聘女公子。』辛老翁笑了笑，说：『容许我和老妻商量一下。』冯生当即要来笔，写下一首诗：『千金觅玉杵，殷勤手自将。云英如有意，亲为捣玄霜。』辛老翁看后，笑着把诗交给了身边的人。不一会儿，有个丫鬟进来和老翁耳语了几句，辛老翁便起身请客人耐心等待，自己掀起门帘进入里屋了。隐约听见里面说了两三句话，辛老翁就出来了。冯生以为一定会有好消息，但辛老翁坐后，只是说笑，不再提婚事。冯生忍耐不住了，问道：『我还不知您的意思如何，希望能解开我心头的疑惑。』辛老翁说：『你是位卓越不群的书生，我仰慕已久。但我有些隐衷，不便直说。』冯生再三请求，辛老翁说：『我有十九个女儿，已经嫁出去十二个了。女儿的婚事都是由老妻做主，老夫从来不参与。』冯生说：『我只想要今天黎明带着丫鬟，踏着露水赶路的那位。』辛老翁没有说话，两人相对无语。这时屋内传来女子亲昵的细语声，冯生借着醉意，掀起门帘说：『既然做不成夫妻，也应该让我一睹容颜，以消除我的遗憾吧。』屋内的人听见门帘响动，都站起来惊愕地看着他。其中果然有一位红衣少女，轻拂双袖，发髻微倾，手捻着衣带，亭亭玉立。看见冯生擅自闯入，满屋的人都惊慌失措。辛老翁大怒，命令几个人把冯生推搡出去。冯生酒气愈加涌了上来，醉倒在乱草丛里。瓦块石头像雨点般地投过来，幸亏没有打在他身上。

冯生躺了一会儿，听到驴子在路边吃草，于是爬了起来，骑上驴子，踉踉跄跄地上路了。夜色迷茫，冯生错进了一条溪谷，那里野狼奔突，猫头鹰号叫，吓得他毛骨悚然。他踟蹰不前，茫然地四下看了看，并不知道这是什么地方。远远地看到密林中隐约有灯光，冯生想着必定是村庄，就赶着毛驴前去投宿。抬头一看，是一户大家，高高的大门，冯生便用鞭子敲门。门内有人问道：『哪里来的年轻人，半夜跑到了这里？』冯生告诉说自己迷路了。那人说：『等我禀告主人。』冯生站在一旁，伸着脖子等待。忽然听到抽门闩开门的声音，一个壮健的仆人走了出来，替冯生牵驴。冯生进屋后，看到房屋非常华美，大堂上灯火通明。刚坐了一会儿，有个妇人出来，询问客人的姓名，冯生告诉了她。又过了一会儿，几个丫鬟搀扶着一位老太太出来了，说：『郡君到。』冯生起身站立，整理下衣服想行礼。老太太连忙阻止，让他坐下，说：『你不就是冯云子的孙子吗？』冯生回答说：『是的。』老太太说：『你就是我的远房外甥。我老态龙钟，残年将尽，骨肉亲戚之间，很少往来了。』冯生说：『我自小死了父亲，与我祖父交往的人，十个里面我也不认得一个。我从未拜见过您，请明白告示该如何称呼。』老太太说：『你自己会知道的。』

冯生不敢再问，坐在对面猜来想去。老太太说：『外甥怎么深夜到了这里？』冯生平素以胆大自夸，于是将自己的遭遇一一讲述了一遍。老太太笑着说：『这是大好事。何况外甥是位名士，一点儿也不玷污这门姻亲，野狐精怎能这么妄自尊大呢？外甥不必担心，我能替你促成这门姻缘。』老太太回头对身边的人说：「我不知辛家的女儿，竟然长得这样端庄漂亮！」一个丫鬟说：『他家有十九个女儿，个个都生得风姿翩翩。不知道官人想娶的是哪位？』冯生说：『她大约十五岁上下。』丫鬟说：

『这是十四娘。三月里，曾跟她母亲来给郡君祝寿，郡君忘了吗？』老太太笑着说：『是高底鞋上刻着莲花瓣，里面装满了香粉，用纱巾蒙面走路的那个姑娘吧？』丫鬟说：『是的。』老太太说：『这个丫头倒是很会出花样，弄风姿。但的确是窈窕多姿，外甥的眼力不错啊。』说完吩咐丫鬟说：『快派小狸奴去唤她来。』丫鬟答应着出去了。

过了会儿，丫鬟进来禀报：『已经把辛家十四娘请来了。』随即就看到红衣女子进来，向老太太俯身施礼。老太太拉她起来说：『以后你就是我家的外甥媳妇了，就不要行丫鬟的礼了。』女子起来，体态轻盈地站在一边，红袖低垂着。老太太理了理她的头发，又捻了捻她的耳环，说：『十四娘最近在闺房做什么活儿？』女子低声说：『闲来没事只是绣些花。』一回头看到了冯生，立即羞涩不安起来。老太太说：『这是我外甥。他想要和你结成夫妻，你为什么让他迷了路，在山谷里乱窜了一夜？』女子低头不语。老太太说：『我叫你来，没别的事，就想给我外甥做媒。』女子还是不做声。老太太便吩咐丫鬟扫床铺被，准备让二人完婚。女子腼腆地说：『我应当回去禀告父母。』老太太说：『我给你做媒，能错得了吗？』女子说：『郡君的命令，我父母都不敢违抗。但这样草草办事，我就是死，也不敢从命！』老太太笑着说：『小女子志气不可夺，真是我外甥的好媳妇啊！』于是，便从十四娘头上拔下一朵金花，交给冯生收着。老太太又吩咐冯生回家查看历书，选个良辰吉日。这才让丫鬟送十四娘回去。

这时只听到雄鸡报晓，老太太派人牵着毛驴送冯生出去。冯生走出门几步，回头一看，猛然发现房屋村落全都消失了，只有一片茂密的松树和楸树，蓬草掩盖着的几座坟墓而已，冯生定神想了好久，才想到这是薛尚书的坟墓。薛尚书是冯生已故祖母的弟弟，所以老太太称他为外甥。冯生心里明白遇到了鬼，但也不知十四娘是什么人。一路感叹地回了家，漫不经心地选了个日子等着，心里唯恐和鬼订的婚约靠不住。他再到那座寺庙去看，殿宇已经一片荒凉。询问当地的居民，说是寺庙里经常看到狐狸出没。冯生暗想：『只要能娶到美人，即使是狐狸也是好的。』

到了选定的日子，冯生将房屋、道路打扫干净，让仆人轮流到门外眺望，一直等到半夜，还是没有动静，冯生已经不抱希望了。不一会儿，忽然听到门外人声喧哗。冯生趿拉着鞋子跑出去一看，只见花轿已经停在院子里了，两个丫鬟扶着十四娘坐在青布棚里。嫁妆也没什么值钱的东西，只有两个大胡子仆人扛着一个瓮大的钱罐子，从肩上卸下放到堂屋的角落。冯生很高兴娶了个漂亮妻子，并没有把她看作异类。他问十四娘说：『一个死了的人，你们家为什么对她那样服帖呢？』十四娘说：『薛尚书现在已经在阴间做了五都巡环使，数百里内的鬼怪狐精都受他役使，所以他回到自己墓地的时间也很少。』冯生没有忘记老太太为她做媒，第二天，便到她的墓上祭祀了一番。回家后看到有两名丫鬟来赠送带有贝纹的锦帛作为贺礼，放到桌子上就走了。冯生告诉了十四娘，十四娘看了看锦帛，说：『这是郡君家的东西！』

同县有个姓楚的通政使的儿子，自小就和冯生是同学，两人关系很亲近。他听说冯生娶了个狐狸为妻子，便在冯生结婚后送来礼物，并亲自上门举杯祝贺。过了几天，楚公子又送来请柬请冯生去喝酒。十四娘听说后，对冯生说：『上次楚公子来，我从墙缝里看了他一下，那人猿眼鹰鼻，这种人不可与他长久交往。你不去为好。』冯生答应了。第二天，楚公子便登门来责问冯生失约的事，并且奉上了自己的新作。冯生评论时带了些嘲讽，弄得楚公子十分羞惭，两人便不欢而散。冯生回屋后，笑着跟十四娘说了一遍。十四娘听后脸色惨然地说：『楚公子生性狠如豺狼，不应该跟他开玩笑！你如果不听我的话，将会有祸难临头！』冯生只是笑笑，表示感谢。此后，冯生见到楚公子总是恭维奉承一番，于是原来的过节渐渐解开了。

当时正逢提督主持科考，楚公子考了第一，冯生考了第二。楚公子沾沾自喜，派仆人邀请冯生去喝酒。冯生推辞不去，多次相邀才去了。到了那里才知道是楚公子的生日，宾客满堂，宴席十分丰盛。楚公子当场拿出自己的试卷给冯生看，亲友好友争着围拢来欣赏赞叹。酒过数巡，堂上奏起了音乐，吹吹打打，一片喧杂，宾主谈笑甚欢。楚公子忽然对冯生说：『俗话说「场中莫论文」，现在看来这话错了。我之所以名次排在你前面，只不过因为我文章开头几句比你略高一筹罢了。』公子说完，满座宾客都齐声附和着赞同。冯生乘着醉意，实在忍不住了，大笑着说：『你到现在还以为你是凭文章考到第一名的吗？』冯生刚说完，满座的宾客脸色都变了。楚公子又羞又怒，憋了一肚子气。客人们见状都渐渐散去，冯生也悄悄地回家了。

冯生酒醒后就后悔自己失言了，于是把这事告诉了十四娘。十四娘不高兴地说：『你真是乡下的轻薄小人！用轻薄的态度对待君子，就会使自己丧失品德；用轻薄的态度对待小人，就会惹来杀身之祸。你距离祸事不远了！我不忍看到你衰败破落，请让我就此告别吧！』冯生害怕了，哭泣着说自己已经后悔了。十四娘说：『如果你想要我留下来，那么我就和你约定：从今以后你闭门不出，杜绝交游，不许随意喝酒。』冯生恭敬地答应了。十四娘为人持家勤俭，办事利落，天天纺线织布。她经常自己回娘家，但从不在娘家过夜。还经常拿出些金银布帛来维持生活，每当有盈余的钱，就投进钱罐子里。她天天关门闭户，有人来访，就吩咐仆人谢绝。

楚公子又来信邀请冯生，十四娘把信烧了，不让冯生知道。第二天，冯生出城去吊丧，在丧者家中遇到了楚公子，楚公子拉着他的手臂苦苦邀请。冯生借故推辞，楚公子命令马夫牵着马，拉着冯生就走了。到了楚家，楚公子立即命家人摆上丰盛的宴席。冯生又告辞说要早点回家。楚公子再三阻拦，又传出家姬弹筝助兴。冯生一向放荡不羁，又被关在家中很久，觉得非常烦闷，现在忽然遇到这样一个痛饮的机会，于是酒兴大发，再也不把十四娘的叮嘱放在心上。他终于喝得酩酊大醉，昏昏沉沉地趴在桌上睡着了。楚公子的妻子阮氏，非常凶悍嫉妒，家中的婢女侍妾都不敢施脂抹粉。几天前，有个丫鬟进了楚公子的书斋，被阮氏抓住，用木杖击打丫鬟的头部，丫鬟的脑袋破裂，当场死了。楚公子因为被冯生当众羞辱，便怀恨在心，天天想着报复，于是设下圈套将冯生灌醉，来诬告他杀人。楚公子趁冯生正在昏睡，就把丫鬟的尸体扛到床上，关上房门就走了。冯生五更天时酒醒过来，发现自己伏卧在几案上。便起身寻找枕头床铺，感觉被一个软绵绵的东西绊住了，用手一摸，是一个人，冯生以为是主人派来陪伴他的童仆。冯生又用脚踢了踢，那人一动不动，已经僵硬了，冯生惊恐万分，冲出房门大声怪叫起来。楚家的仆役们都起来了，点上火一看，看见了尸体，便把冯生抓起来，愤怒地吵闹。楚公子出来察看，诬陷说是冯生逼奸未遂，杀了丫鬟，将他捆绑起来，送到了广平县衙。

过了一天，十四娘才知道这件事，她不禁潸然泪下说：『早知道会有今天！』于是按日给冯生送些花费。冯生见了府尹大人，说不出道理来，天天被严刑拷问，被打得皮开肉绽。十四娘亲自探望，冯生见了她，悲愤填膺，说不出话来。十四娘知道陷阱很深，劝冯生忍冤屈招，以免再受刑。冯生哭着答应了。十四娘往来于自家和监狱间，别人近在眼前也看不见她。十四娘回家后感慨万分，立即把自己的丫鬟打发走了。独自住了几天，十四娘又托媒婆买下一个良家女子，名叫禄儿，刚刚十五岁，容貌非常艳丽。十四娘和禄儿同吃住，对待她超过了一般的丫鬟。冯生因为招认误杀被官府判了绞刑，仆人得知这个消息赶回来，泣不成声地告诉了十四娘。十四娘听后，神色平静，好像毫不在意。不久秋后处决犯人的日子就要到了，十四娘开始惶惶不安，经常白天出去，晚上才回来，脚不停歇。每当回到空寂的房间，就悲伤呜咽，以至于寝食俱废。

一天，太阳快要下山的时候，十四娘打发走的那个丫鬟忽然回来了。十四娘急忙起身，把丫鬟带到没人的地方，二人小声交谈起来。十四娘再出来时，笑容满面，开始像平常一样料理家务了。第二天，仆人到监狱，冯生托他带话让十四娘去见最后一面，从此永诀。仆人回来传话，十四娘漫不经心地应了一声，也不悲伤，根本没把这件事放在心上。家人都背后议论她太残忍。

忽然街头到处沸沸扬扬地传开了，说楚银台已被革职，平阳观察使奉皇帝特旨来重申冯生一案。仆人听后大喜，急忙告诉了十四娘。十四娘也非常高兴，便派人到官衙中探听，去的时候冯生已经出狱了，看到仆人后悲喜交集。不久，楚公子被捕，一经审问，完全查明了真情。冯生立即被释放回家。

冯生回家见到十四娘，眼泪再也止不住了，十四娘也对着他伤心，悲伤过后又欢喜起来。但冯生始终不知自己的案子皇帝是怎么知道的。十四娘指着丫鬟说：『这是你的功臣啊。』冯生惊愕地询问其中的缘故。原来，十四娘派丫鬟进京，想到皇宫告状，为冯生申冤。丫鬟到了京城，发现宫中有神灵守护，便在护城河外徘徊犹豫，一连几个月也进不去。丫鬟担心误了事，正想回来再做打算，忽然听说皇上要去大同，丫鬟便预先赶到大同，扮成流落至此的妓女。皇上到妓院游逛，她大受宠幸。皇上猜疑她不是一般的风尘女子，丫鬟于是哭泣起来。皇帝问：『你有什么冤屈吗？』丫鬟回答说：『我原籍隶属广平县，是生员冯某的女儿。父亲因为冤案将被处死，才把我卖到妓院。』皇帝面色惨然，赏赐给她一百两银子。临走前，又详细询问了事情的经过，取来纸笔记下了姓名，还说要和她共享富贵。丫鬟说：『我只求能父女团圆，不想过富贵的生活。』皇上点头答应后，便走了。丫鬟把这些情况告诉了冯生，冯生急忙下拜，两眼泪水盈眶。

没过多久，十四娘忽然对冯生说：『我如果不是为情缘所牵，哪里会有这经历？那时内心的酸楚，真是无处诉说。现在我看到尘世越发感觉厌烦悲苦。我已经替你找好了如意的配偶，我们就此分别吧！』冯生听后，哭着伏在地上不肯起来，十四娘才留下。到了晚上，十四娘让禄儿陪冯生睡，冯生坚决不接纳。第二天早晨再看十四娘，发觉她的容貌顿时减色。又过了一个多月，十四娘渐渐衰老了，半年后，十四娘又黑又丑，像个村妇，但是冯生仍旧敬重她，始终没有变心。十四娘忽然又说要告别，并且说：『你已经有了年轻漂亮的妻子，还要我这个丑老婆子干什么？』冯生还是像上次一样悲伤哭泣。又过了一个月，十四娘得了急病，不吃不喝，十分虚弱地躺在房中。冯生亲自侍奉端汤喂药，像对待父母一样。但是巫术医药都不灵验，十四娘终于还是去世了。冯生悲恸欲绝，就用皇上赐给丫鬟的一百两银子，替她料理了丧事。过了几天，丫鬟也走了。

冯生于是娶了禄儿为妻，一年后便生下了个儿子。然而连年歉收，家境日渐败落，夫妻二人一筹莫展，面对面地发愁。冯生忽然想起厅堂角落里的钱罐子，经常看到十四娘向里投钱，不知那钱罐子还在不在。走近一看，只见那里摆满了酱缸盐罐。冯生把这些东西一件件挪开，看到钱罐还在，用筷子往钱罐里捅了捅，里面满满的，插不下去。把罐子摔碎，金钱撒了一地。

从此冯生一下子富裕起来。

后来，冯生的仆人来到太华山，遇见了十四娘，骑着匹青骡子，丫鬟骑着驴跟随在后面，十四娘见了仆人，问：『冯郎安好吗？』还说，『请转告你的主人，我已名列仙籍了。』说完就消失不见了。

异史氏说：『轻薄的言辞，大都出自文人学士，这是君子所痛心叹息的。我曾经冒天下之大不韪，为这样的人鸣冤，真是太迂腐了，然而我未尝不刻苦自励，以勉励自己能依附于君子的行列，至于说那是祸是福就不管了。想冯生这样的人，一言不慎，几乎丢掉性命的。假如不是因为他家中有位仙人，他又怎么能逃脱牢狱之灾，在当世继续生存下去呢？可怕啊！』

蹇偿债

李公著明，慷慨好施。乡人某，佣居公室。其人少游惰，不能操农业，家窭贫。然小有技能，常为役务，每赉之厚。时无晨炊，向公哀乞，公辄给以升斗。一日，告公曰：『小人日受厚恤，三四口幸不饿殍；然曷可以久？乞主人贷我绿豆一石作资本。』公忻然，立命授之。某负去，年余，一无所偿。及问之，豆资已荡然矣。公怜其贫，亦置不索。公读书于萧寺。后三年余，忽梦某来，曰：『小人负主人豆直，今来投偿。』公慰之曰：『若索尔偿，则平日所负欠者，何可算数？』某愀然曰：『固然。凡人有所为而受人千金，可不报也。若无端受人资助，升斗且不容昧，况其多哉！』言已，竟去。公愈疑。既而家人白公：『夜牝驴产一驹，且修伟。』公忽悟曰：『得毋驹为某耶？』越数日归，见驹，戏呼某名。驹奔赴，如有知识。自此遂以为名。公乘赴青州，衡府内监见而悦之，愿以重价购之，议直未定。适公以家中急务不及待，遂归。又逾岁，驹与雄马同枥，龁折胫骨，不可疗。有牛医至公家，见之，谓公曰：『乞以驹付小人，朝夕疗养，需以岁月。万一得痊，得直与公剖分之。』公如所请。后数月，牛医售驴，得钱千八百，以半献公。公受钱，顿悟，其数适符豆价也。噫！昭昭之债，而冥冥之偿，此足以劝矣。

【译文】

李著明的为人，慷慨好义，乐善好施。有一个乡下人，在城里做用人，全家都住在李著明的房子里。那个人因为从小就游手好闲，生性懒惰，不会种庄稼，所以家境很穷。但是有一点手艺，时常给李著明做活儿，每次都得到很多报酬。有时早晨起来没有下锅米，就去哀求李著明，李著明就给他斗八升的。有一天，他对李著明说：『小人天天承受你宽厚的周济，三四口人才侥幸没有饿死。但是怎能永远依靠你的周济呢？请求主人借给我一石绿豆做资本，以便出门做小买卖。』李著明一听就高兴了，立刻叫人借给他一石绿豆。他把绿豆背走以后，过了一年多，一个铜子儿也没偿还。问他的情况，一石绿豆的资本，已经荡然无存了。李著明可怜他太穷，也就舍弃了，没有向他讨还。李著明在佛寺里读书，忽然梦见那个人前来对他说：『小人亏欠主人一石绿豆钱，今天到你家里投生还债。』李著明安慰他说：『若想讨还你的欠债，那么平日你所亏欠的，又怎能算清呢？』那个人悲痛地说：『你说得固然很对。但是一个人如果有所作为，即使接受千金，也可不必报答；若是无缘无故地接受别人的资助，一升一斗也不容许昧着良心，何况欠你那么多呢！』说完就走了。李著明更加疑惑不解。天亮以后，家人跑来向他报告：昨晚骒驴下了一个驹子，身躯很长，个头儿很高。李著明恍然大悟说：『这个驴驹莫非就是那个人吗？』过了几天，他回到家里，看见了驴驹，就开玩笑，对着驴驹招呼那个人的名字。驴驹就向他奔过来，好像认识他。从此以后，那个人的名字就成了驴驹的名字。它长大以后，李著明骑它到了青州，衡府的一个内监一见就爱上了，愿用高价买它。价钱没有商量好，还没定下来，李著明因为家里有急事，没有时间等下去，就骑它回家了。又过了一年，它和一匹公马同槽吃草，被公马咬断了胫骨，没有办法治好它。有个兽医，来到李著明的家里看见了，就对主人说：『把驴子交给我吧，我天天疗养它，需要一定的时间，才能把它治好。万一治好了，卖钱和你对半儿分。』李著明同意了兽医的请求。几个月以后，兽医把驴子卖掉了，得钱一千八百文，拿出一半献给李著明。李著明收到钱以后，忽然明白了，这个钱数正好是一石绿豆的价钱。唉！阳间亏欠的债务，死到阴间也得偿还，足以劝人改正过失，警戒未来的了。

胡四相公

莱芜张虚一者，学使张道一之仲兄也。性豪放自纵。闻邑中某氏宅，为狐狸所居，敬怀刺往谒，冀一见之。投刺隙中。移时，扉自辟，仆者大愕，却退。张肃衣敬入，见堂中几榻宛然，而阒寂无人，揖而祝曰：『小生斋宿而来，仙人既不以门外见斥，何不竟赐光霁？』忽闻虚室中有人言曰：『劳君枉驾，可谓跫然足音矣。请坐赐教。』即见两座自移相向。甫坐，即有镂漆朱盘，贮双茗盏，悬目前。各取对饮，吸呖有声，而终不见其人。茶已，继之以酒。细审官阀，曰：『弟姓胡氏，于行为四；曰相公，从人所呼也。』于是酬酢议论，意气颇洽。鳖羞鹿脯，杂以芗蓼。进酒行炙者，似小辈甚伙。酒后颇思茶，意才少动，香茗已置几上。凡有所思，无不应念即至。张大悦，尽醉始归。自是三数日必一访胡，胡亦时至张家，并如主客往来礼。一日，张问胡曰：『南城中巫媪，日托狐神，渔病家利。不知其家狐，君识之否？』胡曰：『彼妄耳，实无狐。』少间，张起溲溺，闻小语曰：『适所言南城狐巫，未知何如人。小人欲从先生往观之，烦一言请于主人。』张知为小狐，乃应曰：『诺。』即席而请于胡曰：『我欲得足下服役者一二辈，往探狐巫，敬请君命。』胡固言不必。张言之再三，乃许之。既而张出，马自至，如有控者。既骑而行，狐相语于途，谓张曰：『后先生于道途间，觉有细沙散落衣襟上，便是吾辈从也。』语次进城，至巫家，巫见张生，笑逆曰：『贵人何忽得临？』张曰：『闻尔家狐子大灵应，果否？』巫正容曰：『若个蹀躞语，不宜贵人出得！何便言狐子？恐吾家花姊不欢！』言未已，空中发半砖来，中巫臂，踉跄欲跌。惊谓张曰：『官人何得抛击老身也？』张笑曰：『婆子盲也！几曾见自己额颅破，冤诬袖手者？』巫错愕不知所出。正回惑间，又一石子落，中巫，颠蹶；秽泥乱堕，涂巫面如鬼。惟哀号乞命。张请恕之，乃止。巫急起奔，遁房中，阖户不敢出。张呼与语曰：『尔狐如我狐否？』巫惟谢过。张仰首望空中，戒勿复伤巫，巫始惕惕而出。张笑谕之，乃还。由是每独行于途，觉尘沙淅淅然，则呼狐语，辄应不讹。虎狼暴客，恃以无恐。如是年余，愈与胡莫逆。尝问其甲子，殊不自记忆，但言：『见黄巢反，犹如昨日。』一夕共话，忽墙头苏然作响，其声甚厉。张异之，胡曰：『此必家兄。』张言：『何不邀来共坐？』曰：『伊道颇浅，只好攫鸡啖便了足耳。』张谓胡曰：『交情之好，如吾两人，可云无憾；终未一见颜色，殊属恨事。』胡曰：『但得交好足矣，见面何为？』一日，置酒邀张，且告别。问：『将何往？』曰：『弟陕中产，将归去矣。君每以对面不觌为恨，今请一识数岁之友，他日可相认耳。』张四顾都无所见。胡曰：『君试开寝室门，则弟在焉。』张如其言，推扉一觑，则内有美少年，相视而笑。衣冠楚楚，眉目如画，转瞬之间，不复睹矣。张反身而行，即有履声藉藉随其后，曰：『今日释君憾矣。』张依恋不忍别。胡曰：『离合自有数，何容介介。』乃以巨觥劝酒。饮至中夜，始以纱烛导张归。及明往探，则空房冷落而已。后道一先生为西川学使，张清贫犹昔。因往视弟，愿望颇奢。月余而归，甚违初意，咨嗟马上，嗒丧若偶。忽一少年骑青驹，蹑其后。张回顾，见裘马甚丽，意甚骚雅，遂与语间。少年察张不豫，诘之。张因欷歔而告以故。少年亦为慰藉。同行里许，至歧路中，少年乃拱手别曰：『前途有一人，寄君故人一物，乞笑纳也。』复欲询，驰马径去。张莫解所由。又二三里许，见一苍头，持小簏子，献于马前，曰：『胡四相公敬致先生。』张豁然顿悟。受而开视，则白镪满中。及顾苍头，不知所之矣。

【译文】

山东莱芜县里有一个叫张虚一的人，他是学使张道一的二哥。他性情豪爽，从不拘小节。听人说本城有一所大宅院被狐狸占据了，便携带名帖前去拜访，希望能够去看一看。他把名帖投到了门缝中，不大一会儿，门就自动打开了，随身的仆人大吃一惊，向后退缩。张虚一整理了一下衣服，非常有礼貌地走了进去。只见客厅里的桌几坐榻都摆设得非常整齐，但是空无一人。于是他便拱手作揖，看着四处祷告说：『小生真心实意前来拜访，既然仙人并不把我拒之门外，为何不赏光，与我相见呢？』突然听见空屋子里有人说道：『您大驾光临，就好像是在幽静的空谷之中听到了人行走的声音，实在让人高兴，请坐下来说话。』就看见两把坐椅自动移成相对的位置。刚一坐下，就看见一个红色镂漆茶盘，里面放着两杯茶，悬空在面前。二人各拿一杯，对坐着喝，只听到喝茶的响声，却始终没有看见人。喝完茶后，紧接着就摆上了酒菜。张虚一仔细询问他的出处来历，回答说：『小弟姓胡，家中排行第四，手下的人都以胡四相公称呼我。』于是两人就欢声谈笑，甚是投机。桌子上摆的全是山珍海味，以后屋里又飘来了香喷喷的饭香味。上酒菜的仆人好像很多。酒喝完以后，张虚一非常想喝一杯茶，刚有这个想法，一杯香茶就已经在茶几上放好了。只要心里面想到的，都会随你的想法立刻办到。张虚一非常高兴，尽情地畅饮，直到酩酊大醉才回家。从此以后，隔三岔五他一定会去拜访胡四相公一次，胡四相公也经常来张家，跟一般主客之间往来的礼节相同。

有一天，张虚一对胡四相公说：『南城的巫婆，每天都拜托狐神为人治病，并赚了患者许多钱。不知道她家的狐仙，您是否认识？』胡四相公说道：『她只是骗人而已，实际上并没有什么狐仙。』不一会儿，张虚一起身去小便，听见耳边有人轻声说：『刚才您说的南城假托狐仙的巫婆，不知是何人。小人要随先生去看看，烦劳您跟我主人说一声。』张虚一知道这是只小狐狸，答应说：『行。』于是在喝酒时就向胡四相公请求说：『我想要您一两个手下的仆人，和我同去打听一下那个巫婆的情形，希望您能答应我。』胡四相公就说不用去了。张虚一再三请求，才同意了。过了不一会儿，张虚一告辞出来了，马儿自动走到面前，好像被人牵着。等到上马行走，小狐狸一路上跟他闲聊，对他说：『以后先生在走路的时候，如果感到衣襟上散有细沙，那就是我们跟着呢。』说着就进了城，来到巫婆家中。巫婆看见张虚一来了，满面堆笑地迎了出来说：『您这位贵人怎么突然有时间过来啦？』张说道：『听说你家的狐狸特别灵验，真是这样吗？』巫婆马上板起脸说：『这种话可不是贵人能说的。怎么可以说是狐狸？只怕我家花姐听了不愿意。』话音未落，半空中就飞过来半块砖头，一个正打中巫婆的胳膊，把巫婆打得身子一斜，差一点摔倒。巫婆非常吃惊，对他说：『官人怎么可以用砖头打我这老婆子呢？』张虚一笑着说：『你这个老太婆是不是眼睛瞎了？什么时候见过自己脑袋被砸破，却诬赖手搁在袖子里的人？』巫婆张皇失措，不知是怎么回事，正在猜疑，又落下来一块石子，把巫婆打倒在地。接着看见污泥不住向下落，打在巫婆的头上脸上，她就像鬼那样，只知道请求饶恕。张虚一请求小狐狸放过她，这才停住了。巫婆连忙爬起来逃回屋里，把门关上，不敢再出来了。张虚一喊着问她说：『你的狐狸能不能比得过我的狐狸？』巫婆只是一个劲儿地赔礼求饶。张虚一抬头仰望半空，让小狐狸不要再继续打她了，巫婆这时才心惊胆战地出来了。张虚一笑着劝她一番，这才回去。

从这以后，每当他一个人走在路上时，感觉有细沙土沙沙地向下落，就叫小狐狸和他说话，每次都应答，一点也不错。即使遇到虎狼和强盗，也无所畏惧。这样一年多过去了，他和胡四相公的友情更加深厚了。张虚一曾经询问过他的年龄，他自己也不清楚了，只是说：『我亲眼见过黄巢造反，就好像发生在昨天。』有一天晚上，两个人正在闲聊，忽然听到墙头沙沙的响声，声音非常大。张虚一感到非常奇怪。胡说道：『这肯定是我的哥哥。』张虚一说道：『为什么不请进来坐下聊聊？』胡四相公说道：『他的道行十分浅薄，只要能抓一只鸡吃就足矣。』张虚一对胡四相公说：『交情之深，像我们两个人这样的，可以说就没有什么不满意的事了，只是始终不能看到您的容貌，这真是一件让人痛惜的事。』胡四相公说：『只要感情深就足够了，为什么必须要见面呢？』

有一天，胡四相公摆设了酒席，邀请张虚一过去饮酒，顺便告别。张虚一问他：『打算到哪里去？』回答说：『我出生在陕中，就要回去了。您经常总以对面不能看见面目为遗憾，如今让您认识下几年来的好朋友，今后如果再相见时就可以认得了。』张东张西望都没有看见。胡四相公说：『请您把卧室的门打开，我就在其中。』张按照他的话，推开门一看，只见里面有一位非常漂亮的少年，正看着他笑。这位少年衣着整齐华丽，眉清目秀，就像画中人的一样。转眼间就再也不能看到了。张虚一转身就走，听见了有脚步声跟在后边，说：『如今总算解除您心中的遗憾了。』张虚一恋恋不舍地跟他分手。胡说：『人生的离合从来就有定数的，又何必记挂在心呢？』接着就用大杯劝酒，一直喝到了深夜，才用纱灯照着把张虚一送回了家里。天亮以后，张虚一又去看望，只留下了一片非常凄凉的空房罢了。

后来，张虚一的弟弟道一先生任西川学使，张虚一仍然跟从前一样贫困。所以前去探望弟弟，怀着非常大的希望。结果一个多月过后，动身转回家中，心里非常失望，一路奔波，在马上喟然长叹，无精打采的，像个木头人。忽然看见有一个少年骑着一匹黑马追随在他身后，张虚一回头一看，看见这位少年身着轻软皮衣，人马都十分俊美，看他风度翩翩，温文尔雅，就跟他边走边聊。少年看出张虚一心里有不高兴的事，就问他。张虚一叹着气就跟他说了不高兴的原因。于是少年用语言慰勉他。跟他同行了一里多路程，来到了岔路口，少年才跟他拱手分别，说道：『前面路上有个人，会交给您一个老友赠送的礼物，希望您能够收下它。』再想询问，那少年已经骑马离开了。张虚一不清楚他的意思。又行了二三里的路程，看见一个老仆人打扮的人，带着一个小竹篓子，献到他的马前，说：『这是胡四相公敬送给先生的。』张虚一这才恍然大悟。接过来打开看了看，里面装的全是银子。等抬头看那个老仆人时，已经不知去向了。

鼠戏

又言：『一人在长安市上卖鼠戏。背负一囊，中蓄小鼠十余头。每于稠人中，出小木架，置肩上，俨如戏楼状。乃拍鼓板，唱古杂剧。歌声甫动，则有鼠自囊中出，蒙假面，被小装服，自背登楼，人立而舞。男女悲欢，悉合剧中关目。』

【译文】

王子巽又说：『有个人，在长安市上用老鼠做戏，用来赚钱。那个人背着一个背囊，背囊里装着十几个小老鼠。常在人群稠密的地方，拿出一个小木架，放在自己的肩头上，好像是戏楼的样子。搭完了木架，就拍打鼓板，唱古代的一些杂剧。歌声刚一开始，就有小老鼠从背囊里爬出来，蒙着假面具，穿着小服装，从后背登上戏楼，像人似的站着跳舞。男女的悲欢离合，完全符合那人口中的唱词。』

泥书生

罗村有陈代者，少蠢陋。娶妻某氏，颇丽。自以婿不如人，郁郁不得志。然贞洁自持，婆媳亦相安。一夕独宿，忽闻风动扉开，一书生入，脱衣巾，就妇共寝。妇骇惧，苦相拒；而肌骨顿软，听其狎亵而去。自是恒无虚夕。月余，形容枯瘁，母怪问之。初惭怍不欲言，固问，始以情告。母骇曰：『此妖也！』百术为之禁咒，终亦不能绝。乃使代伏匿室中，操杖以伺。夜分，书生果复来，置冠几上；又脱袍服，搭椸架间。才欲登榻，忽惊曰：『咄咄！有生人气！』急复披衣。代暗中暴起，击中腰胁，塔然作声。四壁张顾，书生已渺，束薪爇照，泥衣一片堕地上，案头泥巾犹存。

【译文】

罗村有一个人叫陈代的人，从小性情愚蠢，相貌丑陋，娶了个妻子是某氏，却十分漂亮。陈妻认为自己的丈夫不如别人的，心中抑郁，很不满意，但能贞洁自守，婆媳之间也相安无事。一天夜里，陈妻独自一人睡下，忽然听见一阵风把门吹开，走进一个书生，脱下衣服，摘去头巾，凑到陈妻身旁，一起睡觉。陈妻惊骇恐惧，苦苦抵抗，但是从肉到骨，顿时瘫软，只好听任书生玩弄一番离去。从此，书生没有一夜不来的。一个多月后，陈妻面容憔悴，婆婆深感奇怪，便问其中的原因，开始时，陈妻心中羞愧，不想说出，经一再追问，才说出实情。婆婆说：『这是个妖怪呀！』他们用尽了所有办法去驱赶，都没有制止住。于是，让陈代藏在屋子里，拿着棒子等待。深夜，书生真的又来了，把头巾摘下来搁到了桌子上，又脱下了袍子，搭在了衣架上，刚刚打算上床，他忽然吃惊地说：『嘿，有生人的气味。』就急忙披上了衣服。这时，陈代在暗中突然间站了起来，木棍打中了书生的腰部，咔嚓一声响，四处寻找，书生已经不见了。点起灯一看，泥土做的衣服掉在了地上，那个泥头巾还放在桌上。

寒月芙蕖

济南道人者，不知何许人，亦不详其姓氏。冬夏惟着一单帢衣，系黄绦，别无裤襦。每用半梳梳发，即以齿衔髻际，如冠状。日赤脚行市上；夜卧街头，离身数尺外，冰雪尽熔。初来，辄对人作幻剧，市人争贻之。有井曲无赖子，遗以酒，求传其术，弗许。遇道人浴于河津，骤抱其衣以胁之。道人揖曰：『请以赐还，当不吝术。』无赖者恐其绐，固不肯释。道人曰：『果不相授耶？』曰：『然。』道人默不与语；俄见黄绦化为蛇，围可数握，绕其身六七匝，怒目昂首，吐舌相向。某大愕，长跪，色青气促，惟言乞命。道人乃竟取绦。绦竟非蛇；另有一蛇，蜿蜒入城去。由是道人之名益著。缙绅家闻其异，招与游，从此往来乡先生门。司、道俱耳其名，每宴集，辄以道人从。一日，道人请于水面亭报诸宪之饮。至期，各于案头得道人速客函，亦不知所由至。诸客赴宴所，道人伛偻出迎。既入，则空亭寂然，榻几未设，咸疑其妄。道人顾官宰曰：『贫道无僮仆，烦借诸扈从，少代奔走。』官宰共诺之。道人于壁上绘双扉，以手挝之。内有应门者，振管而起。共趋觇望，则见憧憧者往来于中；

屏幔床几，亦复都有。即有人传送门外。道人命吏胥辈接列亭中，且嘱勿与内人交语。两相受授，惟顾而笑。顷刻，陈设满亭，穷极奢丽。既而旨酒散馥，热炙腾熏，皆自壁中传递而出。座客无不骇异。亭故背湖水，每六月时，荷花数十顷，一望无际。宴时方凌冬，窗外茫茫，惟有烟绿。一官偶叹曰：『此日佳集，可惜无莲花点缀！』众俱唯唯。少顷，一青衣吏奔白：『荷叶满塘矣！』一座尽惊。推窗眺瞩，果见弥望青葱，间以菡萏。转瞬间，万枝千朵，一齐都开，朔风吹来，荷香沁脑。群以为异。遣吏人荡舟采莲。遥见吏人入花深处；少间返棹，白手来见。官诘之，吏曰：『小人乘舟去，见花在远际；渐至北岸，又转遥遥在南荡中。』道人笑曰：『此幻梦之空花耳。』无何，酒阑，荷亦凋谢；北风骤起，摧折荷盖，无复存矣。济东观察公甚悦之，携归署，日与狎玩。一日，公与客饮。公故有家传良酝，每以一斗为率，不肯供浪饮。是日，客饮而甘之，固索倾酿。公坚以既尽为辞。道人笑谓客曰：『君必欲满老饕，索之贫道而可。』客请之，道人以壶入袖中，少刻出，遍斟座上，与公所藏更无殊别。尽欢始罢。公疑焉，入视酒瓻，则封固宛然，而空无物矣。心窃愧怒，执以为妖，笞之。杖才加，公觉股暴痛；再加，臀肉欲裂。道人虽声嘶阶下，观察已血殷座上。乃止不笞，逐令去。道人遂离济，不知所往。后有人遇于金陵，衣装如故，问之，笑不语。

【译文】

济南有一位道士，不知他是什么人，也不知他姓甚名谁。无论冬夏，总是穿着夹衣，腰上系条黄带子，此外再不穿别的衣服。经常用一把半截梳子梳头，梳完，把头发绾成个发髻，用梳子别起来，像戴着个帽子一样。道士天天都赤着脚在市上游逛，夜里就睡在街头，身体周围几尺以外的冰雪都融化得干干净净。

道士刚来济南的时候，常给人表演魔术，街上的人都争着送他食物。有个市井无赖，送给他一些酒，想跟他学魔术，道士不肯。一次，无赖正好碰上道士在河里洗澡，便突然抱走了他的衣服，以此要挟他。道士向他作揖说：『请你还给我衣服，我一定不吝惜自己的这点小法术。』无赖怕他欺骗自己，抱着衣服不肯放下。道士说：『你真不还我吗？』无赖说：『不还！』道士默默地不再说话。一会儿，忽然见那条黄带子变成了一条大蛇，有几把粗，绕着无赖的身子缠了六七圈；又昂起头，嘴里吐着红信子，怒目瞪着无赖。无赖大吃一惊，急忙跪倒在地，脸也吓青了，气也喘不过来了，嘴里连喊饶命。道士一把抓过那条黄带子，竟然不是蛇。另有一条蛇，蜿蜿蜒蜒地爬进城去了。

从此后，道士更加出名。那些官绅家听说了他的奇异本领，都把他请了去，与他交往，从此道士不断出入富贵人家。连司、道的长官都听说了他的名气，每次宴会，也总是把他请了去。

一天，道士声称要在大明湖水面亭设宴，回请各位宫长。到了那天，每一个被请的客人都在自己的桌子上得到一份请帖，但谁也不知请帖子是怎么送来的。客人们如约赶到设宴的地方，道士躬着腰，恭敬地出来迎接。走进亭子一看，什么都没有，静悄悄的，连桌椅都没设。大家怀疑道士在说谎骗人。道士对几个官员说：『贫道没有仆人，想借借你们随从，来帮帮忙了。』道士便去一面墙壁上画了两扇门，然后用手敲敲，墙里面竟传出了答应声，接着是开锁声，哗啦一声，门敞开了。大家一起往里瞧去，见里面影影绰绰地有好多人正来回奔忙，屏风帐幔、床榻桌椅一应俱全。有人不断地把这些东西递出来，道士命官员的随从们接过来排列在亭子里，还嘱咐他们不要和里边的人讲话。双方传递东西时，只是互相打量着笑笑。不一会儿，亭子里便摆满了，用具都极为华丽。接着，又从门里边递出散发着阵阵香味的美酒和热气腾腾的佳肴。客人们见了，无不惊骇诧异。

水面亭本是背靠湖水的。每当盛夏六月时，几十顷湖面盛开荷花，一望无际。道士开宴时，正值隆冬，从窗户里往外望去，绿色的湖水一片茫茫，只有清波荡漾而已。一个客人偶然叹息着说：『可惜没有莲花点缀！』大家都有同感。过了会儿，一个穿青衣的仆人跑进来说：『荷叶长满池塘了！』满座大惊，推开窗子往外一望，果然满眼都是绿葱葱的荷叶，中间夹杂着数不清的荷花苞。转瞬间，千万朵荷花一齐怒放，严寒的北风吹来，送来了沁人肺腑的荷香。大家都大感惊异，便派了一个仆人荡着小船去采些莲子来。远远看见仆人进了荷花深处。过了不久，仆人返回来，空着两手回话。官员问他怎么没采到，仆人说：『小人驾着船去，见荷花总是在前面隔得很远。一直划到北岸，又见远远地开在湖的南面。』道士笑着说：『这不过都是幻梦中的空花罢了。』不久，酒宴结束，荷花也凋谢了。一阵北风吹来，将一片残荷败叶全都吹到水中，再也看不见了。

客人中有个济东观察，很喜欢道士的法术，将他请到官衙中，天天玩乐。一天，这位观察与客人一起喝酒，他有种家传好酒，每次请客，最多一斗，不肯让客人多喝。这天，客人喝了酒后，觉得味道很美，喝完一斗，还要再喝。观察执意不许，说酒快没有了。道士便笑对客人说：『你一定要过足酒瘾，跟我要好了！』客人请他拿酒。道士取过酒壶，塞进袖筒里；一会儿拿出来一看，满满一壶，给在座的都斟上。壶里的酒与观察家的酒味道没什么两样。于是大家尽欢而散。观察起了疑心，客人走后，忙去看看自家的酒坛子，见坛口上依旧封得很严实；抱起来一摇，空空的，一点酒也没有了。观察既羞愧又愤怒，把道士抓了起来，说他是妖怪，命人用棍子痛打。棍子刚打到道士身上，观察便觉得屁股一阵剧痛；再打，屁股上的肉像要裂开一样。道士装模作样地在台阶下声嘶力竭，观察屁股上的血却已染红了座椅。观察只得命令不要打了，将道士赶了出去。

从此道士离开了济南，不知去到哪里。后来有人在金陵遇上他，还和在济南时一个打扮。问他话，笑而不答。

卷五

阳武侯

阳武侯薛公禄，胶薛家岛人。父薛公最贫，牧牛乡先生家。先生有荒田，公牧其处，辄见蛇兔斗草莱中，以为异；因请于主人为宅兆，构茅而居。后数年，太夫人临蓐，值雨骤至；适二指挥使奉命稽海，出其途，避雨户中。见舍上鸦鹊群集，竞以翼覆漏处，异之。既而翁出，指挥问：『适何作？』因以产告。又询所产，曰：『男也。』指挥又益愕，曰：『是必极贵！不然，何以得我两指挥护守门户也？』咨嗟而去。侯既长，垢面垂鼻涕，殊不聪颖。岛中薛姓，故隶军籍。是年应翁家出一丁口戍辽阳，翁长子深以为忧。时侯十八岁，人以太憨生，无与为婚。忽自谓兄曰：『大哥啾唧，得无以遣戍无人耶？』曰：『然。』笑曰：『若肯以婢子妻我，我当任此役。』兄喜，即配婢。侯遂携室赴戍所。行方数十里，暴雨忽集。途侧有危崖，夫妻奔避其下。少间，雨止，始复行。才及数武，崖石崩坠。居人遥望两虎跃出，逼附两人而没。侯自此勇健非常，丰采颇异。后以军功封阳武侯世爵。至启、祯间，袭侯某公薨，无子，止有遗腹，因暂以旁支代。凡世封家进御者，有娠即以上闻，官遣媪伴守之，既产乃已。年余，夫人生女。产后，腹犹震动，凡十五年，更数媪，又生男。应以嫡派赐爵。旁支噪之，以为非薛产。官收诸媪，械梏百端，皆无异言。爵乃定。

【译文】

阳武侯姓薛名禄，是山东胶州薛家岛人。他的父亲薛公最穷，给乡下一个先生家里牧牛。先生家里有一块荒芜了的田，公就在那里牧牛，就看到蛇和兔在草丛中打架，心里觉得奇怪，于是请求主人给他作为居住之地，事先架了个茅棚在那里住着。几年过去了，太夫人正在分娩，碰巧骤降大雨，刚好两个指挥使奉命去稽查海防，路过那里，顺便到那茅棚里去避雨，只见那茅棚上面的鸦鹊成群，张开翅膀遮盖着漏雨的地方，心里异常诧异。不久，公出来了，指挥使问他：『刚才你家里在作价么？』告以家里正在生小孩，又问生男孩还是女孩，回答说：『男孩。』指挥使更加惊异了，说：『这小孩将来一定要大富大贵，要不，怎么要我们两个指挥使给他守门呢？』一路赞叹而去。

阳武侯大了，脸蛋儿涂得很脏，鼻涕垂到口边来了，很不聪明伶俐。岛中姓薛的，本来都是列入军人的名册的。这一年，应当轮到公家出一个男丁到辽阳去驻防，公的大儿子为了这事十分担忧。这时阳武侯已经十八岁了，人们觉得他太傻了，没有一个人愿意把女儿嫁给他。忽然他主动对大哥说："大哥叽叽喳喳，莫不是因为没有人到辽阳去戍守吗？"他的大哥说："是的。"阳武侯笑着说："如果愿意把丫鬟嫁给我，我就愿意担当这个任务。"他的哥哥大喜，马上把那丫鬟许配给他。

阳武侯便带了老婆往戍守的地方去。走了大约几十里路，忽然降了暴雨，路旁有一堵危崖，两口子走下面去躲雨。走了一会儿，雨停了，又往前走。才走几步，山崖上的石头忽然崩了下来。那里的老百姓远远地看见两只老虎腾跃而出，逼近两人时便消失了。阳武侯从此非常勇敢健壮，『风度神采与过去顿然不同了。后来果以军功封为阳武侯，子子孙孙继承他的爵位。

到了天启、崇祯年间，继承侯爵的某公死了，没有儿子，只有一个遗腹，因此暂时从他的旁系亲属中找一个人代理。按照当时的法令，凡是世袭的王侯之家，妻妾有了身娠就要向朝廷报告，朝廷就派遣老妇前往守候，直到分娩之后才不守了。过了年关，夫人生了一个女孩，肚子似乎还有胎儿在动，总共过了十五年，守候的换了几个老妇，又生了一个男儿，应当作为嫡系亲属来世袭侯爵。旁系亲属大起鼓噪，认为不是薛家的骨肉。官府把那些派去守候的老妇都关押起来，进行百般拷打，都没有不同的供词，这才把侯爵定了下来。

赵城虎

赵城妪，年七十余，止一子。一日，入山，为虎所噬。妪悲痛，几不欲活，号啼而诉于宰。宰笑曰：『虎何可以官法制之乎？』妪愈号咷不能制止。宰叱之，亦不畏惧。又怜其老，不忍加威怒，遂诺为捉虎。媪伏不去，必待勾牒出，乃肯行。宰无奈之，即问诸役，谁能往之。一隶名李能，醺醉，诣座下，自言：『能之。』持牒下，妪始去。隶醒而悔之；犹谓宰之伪局，姑以解妪扰耳，因亦不甚为意，持牒报缴。宰怒曰：『固言能之，何容复悔？』隶窘甚，请牒拘猎户。宰从之。隶集诸猎人，日夜伏山谷，冀得一虎，庶可塞责。月余，受杖数百，冤苦罔控。遂诣东郭岳庙，跪而祝之，哭失声。无何，一虎自外来。隶错愕，恐被咥噬。虎入，殊不他顾，蹲立门中。隶祝曰：『如杀其子者尔也，其俯听吾缚。』遂出缧索絷虎颈，虎帖耳受缚。牵达县署，宰问虎曰：『某子，尔噬之耶？』虎颔之。宰曰：『杀人者死，古之定律。且妪止一子，而尔杀之，彼残年垂尽，何以生活？倘尔能为若子也，我将赦之。』虎又颔之。乃释缚令去。妪方怨宰之不杀虎以偿子也，迟旦，启扉，则有死鹿；妪货其肉革，用以资度。自是以为常，时衔金帛掷庭中。妪从此致丰裕，奉养过于其子。心窃德虎。虎来，时卧檐下，竟日不去。人畜相安，各无猜忌。数年，妪死，虎来吼于堂中。妪素所积，绰可营葬，族人共瘗之。坟垒方成，虎骤奔来，宾客尽逃。虎直赴冢前，嗥鸣雷动，移时始去。土人立『义虎祠』于东郊，至今犹存。

【译文】

赵城县有一位老太太，已经七十多岁了，只有一个儿子。一天，儿子进山去打柴，被老虎咬死了。老太太悲痛得要死，哭天抹泪地跑去向县官告状。县官笑着说："老虎怎能用官法制裁呢？"老太太越发号啕大哭，谁也劝止不住。县官吓唬她，也不害怕。县官可怜她老迈年高，不忍施加威风怒喝她，就答应捉住老虎，给她儿子偿命。可是老太太趴在地下不起来，一定要等着发出拘票，她才肯走。县官拿她没有办法，就问站班的许多衙役，谁能进山捉住那只老虎。有个名叫李能的衙役，喝得醉醺醺的，来到县官跟前，自报："我能捉住老虎。"就拿着拘票下了大堂。老太太这才爬起来走了。李能醒酒以后就后悔了；还以为这是县官设的假局，用它摆脱老太太的纠缠罢了，所以也就没有放在心上，就拿着拘票回去交付差事。县官很生气地说："你本来说是能够捉虎，怎能容你反悔呢？"李能感到很为难，请求县官给他公文，他去召集猎人，一起进山捉虎。县官答应了他的要求。他就召集了猎人，日夜伏在山谷里，希望获得一只老虎，可以搪塞过去。可是过了一个多月，也没捉到一只老虎。严限追逼，挨了几百棍子，满肚子冤屈没有地方申诉。他就到东城外的东岳庙里，跪倒在地，向东岳大帝诉苦，说着说着就放声大哭起来。哭了不一会儿，就从外面进来一只老虎。他猛然吃了一惊，害怕被老虎咬死。可是老虎进了大庙以后，什么也不看，后腿一坐，前脚一支，就在门里蹲下了。李能向它祷告说："如果咬死老太太儿子的老虎就是你，你就应该低下脑袋，服服帖帖地叫我把你捆起来。"说完就拿出捆绑犯人的绳子，捆在老虎的脖子上。老虎俯首帖耳地受他捆绑。他把老虎牵上大堂，县官问老虎说："老太太的儿子，是你咬死的吗？"老虎点了点头。县官说："杀人者偿命，这是古人定下的刑律。而且老太太只有一个儿子，被你咬死了，她已到了风烛残年，依靠什么生活呢？如果你能给她当儿子，我就赦免你。"老虎又点了点头。于是就让衙役解开绳子，把老虎放走了。老太太正在埋怨县官不杀死老虎给他儿子偿命，天刚亮的时候，她一开门，看见院子里放着一只死鹿；她就卖了鹿肉和鹿皮，当作生活费用。从此以后，老虎就常来常往，时常叼来一些金银布匹扔在院子里。老太太从此就过上了富裕生活。老虎对她的供养，超过了她的儿子。她心里暗自感激老虎。老虎来的时候，时常趴在房檐底下，整天也不离开。人畜相安无事，彼此没有什么猜疑和顾忌。过了几年，老太太死了，老虎来到灵堂里大声吼叫。老太太平素攒了很多钱，作为安葬费绰绰有余，同族的人就共同把她埋葬了。刚把坟墓垒起来，老虎突然跑来，送殡的客人吓得全部逃散了。老虎直奔老太太的坟前，雷鸣般地嚎叫了一阵才离开。当地人就在东城外建了一座〝义虎祠〞，直到今天还保存着。

武技

李超，字魁吾，淄之西鄙人。豪爽，好施。偶一僧来托钵，李饱啖之。僧甚感荷，乃曰：「吾少林出也。有薄技，请以相授。」李喜，馆之客舍，丰其给，旦夕从学。三月，艺颇精，意得甚。僧问：「汝益乎？」曰：「益矣。师所能者，我已尽能之。」僧笑命李试其技。李乃解衣唾手，如猿飞，如鸟落，腾跃移时，诩诩然骄人而立。僧又笑曰：「可矣。子既尽吾能，请一角低昂。」李忻然，即各交臂作势。既而支撑格拒，李时时蹈僧瑕；僧忽一脚飞掷，李已仰跌丈余。僧抚掌曰：「子尚未尽吾能也。」李以掌致地，惭沮请教。又数日，僧辞去。李由此以武名，遨游南北，罔有其对。偶适历下，见一少年尼僧，弄艺于场，观者填溢。尼告众客曰：「颠倒一身，殊大冷落。有好事者，不妨下场一扑为戏。」如是三言。众相顾，迄无应者。李在侧，不觉技痒，意气而进。尼便笑与合掌，才一交手，尼便呵止，曰：「此少林宗派也。」即问：「尊师何人？」李初不言。固诘之，乃以僧告。尼拱手曰：「憨和尚汝师耶？若尔，不必较手足，愿拜下风。」李请之再四，尼不可。众怂恿之，尼乃曰：「既是憨师弟子，同是个中人，无妨一戏。但两相会意可耳。」李诺之。然以其文弱故，易之；又年少喜胜，思欲败之，以要一日之名。方颉颃间，尼即遽止。李问其故，但笑不言。李以为怯，固请再角。尼乃起。少间，李腾一踝去。尼骈五指下削其股；李觉膝下如中刀斧，蹶仆不能起。尼笑谢曰：「孟浪迕客，幸勿罪！」李舁归，月余始愈。后年余，僧复来，为述往事。僧惊曰：「汝大卤莽！惹他何为！幸先以我名告之；不然，股已断矣！」

【译文】

山东人名叫李超，性格豪爽，乐善好施。有一天，有个和尚去他家化缘，李超让他饱吃了一顿，和尚十分感激，就对他说：「我是少林寺的一名和尚，略微懂一些武艺，现在我想传授给你。」李超不禁喜出望外，连忙请和尚在家里住下，盛情款待，每天早晚都向他学习武艺。三个月过去了，李超的武艺已经很精湛了，他便扬扬自得起来。和尚问他：「你觉得自己进步了吗？」

李超说：『我觉得进步了。凡是师父您会的，我全部都精通。』和尚听了哈哈大笑，便叫李超试一试武艺。李超脱掉衣服，朝手心吐了口唾沫，一番摩拳擦掌后，轻轻向上一跃，敏捷得像只猴子，落地时又似鸟儿一样轻盈，没过多久，一整套拳法就演示完了，他仰首挺胸站在那里，露出骄傲自得的神色。和尚笑着说：『嗯，是不错了。你既然把我的本领都学会了，那我们不妨来较量一下。』李超欣然同意了。于是两人双手交叉，摆好比武的姿势，你一拳我一掌地打斗起来。李超看准和尚的一个破绽，正想劈下去，谁料，和尚突然飞起一脚，只听李超『哎哟』一声，顿时就跌倒在一丈以外。和尚拍拍手掌，笑道：『看来，你还没有完全学会我的本领啊。』李超既沮丧又惭愧，赶忙爬起来，两手撑地跪在和尚面前，请求他再指点一番。和尚于是又教了他几天，这才告辞离去。

从此以后，李超以武力高超而闻名，走南闯北，一直都没有遇到对手。一次，李超偶然来到历下，看到一个小尼姑在广场上卖艺，围观的人摩肩接踵，还不时爆发出阵阵叫好声。小尼姑对围观的人说：『颠来倒去就我一个人，也太无趣了。有哪位喜欢武艺的，不妨上场来较量较量。』她一连说了三遍，可围观的人你看看我，我看看你，没有一个敢前去挑战的。李超在旁边看着，不禁技痒，便大摇大摆地走进场中。

小尼姑笑着合掌施礼，两人刚交手，她却忽然喊停，把李超上下打量一番，笃定地说：『你是少林派的。』接着又问，『你师父是谁？』李超开始不作声，小尼姑一再追问，他才说是个和尚。小尼姑拱了拱手说：『憨和尚是你师父吗？如果是这样，不必较量，我甘拜下风。』李超坚持要比武，小尼姑就是不同意。围观的人也不停地怂恿，小尼姑这才说：『你既然是憨和尚的弟子，那咱们也算是同门中人，不妨比试一下，但是点到即止。』李超答应了，一看她斯文瘦弱的模样，不由有些轻敌。加上他年轻气盛，求胜之心就更急切了。

正打得不分胜负时，小尼姑突然停了下来。李超问其中的缘故，她却笑而不答。李超以为她胆怯，坚决要求再次交手，小尼姑争不过他，这才不太情愿地走上场，比武又重新开始了。不久，就见李超飞起一脚，气势凶猛地朝小尼姑踢了过去，看样子是一击必中。可小尼姑却不慌不忙，并起五指朝他大腿一削。顿时，李超觉得腿像被刀砍了一样，狼狈地跌倒在地上，怎么也爬不起来。尼姑笑着道歉说：『失手冒犯了你，请你不要怪罪。』李超被人抬了回去，在床上养了一个多月才痊愈。一年后，和尚又来了，李超给他讲起了这段往事。和尚吃惊地说：『你太鲁莽了，惹她干什么？幸亏事先把我的名字告诉了她，不然，你的双腿恐怕早就断了。』

秦生

莱州秦生，制药酒，误投毒味，未忍倾弃，封而置之。积年余，夜适思饮，而无所得酒。忽忆所藏，启封嗅之。芳烈喷溢，肠痒涎流，不可制止。取盏将尝，妻苦劝谏。生笑曰：『快饮而死，胜于馋渴而死多矣。』一盏既尽，倒瓶再斟。妻覆其瓶，满屋流溢。生伏地而牛饮之。少时，腹痛口噤，中夜而卒。妻号泣，为备棺木，行入殓矣。次夜，忽有美人入，身不满三尺，径就灵寝，以瓯水灌之，豁然顿苏。叩而诘之，曰：『我狐仙也。适丈夫入陈家，窃酒醉死，往救而归。偶过君家，彼怜君子与已同病，故使妾以余药活之也。』言讫，不见。

余友人邱行素贡士，嗜饮。一夜思酒，而无可行沽，辗转不可复忍，因思代以醋。谋诸妇，妇嗤之。邱固强之，乃煨醯以进。壶既尽，始解衣甘寝。次日，夫人竭壶酒之资，遣仆代沽。道遇伯弟襄宸，诘知其故，因疑嫂不肯为兄谋酒。仆言：『夫人云：「家中蓄醋无多，昨夜已尽其半；恐再一壶，则醋根断矣。」』闻者皆笑之。不知酒兴初浓，即毒药犹甘之，况醋乎？此亦可以传矣。

【译文】

莱州有个姓秦的，酿制药酒，误把毒药投进酒中，由于舍不得将它丢掉，封起来放在了家里。又过了一年多，有一天晚上，忽然想喝两杯，一时买不到酒。陡然记起了所藏的那瓶有毒的酒，打开封皮一闻，浓烈的酒香喷射出来，肠胃发痒，口里流涎，简直无法控制自己。斟了一杯打算尝试一下，他妻子苦苦地劝阻他。他笑着说：『喝上一杯，而后痛痛快快死掉，比起那贪吃不得而死要好得多了。』喝完了一杯，拿起瓶子又要再斟，他妻子便把瓶子抢来泼到地上，姓秦的伏在地上尽情地喝着。一会儿，肚子痛起来了，话也说不出了，到了半夜便死了。他妻子哀号不已，给他准备了棺材，将要穿衣下棺了。第二天，忽然有一个高不满三尺的美人来了，一直走到遗体面前，拿了一杯水灌进死者的口中，顿然复活过来。他妻子跟她叩头谢恩，并请她留下姓名，那美人说：『我是一个狐仙，刚才我丈夫到姓陈的家里，偷人家的酒喝被醉死了，我去救活了他回来，偶然经过你家里，我丈夫同情你丈夫跟他患的是一个病，便要我拿剩下的药来救活他。』话一说完，就不见了。

我有一个朋友叫邱行素，是一个贡生。生平喜欢喝酒。有一天晚上，忽然想喝两杯，可是没有地方去买，翻来覆去，实在忍不住了，便想用醋来代酒，跟老婆商量，老婆讥笑他。邱一再强求，他老婆便把醋烫热了送上来，喝光了一瓶醋，才心甘情愿地入睡了。第二天，他老婆拿了仅有的一壶酒钱，打发仆人给他去买醋。在路上遇到他的叔伯弟弟襄宸，问仆人去做什么，仆以实告，叔因怀疑嫂嫂不肯给哥哥买酒。仆人说：『夫人讲，家里贮藏的醋已经不多了，昨夜已经喝了一半；恐怕再喝一壶，家里的醋根就要断了。』听说的人都笑他。那里晓得在酒兴发作的时候，即使是毒药，他也食之如饴，何况是醋呢？这样的笑话，也可以流传下去了。

鸦头

诸生王文，东昌人。少诚笃。薄游于楚，过六河，休于旅舍，闲步门外。遇里戚赵东楼，大贾也，常数年不归。见王，相执甚欢，便邀临存。至其所，有美人坐室中，愕怪却步。赵曳之，又隔窗呼妮子去，王乃入。赵具酒馔，话温凉。王问：『此何处所？』答云：『此是小勾栏。余因久客，暂假床寝。』话间，妮子频来出入。王局促不安，离席告别。赵强捉令坐。俄见一少女经门外过，望见王，秋波频顾，眉目含情，仪度娴婉，实神仙也。王素方直，至此惘然若失，便问：『丽者何人？』赵曰：『此媪次女，小字鸦头，年十四矣。缠头者屡以重金啖媪，女执不愿，致母鞭楚，女以齿稚哀免。今尚待聘耳。』王闻言俯首，默然痴坐，酬应悉乖。赵戏之曰：『君倘垂意，当作冰斧。』王怃然曰：『此念所不敢存。』然日向夕，绝不言去。赵又戏请之。王曰：『雅意极所感佩，囊涩奈何！』赵知女性激烈，必当不允，故许以十金为助。王拜谢趋出，罄资而至，得五数，强赵致媪。媪果少之。鸦头言于母曰：『母日责我不作钱树子，今请得如母所愿。我初学做人，报母有日，勿以区区放却财神去。』媪以女性拗执，但得允从，即甚欢喜。遂诺之，使婢邀王郎。赵难中悔，加金付媪。王与女欢爱甚至。既，谓王曰：『妾烟花下流，不堪匹敌；既蒙缱绻，义即至重。君倾囊博此一宵欢，明日如何？』王泫然悲哽。女曰：『勿悲。妾委风尘，实非所愿。顾未有敦笃可托如君者。请以宵遁。』王喜，遽起；女亦起。听谯鼓已三下矣。女急易男装，草草偕出，叩主人扉。王故从双卫，托以急务，命仆便发。女以符系仆股并驴耳上，纵辔极驰，目不容启，耳后但闻风鸣。平明，至汉江口，税屋而止。王惊其异。女曰：『言之，得无惧乎？妾非人，狐耳。母贪淫，日遭虐遇，心所积懑。今幸脱苦海。百里外，即非所知，可幸无恙。」王略无疑贰，从容曰：「室对芙蓉，家徒四壁，实难自慰，恐终见弃置。」女曰：「何为此虑，今市货皆可居，三数口，淡薄亦可自给。可鬻驴子作资本。」王如言，即门前设小肆，王与仆人躬同操作，卖酒贩浆其中。女作披肩，刺荷囊，日获盈余，饮甚优。积年余，渐能蓄婢媪。王自是不着犊鼻，但课督而已。女一日悄然忽悲，曰：「今夜合有难作，奈何！」王问之，女曰：「母已知妾消息，必见凌逼。若遣姊来，吾无忧；恐母自至耳。」夜已央，自庆曰：「不妨，阿姊来矣。」居无何，妮子排闼入，女笑逆之。妮子骂曰：「婢子不羞，随人逃匿！老母令我缚去。」即出索子絷女颈。女怒曰：「从一者得何罪？」妮子益忿，捽女断衿。家中婢媪皆集。妮子惧，奔出。女曰：「姊归，母必自至。大祸不远，可速作计。」乃急办装，将更播迁。媪忽掩入，怒容可掬，曰：「我故知婢子无礼，须自来也！」女迎跪哀啼。媪不言，揪发提去。王徘徊怆恻，眠食都废。急诣六河，冀得贿赎。至则门庭如故，人物已非。问之居人，俱不知其所徙。悼丧而返。于是俵散客旅，囊资东归。后数年，偶入燕都，过育婴堂，见一儿，七八岁。仆人怪似其主，反复凝注之。王问：「看儿何说？」仆笑以对。王亦笑。细视儿，风度磊落。自念乏嗣，因其肖已，爱而赎之。诘其名，自称王孜。王曰：「子弃之襁褓，何知姓氏？」曰：「本师尝言，得我时，胸前有字，书山东王文之子。」王大骇曰：「我即王文，乌得有子？」念必同己姓名者。心窃喜，甚爱惜之。及归，见者不问而知为王生子。孜渐长，孔武有力，喜田猎，不务生产，乐斗好杀。王亦不能钳制之。又自言能见鬼狐，悉不之信。会里中有患狐者，请孜往觇之。至则指狐隐处，令数人随指处击之，即闻狐鸣，毛血交落，自是遂安。由是人益异之。王一日游市廛，忽遇赵东楼，巾袍不整，形色枯黯。惊问所来。赵惨然请间。王乃偕归，命酒。赵曰：「媪得鸦头，横施楚掠。既北徙，又欲夺其志。女矢死不二，因囚置之。生一男，弃诸曲巷；闻在育婴堂，想已长成。此君遗体也。」王出涕曰：「天幸孽儿已归。」因述本末。问：「君何落拓至此？」叹曰：「今而知青楼之好，不可过认真也。夫何言！」先是，媪北徙，赵以负贩从之。货重难迁者，悉以贱售。途中脚直供亿，烦费不资，因大亏损。妮子索取尤奢。数年，万金荡然。媪见床头金尽，旦夕加白眼。妮子渐寄贵家宿，恒数夕不归。赵愤激不可耐，然无奈之。适媪他出，鸦头自窗中呼赵曰：「勾栏中原无情好，所绸缪者，钱耳。君依恋不去，将掇奇祸。」赵惧，如梦初醒。临行，窃往视女。女授书使达王。赵乃归。因以此情为王述之。即出鸦头书。书云：「知孜儿已在膝下矣。妾之厄难，东楼君自能缅悉。前世之孽，夫何可言！妾幽室之中，暗无天日，鞭创裂肤，饥火煎心，易一晨昏，如历年岁。君如不忘汉上雪夜单衾，迭互暖抱时，当与儿谋，必能脱妾于厄。母姊虽忍，要是骨肉，但嘱勿致伤残，是所愿耳。」

王读之，泣不自禁。以金帛赠赵而去。时孜年十八矣。王为述前后，因示母书。孜怒眦欲裂，即日赴都，询吴媪居，则车马方盈。孜直入，妮子方与湖客饮，望见孜，愕立变色。孜骤进杀之，宾客大骇，以为寇。及视女尸，已化为狐。孜持刀径入。见媪督婢作羹，孜奔近室门，媪忽不见。孜四顾，急抽矢望屋梁射之，一狐贯心而堕，遂决其首。寻得母所，投石破扃，母子各失声。母问媪，曰：『已诛之。』母怨曰：『儿何不听吾言！』命持葬郊野。孜伪诺之，剥其皮而藏之。检媪箱箧，尽卷金资，奉母而归。夫妇重谐，悲喜交至。既问吴媪，孜言：『在吾囊中。』惊问之，出两革以献。母怒，骂曰：『忤逆儿！何得此为！』号恸自挝，转侧欲死。王极力抚慰，叱儿瘗革。孜忿曰：『今得安乐所，顿忘挞楚耶？』母益怒，啼不止。孜葬皮反报，始稍释。王自女归，家益盛。心德赵，报以巨金。赵始知媪母子皆狐也。孜承奉甚孝；然误触之，则恶声暴吼。女谓王曰：『儿有拗筋，不刺去之，终当杀人倾产。』夜伺孜睡，潜絷其手足。孜醒曰：『我无罪。』母曰：『将医尔虐，其勿苦。』孜大叫，转侧不可开。女以巨针刺踝骨侧，深三四分许，用刀掘断，崩然有声；又于肘间脑际并如之。已乃释缚，拍令女卧。天明，奔候父母，涕泣曰：『儿早夜忆昔所行，都非人类！』父母大喜。从此温和如处女，乡里贤之。

异史氏曰：『妓尽狐也。不谓有狐而妓者；至狐而鸨，则兽而禽矣。灭理伤伦，其何足怪？至百折千磨，之死靡他，此人类所难，而乃于狐也得之乎？唐君谓魏征更饶妩媚，吾于鸦头亦云。』

【译文】

秀才名叫王文，是山东聊城人，从小就十分忠厚老实。一次，他漫游到了楚地，路过六河县，住在一家客店里，便到门外散散步，偶然遇到同乡的一个大商人赵东楼。赵常常几年都不回家，见到王文，拉着手儿，非常高兴，便邀王到他的住处去坐坐。到了那里，只见房中坐了一个美人。王感到很诧异，赶忙退了出来，赵一把拉住了他，隔着窗儿叫那妮子避开，王才进了房。赵随即备好酒菜，两人互相寒暄起来。王问：『这是什么地方？』赵答道：『这是妓女院，我因长期在外做客，暂时在这里借宿。』说话之间，王见妮子不断地出出进进，心里老是拘束不安，起身告辞，赵又强拉硬拽地要他坐下。

一会儿，看见一个少女从门外经过，望见了他，向他频送秋波，眉目间饱含着爱慕的神情。她仪态文雅，容貌秀丽，真像仙女一般。王素来为人正派，但到这时候也像掉了魂似的。于是问赵说：“那美人是谁？”赵说：“这是老妈妈的二女儿，小名鸦头，今年十四岁了。嫖客们多次出高价来引诱老妈妈，鸦头执意不从，惹得挨了鞭挞，终因年纪太小，苦苦哀求，妈妈才免了她，如今正等待着嫁人呢。”王听了这话，低头不语，痴痴呆呆地坐在那儿，问答酬酢，都失去了常态。赵向他开玩笑说：“你要是对她有意，我愿意做媒。”王有些懊丧地说：“这个念头我可不敢有。”可是，日头要落山了，他却绝口不说要走。赵又开着玩笑来挑逗他，王说：“你的好意，我打心眼儿里感激，无奈我口袋里空空如也，怎么办？”赵知道鸦头是个烈性女子，一定不肯答应，就故作大方地答应帮他十两银子，王拜谢了赵，赶紧回到住所，把自己所有的钱拿了来也只有五两银子，硬求赵拿去送给老妈妈，老妈妈果然嫌它太少了。鸦头对她母亲说：“母亲天天责备我没有给您做摇钱树，今天让我满足您的心愿吧。我第一次学着接客，报答母亲的日子长着呢！不要因为这点点钱，把财神爷放走了。”老妈妈深知女儿性情执拗，只要答应接客了，心里就很高兴了，于是一口答应了她，并打发一个婢女去请王郎。赵也不好中途反悔，只得加了十两银子交给老妈妈。

王文和鸦头，一见钟情，十分欢爱。之后，鸦头对王说：『我是一个下贱的烟花，不配和你结为恩爱夫妻。但既然你深深地爱着我，情意十分深厚。你把所有的钱拿了来，只换了一个晚上的欢乐，明天又怎么办呢？』王不禁落下泪来，抽抽咽咽地哭了。鸦头说：『不要难过，我沦落风尘，实不甘心。只是没有遇到像你这么忠诚老实的人，可以终身相托。那么，就让我们在夜里逃走吧。』王高兴得马上起了床，鸦头也跟着起来了，听那谯楼上的钟鼓，已经打了三更。鸦头急急忙忙换上男装，马马虎虎一同走了出来，敲开王文原来住的那个客店的门，托说有急事，叫仆人马上出发。王本来带了两头驴来，鸦头将几道符篆系在仆人的腿上和驴子的耳上，然后放开缰绳，奋力奔跑，只听到耳边呼呼的风声，天刚亮就到了汉口，他们租了房子住了下来。王感到很惊奇，鸦头说：『说了出来，你不会害怕吧？我不是普通的人，而是一个狐仙。母亲贪财卖淫，我天天受到她的虐待，心里积满了怨愤，如今幸而脱离了苦海。离开百里之地，她就不知道我的去向了，我们也就平安无事了。』王听了，一点也不怀疑和害怕，从从容容地说：『面对着如花似玉的美人，家里却一无所有，穷得只有四堵墙，实在过意不去，恐怕最后还会被你遗弃呢！』鸦头说：『你怎么会有这样的担心？如今街上的货物，都可以囤积居奇，两三口人，过着粗茶淡饭的生活，还是可以办到的。先把毛驴卖了做资本吧！』王文听了她的话，就在门前开了一个小店，王与仆人一起操作，在店里卖酒送茶。鸦头则做披肩，绣荷包，每天可以赚一些钱，生活倒也很宽裕。这样积累了一年多，慢慢可以雇得起婢女和老妈子了，王文也不必扎上围裙，亲自去温酒烧茶了，只要检查督促便了。

一天，鸦头忧心忡忡地含着悲说：『今天夜里将有大难降临，怎么办呢？』王问她是什么缘故，鸦头说：『母亲已经知道了我的下落，必然要凌辱我、逼迫我。要是派我姐姐来，倒不要担心，怕的是母亲亲自前来。』夜已深了，鸦头庆幸地说：『不妨事了，我姐姐来了。』过了不久，妮子推门进来，鸦头笑着去迎接她。妮子骂道：『不怕羞的小贱人，竟然跟着别人逃走了，老母叫我把你绑了回去。』接着就拿出绳子套在鸦头的脖子上，鸦头发着怒说：『我只嫁一个人，有什么罪？』妮子更加愤怒，推推搡搡，撕破了鸦头的衣襟。家中的婢女和老妈子都出来了，妮子怕了，跑了出去。鸦头说：『姐姐回去，老母一定要亲自来，大祸就要来了，赶快想别的办法吧。』于是，慌忙收拾行李，打算搬到别的地方去。不料，老妈妈忽然撞了进来，怒形于色说：『我就知道你这小贱人不讲理，必须亲自走一趟。』鸦头跪下来苦苦哀求，老妈妈一句话不说，揪着鸦头的头发，便抓走了。王急得绕室乱转，睡不了觉，吃不下饭，匆匆忙忙赶到六河县，希望能够用钱把鸦头赎了回来。到那里一看，门庭还是那个老样子，而老板却不是原来的人了。问问那里的邻居，都不知道老妈妈一家搬到哪里去了。王烦恼懊丧，怏怏不快地回到了汉口，把婢女和仆人都打发走了，带着钱财，东归老家。

过了几年，王偶然到了燕京，路过育婴堂，看到一个七八岁的小孩，跟着他前去的仆人，觉得那孩子很像他的主人，不住地反复地端详着。王问：『你老是盯着那孩子干什么？』仆人笑着把自己的想法告诉了他，王也笑了起来。仔细看看孩子，风度俊爽，很逗人喜欢；想到自己又没有儿子，这孩儿又很像自己，就花钱从育婴堂买了回去。问孩子的姓名，孩子自称姓王名孜。王说：『你从小就被扔掉了，怎么知道自己的姓名？』回答说：『我的老师曾经说过：收容我的时候，胸前有个纸条，写着「山东王文之子」。』王十分惊奇地说：『我就是王文，哪来的儿子？』想必是跟自己同名同姓的，心里暗自高兴，十分疼爱他。见过他的，不用问也知道是王文的儿子。王孜慢慢地长大了，很勇敢，有膂力，喜欢打猎，不务生产，尤其好斗好杀，王文也管制不了他。又自说能够看到鬼怪狐精，但没有人相信。碰巧村里有人被狐狸精迷住了，请王孜去看，一到那里，便指明狐狸藏避的地方，叫人跟着他指点的地方去打，就听到狐狸哀鸣，毛血并落，从此也就平安无事了。因此大家更加认为他不是一个普通的人了。

一天，王文到市集上去，忽然碰到了赵东楼。王见他衣帽不整，颜色枯槁，吃惊地问他从哪里来，赵很颓丧地请他找个地方说话。王就同他回到家里，摆上酒菜。赵说：『老妈妈把鸦头抓了回去，痛打了一顿，搬到了北方，又逼着鸦头改嫁，鸦头宁死也不肯嫁给第二个，因此，被软禁在一间房子里。生了个儿子，被扔到偏僻的小胡同里，听说被育婴堂收容了，想已长大成人，这是你的亲骨肉呀！』王流着眼泪说：『老天爷保佑，孩儿已经回到我身边了。』顺便告诉他以前的种种情况，又问：『你怎么流落到这种田地？』赵叹着气说：『如今才知道和妓女相好，不能太认真啊，还有什么好说呢？』

原来，老妈妈全家北迁，赵也以行商的身份跟着她们走，一些比较笨重又难于搬运的货物，全都贱价出卖了，途中的脚夫费、生活费，花去了巨额的金钱，因而亏损很大。妮子这也要买，那也要用，向他索取的财物尤其多。几年工夫，万贯家财竟然花得身无一文。老妈妈看到他囊空如洗了，天天白眼相看。妮子也经常到有钱的人家去过夜，往往几个晚上不回来，赵愤恨得无法吞下那口气，但也没有什么办法！碰巧老妈妈出去了，鸦头从窗子里喊着赵说：『妓院里本来没有什么感情恩爱，所以对你亲亲热热，完全是为了几个钱罢了。如果你还留恋这里，舍不得离开，将会遭到弥天大祸。』赵害怕起来，这才如梦初醒。临走，偷偷地去看望了鸦头，鸦头给了封信要他带给王文，赵就回到家乡来了。赵把自己的遭遇向王陈述了一番，便拿出鸦头的信交给了王，信上写道：『知道孜儿已经回到你身边了。我所受到的苦难，赵君自然会当面告诉你。这是前世造的孽，没有什么可说的。我被囚禁在一间阴暗的小屋子里，看不到天日，鞭子抽绽了皮肤，饥火焚烧着身心，熬过一个晨昏，如历几年岁月。你如果没有忘记我们在汉口的雪夜，盖着薄薄的单被，互相偎抱取暖的情形，就与孩儿商量，一定能够把我从水深火热中救出来。母亲和姐姐虽然很残忍，毕竟是亲骨肉，你当嘱咐孩儿，不要伤害她们，这是我的一点心愿。』王读了这封信，不禁掉下泪来，拿了些金银送给了赵，赵便告辞而去了。

这时王孜已经十八岁了，王把这事的前因后果告诉了他，并把母亲的信给他看，王孜气得眼眶都要瞪裂了，当天就去了燕京，打听到老妈妈的住处，只见门前车水马龙，热闹非凡。王孜径直闯了进去，妮子与湖南客人正在饮酒作乐，远远地看见王孜，惊异地站起来，吓得脸色大变，王孜猛扑上去，一刀结果了她的性命。嫖客们大吃一惊，以为强盗来了，看看妮子的尸体，已经变成了一只狐狸。王孜拿了刀子一直撞到后院，只见老妈妈正在督促婢女们做汤。王孜刚走近房门，老妈妈忽然不见了，王孜四下一看，急忙抽出箭来朝屋梁射去，一只老狐被箭穿透心窝掉了下来，王孜一跃而前，割掉了它的脑袋。于是寻到母亲被囚的地方，用石头砸开了房门，母子相见，抱头痛哭。母亲问起她娘，王孜说：“已经杀了。”母亲埋怨说：“你怎么不听我的话呢？”便要王孜把姥姥抬到郊外葬了，王孜假意应承了，暗地里却把狐皮剥了收藏起来。随即检点老妈妈的箱子、笼子，取了全部财产，照应着母亲回到了老家。

王文夫妇重新聚首，真是又悲又喜，接着问及鸦头的母亲和姐姐，王孜说：『在我袋子里。』父亲怪而问之，王孜献上了两张狐皮。母亲非常愤怒，骂着说：『不肖的小子，怎么能这么做啊！』于是一边号啕大哭，一边捶打自己的胸脯，翻来滚去，痛不欲生。王想尽办法安慰她，喝令儿子把狐皮埋了。王孜也气愤地说：『如今得到一个安乐的环境，马上就忘掉了挨打的滋味了吗？』母亲更加愤怒了，哭得更加伤心。直到王孜告诉她狐皮已经葬了，这才稍微心安一些。

自从鸦头回来，王的家业越来越兴旺。心里很感激赵东楼，送给他大量的金钱，赵这才知道老妈妈一家都是狐狸。王孜侍奉父母非常孝顺，但因误会而触犯了他，就口出恶言，暴跳如雷。鸦头对王说：『孩儿有一条拗筋，不割掉它，终当招致家破人亡的大祸。』一天夜里，鸦头趁王孜睡得很沉的时候，悄悄地捆了他的手脚。王孜醒来说：『我没有什么罪过。』母亲说：『打算把你的暴躁脾气治好，你不要害怕！』王孜大叫大闹，但是滚来滚去，挣不开绑着的绳索。鸦头拿一根大针，在王孜的踝骨边，刺了三四分深，挑出一根筋来，用刀切断，发出『崩』的一声。又在肘间、脑后，也如法炮制了一番，才解开绳索，拍着他安安稳稳地睡了。天一亮，王孜走来侍奉父母，哭着说：『我夜来回忆我过去的行为，都不是人干的。』父母听了，皆大欢喜，从此，王孜的脾气变得温柔和顺，像一个闺女，得到乡亲的夸赞。

异史氏说：『所有的妓女，都是迷人的狐狸精。没有想到竟然有狐狸精当起妓女来，至于狐精而做鸨母，那就兽性和禽性兼而有之了。它们灭绝天理，伤害人伦，又有什么可怪的呢！至若鸦头那样经过千折百磨，宁死也不肯再嫁，这是真正的人也不容易做到的，而竟于狐狸精中得到了这种高风亮节的女人，岂非怪事吗？唐太宗说魏征更加显得妩媚可爱，我觉得鸦头也是这样。』

木雕美人

商人白有功言：『在泺口河上，见一人荷竹簏，牵巨犬二。于簏中出木雕美人，高尺余，手目转动，艳妆如生。又以小锦鞯被犬身，便令跨坐。安置已，叱犬疾奔。美人自起，学解马作诸剧，镫而腹藏，腰而尾赘，跪拜起立，灵变不讹。又作昭君出塞：别取一木雕儿，插雉尾，披羊裘，跨犬从之。昭君频频回顾，羊裘儿扬鞭追逐，真如生者。』

【译文】

商人白有功说：在济南市东北的泺口河上，可以看到有个人背着一个大竹篓，牵着两只大狗。从篓中跳出来一个大约尺多高的木雕美人，两只手能够转动自如，打扮得很漂亮，就像活的一样。又拿出锦制的小鞍披在狗身上，让她跨上小鞍。布置停当之后，吆喝着那狗儿向前狂奔，那木雕美人便自动站起来，像马戏团演员一样表演各种戏剧动作，有时站在镫上而把身体藏于犬腹之下，有时翻着腰肢而把自己附着狗尾之上，或跪或拜，或起或立，灵活变化，无不合拍。又作《昭君出塞》的戏，另外有一木雕的汉子，插着雉尾，披着羊皮袄子，骑着一只狗跟在后面，昭君不断地回过头来看，披着羊皮袄子的汉子就扬着鞭子在后面追赶，真像活生生的一样。

封三娘

范十一娘，城祭酒之女。少艳美，骚雅尤绝。父母钟爱之，求聘者辄令自择；女恒少可。会上元日，水月寺中诸尼，作『盂兰盆会』。是日，游女如云，女亦诣之。方随喜间，一女子步趋相从，屡望颜色，似欲有言。审视之，二八绝代姝也。悦而好之，转用盼注。女子微笑曰：『姊非范十一娘乎？』答曰：『然。』女子曰：『久闻芳名，人言果不虚谬。』十一娘亦审里居。女答言：『妾封氏，第三，近在邻村。』把臂欢笑，词致温婉，于是大相爱悦，依恋不舍。十一娘问：『何无伴侣？』曰：『父母早世，家中止一老妪，留守门户，故不得来。』十一娘将归，封凝眸欲涕，十一娘亦惘然，遂邀过从。封曰：『娘子朱门绣户，妾素无葭莩亲，虑致讥嫌。』十一娘固邀之。答：『俟异日。』十一娘乃脱金钗一股赠之，封亦摘髻上绿簪为报。十一娘既归，倾想殊切。出所赠簪，非金非玉，家人都不之识，甚异之。日望其来，怅然遂病。父母讯得故，使人于近村咨访，并无知者。时值重九，十一娘羸顿无聊，倩侍儿强扶窥园，设褥东篱下。忽一女子攀垣来窥，觇之，则封女也。呼曰：『接我以力？』侍儿从之，蓦然遂下。十一娘惊喜，顿起，曳坐褥间，责其负约，且问所来。答云：『妾家去此尚远，时来舅家作耍。前言近村者，缘舅家耳。别后悬思颇苦；然贫贱者与贵人交，足未登门，先怀惭怍，恐为婢仆下眼觑，是以不果来。适经墙外过，闻女子语，便一攀望，冀是小姐，今果如愿。』十一娘因述病源。封泣下如雨，因曰：『妾来当须秘密。造言生事者，飞短流长，所不堪受。』十一娘诺。偕归同榻，快与倾怀。病寻愈。订为姊妹，衣服履舄，辄互易着。见人来，则隐匿夹幕间。积五六月，公及夫人颇闻之。一日，两人方对弈，夫人掩入。谛视，惊曰：『真吾儿友也！』因谓十一娘：『闺中有良友，我两人所欢，胡不早白？』十一娘因达封意。夫人顾谓三娘：『伴吾儿，极所忻慰，何昧之？』封羞晕满颊，默然拈带而已。夫人去，封乃告别。十一娘苦留之，乃止。一夕，自门外匆皇奔入，泣曰：『我固谓不可留，今果遭此大辱！』惊问之。曰：『适出更衣，一少年丈夫，横来相干，幸而得逃。如此，复何面目！』十一娘细诘形貌，谢曰：『毋须怪，此妾痴兄。会告夫人，杖责之。』封坚辞欲去。十一娘请待天曙。封曰：『舅家咫尺，但须以梯度我过墙耳。』十一娘知不可留，使两婢逾垣送之。行半里许，辞谢自去。婢返，十一娘伏床悲惋，如失伉俪。后数月，婢以故至东村，暮归，遇封女从老妪来。婢喜，拜问。封亦恻恻，讯十一娘兴居。婢捉袂曰：『三姑过我。我家姑姑盼欲死！』封曰：『我亦思之，但不乐使家人知。归启园门，我自至。』婢归告十一娘；十一娘喜，从其言，则封已在园中矣。相见，各道间阔，绵绵不寐。视婢子眠熟，乃起，移与十一娘同枕，私语曰：『妾固知娘子未字。以才色门第，何患无贵介婿；然纨绔儿敖不足数。如欲得佳偶，请无以贫富论。』十一娘然之。封曰：『旧年邂逅处，今复做道场，明日再烦一往，当令见一如意郎君。妾少读相人书，颇不参差。』昧爽，封即去，约俟兰若。十一娘果往，封已先在。眺览一周，十一娘便邀同车。携手出门，见一秀才，年可十七八，布袍不饰，而容仪俊伟。封潜指曰：『此翰苑才也。』十一娘略睨之。封别曰：『娘子先归，我即继至。』入暮，果至，曰：『我适物色甚详，其人即同里孟安仁也。』十一娘知其贫，不以为可。封曰：『娘子何亦堕世情哉！此人苟长贫贱者，予当抉眸子，不复相天下士矣。』十一娘曰：『且为奈何？』曰：『愿得一物，持与订盟。』十一娘曰：『姊何草草？父母在，不遂如何？』封曰：『妾此为，正恐其不遂耳。志若坚，生死何可夺也？』十一娘必不可。封曰：『娘子姻缘已动，而魔劫未消。所以故，来报前好耳。请即别，即以所赠金凤钗，矫命赠之。』十一娘方谋更商，封已出门去。时孟生贫而多才，意将择耦，故十八犹未聘也。是日，忽睹两艳，归涉冥想。一更向尽，封三娘款门而入。烛之，识为日中所见，喜致诘问。曰：『妾封氏，范氏十一娘之女伴也。』生大悦，不暇细审，遽前拥抱。封拒曰：『妾非毛遂，乃曹丘生。十一娘愿缔永好，请倩冰也。』生愕然不信。封乃以钗示生。生喜不自已，矢曰：『劳眷注若此，仆不得十一娘，宁终鳏耳。』封遂去。生诘旦，浼邻媪诣范夫人。夫人贫之，竟不商女，立便却去。十一娘知之，心失所望，深怨封之误己也；而金钗难返，只需以死矢之。又数日，有某绅为子求婚，恐不谐，浼邑宰作伐。时某方居权要，范公心畏之。以问十一娘，十一娘不乐。母诘之，默默不言，但有涕泪。使人潜告夫人，非孟生，死不嫁。公闻，益怒；竟许某绅家。且疑十一娘有私意于生，遂涓吉速成礼。十一娘忿不食，日惟耽卧。至亲迎之前夕，忽起，揽镜自妆。夫人窃喜。俄侍女奔白：『小姐自经！』举家惊涕，痛悔无所复及。三日遂葬。孟生自邻媪反命，愤恨欲绝。然遥遥探访，妄冀复挽。察知佳人有主，忿火中烧，万虑俱断矣。未几，闻玉葬香埋，然悲丧，恨不从丽人俱死。向晚出门，意将乘昏夜一哭十一娘之墓。欻有一人来，近之，则封三娘。向生曰：『喜姻好可就矣。』生泫然曰：『卿不知十一娘亡耶？』封曰：『我所谓就者，正以其亡。可急唤家人发冢，我有异药，能令苏。』生从之，发墓破棺，复掩其穴。生自负尸，与三娘俱归，置榻上，投以药，逾时而苏。顾见三娘，问：『此何所？』封指生曰：『此孟安仁也。』因告以故，始知梦醒。封惧漏泄，相将去五十里，避匿山村。封欲辞去，十一娘泣留作伴，使别院居。因货殉葬之饰，用为资度，亦称小有。封每遇生来，辄走避。十一娘从容曰：『吾姊妹，骨肉不啻也，然终无百年聚。计不如效英、皇。』封曰：『妾少得异诀，吐纳可以长生，故不愿嫁耳。』十一娘笑曰：『世传养生术，汗牛充栋，行而效者谁也？』封曰：『妾所得非世人所知。世传并非真诀，惟华佗五禽图差为不妄。凡修炼家无非欲血气流通耳，若得厄逆症，作虎形立止，非其验耶？』十一娘阴与生谋，使伪为远出者。入夜，强劝以酒；既醉，生潜入污之。三娘醒曰：『妹子害我矣！倘色戒不破，道成当升第一天。今堕奸谋，命耳！』乃起告辞。十一娘告以诚意而哀谢之。封曰：『实相告：我乃狐也。缘瞻丽容，忽生爱慕，如茧自缠，遂有今日。此乃情魔之劫，非关人力。再留，则魔更生，无底止矣。娘子福泽正远，珍重自爱。』言已而逝。夫妻惊叹久之。逾年，生乡、会果捷，官翰林。投刺谒范公，公愧悔不见。固请之，乃见。生入，执子婿礼，伏拜甚恭。公愧怒，疑生儇薄。生请间，具道情事。公不深信，使人探诸其家，方大惊喜。阴戒勿宣，惧有祸变。又二年，某绅以关节发觉，父子充辽海军。十一娘始归宁焉。

【译文】

畹城学官的女儿名叫范十一娘，年轻美貌，很善于写诗作词，她的父母都非常喜爱她。有人来向她求婚，父母允许她自行决定。但是求婚的人中没有一个能让范十一娘满意的。有一年上元节，水月寺的尼姑们举办『盂兰盆会』。这一天，有很多女客成群结队地来观看。范十一娘也去了。在她到处游览的时候，发现有一个女子总是跟在她的后面，一直在看她，好像有话要说的样子。范十一娘仔细一看，那女子大约十六七岁的样子，长得十分美丽，很讨人喜欢，就对她产生了好感，也不断地回头看她。那女子笑着问她：『姐姐就是范十一娘吧？』范十一娘回答说：『我就是范十一娘。』那女子说：『很久以前就听人说起过你，人们的话果然是真的。』范十一娘也打听她在哪里居住。女子说：『我姓封，排行第三，就住在附近的村子里。』于是两人便互相挽着手臂，高兴地谈笑起来，彼此的言辞态度都十分温和文雅。两人都很喜欢对方，已经舍不得分开了。范十一娘问：『怎么没人陪你呢？』封三娘说：『我的父母很久以前就去世了，家里只剩下一个老婆子看家，所以不能陪我出来。』范十一娘要回家了，封三娘伤心地看着她，泪水都要流出来了。范十一娘心中也觉得好像要失去什么，就邀请她一起回家。封三娘说：『您家是大户人家，我与您素不相识，贸然前去，恐怕招来讥笑。』范十一娘却不管这些，坚决邀请她到家里做客。封三娘说：『等再过些日子吧！』范十一娘就将头上的金钗取下来送给了她，封三娘也回送了一根绿色的簪子。

范十一娘回家之后，十分挂念封三娘，就拿出封三娘所赠的簪子把玩，发现它既不是金，也不是玉，家里的人也都不认识，不由得感到十分惊奇。范十一娘每天都在盼望封三娘能够早点到来，于是整天闷闷不乐，结果就病了。她父母知道女儿生病的缘由后，就派人到附近的村庄打听，结果没有人知道有这么一个人。

重阳节到了，范十一娘到花园散步。她让人在菊花旁边铺了一条褥子，坐在上面赏菊。忽然看到一个女子正扒着墙头向里张望。仔细一看，原来是封三娘。封三娘大声说：『接着我。』丫鬟就按她的吩咐去接，封三娘一下子就跳了过来。范十一娘非常惊喜，马上站起身来，把她拽到褥子上坐下，责怪她失约，并问她是从哪里来的。封三娘说：『我家离这里很远，时常到舅舅家里居住。前次说住在这附近，说的就是舅舅家。自从分别以后，我也十分想念你。但是贫贱的人与富贵的人结交，脚还没跨讨门槛，心里就觉得羞愧了，怕被婢女、仆人轻视，所以不敢下定决心过来。刚才正好在墙外路过，听到女子的说话声，便爬上墙头往里看，希望是小姐，结果果然是小姐。』范十一娘就向她说了自己生病的事，封三娘听了，泪流满面，哽咽着说：『我来这里的事，不要告诉别人，如果有人说三道四，那我可受不了。』范十一娘便同意了。两人一起回到范十一娘的房间里，睡在一起，兴奋地诉说着心里话。范十一娘的病很快就痊愈了。两人结拜为姐妹，交换彼此的衣服鞋袜穿，看到有人来了，封三娘就藏在帐幕的后面。

五六个月以后，先生和夫人也听到一些风声。有一天，范十一娘正在和封三娘下棋，范夫人就轻轻推门进来了。定睛一看，惊奇地说：『原来真的是我女儿的朋友啊！』就对十一娘说：『你能有个闺密，是我们夫妻二人的心愿啊，为什么不早点说出来呢？』范十一娘就把封三娘的想法说了出来。夫人对封三娘说：『你能够陪伴我的女儿，我们为此感到欣慰，为什么要隐瞒呢？』

封三娘非常羞愧，满脸通红，沉默不语，两只手紧紧地捏着衣带。夫人走后，封三娘打算告别，在范十一娘的苦苦挽留下，才没有走。

一天黄昏，封三娘惊慌失措地跑来，哭着说：『我原本就说不能留在这里，如今真的遭受这么严重的羞辱！』范十一娘感到很吃惊，连忙问她发生了什么事。她回答说：『我刚才要到厕所去，被一个青年男子看见了，他十分粗暴地欺侮我，幸亏我跑出来了。遇到了这样的事，我还有什么脸面留下来？』范十一娘仔细询问了那人的长相，听了封三娘的描绘之后，向封三娘道歉说：『不要责怪了，他是我的傻哥哥，我一会去告诉我母亲，让母亲用棍子打他。』封三娘却坚持要离开。范十一娘请求她等到天亮之后再离开。封三娘说：『我舅舅家就在这附近，只需要用梯子把我送过墙去就可以了。』范十一娘明白留不住，就派两个丫鬟翻过墙为她送行。大约走了半里地，封三娘辞别了丫鬟，并且向她们表示感谢，然后独自走了。丫鬟回去后，看见范十一娘伏在床上，正哭得伤心，如同失去了终身伴侣。

几个月后的一天，范十一娘的丫鬟有事去了东村，傍晚才回来。她在路上看到封三娘和一个老妇人迎面走来，丫鬟很高兴，忙向她行礼问安。封三娘看上去也不好受，并向丫鬟打听范十一娘的情况。丫鬟拉着封三娘的衣袖，急切地说：『三姑快到我家看看吧！我家姑姑盼着您来，都快急死了。』封三娘说『我也十分想念她，但是不愿意让家里人知道，你先回去，把后门打开，我自己会去。』丫鬟回去后便将这事告诉给范十一娘，范十一娘听了很高兴，按照封三娘说的打开门时，发现封娘已经在园子里了。两位姑娘相见后，互相诉说分别后的事情，一直说个不停，也不睡觉。封三娘看到丫鬟都睡着了，就起身搬到范十一娘床上，同枕而眠，并小声地对范十一娘说：『我知道你还没有订婚，凭借你的才华容貌和家世，不怕找不到出身高贵的女婿。然而，那些富贵之家的子弟，通常倨傲无礼，很不足取。如果想要得到一个好丈夫，那就请不要考虑贫富。』范十一娘十分认同她的看法。封三娘又说：『去年你我相遇之后，今年那里又准备做道场，你明天和我一起去，我让你见一位令你满意的郎君。我小时候学过如何相面，看人很准的。』天一亮，封三娘就离开了，与范十一娘约好在庙中等候。范十一娘果真去了，她到达时，封三娘已经先到了。两人绕着寺庙游玩了一圈，范十一娘便邀请封三娘一同坐车回去。两人手拉着手走出庙门的时候，看见一个十七八岁的书生，穿着一件布袍，没有佩戴任何装饰，但是长得十分俊美，且身材高大。封三娘悄悄地指着那个人对范十一娘说：『他能够进翰林院。』范十一娘大致看了一眼。封三娘与范十一娘告别的时候说：『姑娘先回去，我随后就到。』天刚黑下来的时候，封三娘果然来了，她对范十一娘说：『我刚才将那个人打听清楚了，那人就是同乡的孟安仁。』范十一娘知道他很贫穷，认为不可行。封三娘说：『姑娘为什么要带着世俗的眼光看问题呢！这人如果是长久贫贱的人，那我一定会把眼珠子抠出来，从此不再给人看相了。』范十一娘说：『那该怎么办？』封三娘说：『我要拿一件你的东西交给他，作为与他订立婚约之用。』范十一娘说：『姐姐怎么如此草率？父母尚在，如果事情办不成，那该怎么办？』封三娘说：『我如此做的目的正是怕事情不成。如果意志坚定，即使是在生命受到了威胁的情况下也不会改变。』范十一娘还是坚决不同意，封三娘就对她说：『姑娘命中的姻缘已经动了，但是磨难却没有消除。我之所以这样做，是为了报答你对我的情意。我们就此作别，我会把你以前送给我的金凤钗以你的名义赠送给他。』范十一娘还在想别的方法，封三娘就已经出门走了。

当时，孟安仁的生活困窘，但是他富有才学，想自己寻找合适的伴侣，所以已经十八岁了，还没有定亲。这天，忽然看到两位非常美丽的女子，回去之后，仍念念不忘。一更的时候，封三娘敲门进来，孟安仁点燃了蜡烛，发现来人是白天见过的，连忙高兴地连声询问。封三娘说：“我姓封，是范十一娘的朋友。范十一娘愿意与你结为夫妻，请你派媒人去求亲。”孟安仁不敢相信，封三娘就拿出金凤钗给他看。孟安仁十分欢喜，发誓：“我承蒙十一娘如此关心注意，若娶不到十一娘，则宁愿终不娶。”封三娘听他说完后，就离开了。

第二天早晨，孟安仁就请邻居的老妇人去求见范夫人，范夫人嫌他家贫，没有和女儿商量，就直接拒绝了。范十一娘知道后，感到很失望，埋怨封三娘给自己惹了麻烦，心想那金凤钗是很难讨回了，就许下了誓言，到时候宁可死去，也要实践曾经默许的事。又过了几天，一位贵绅为自己的儿子向范家求亲，担心范家不答应，就请了县令来做媒，那贵绅在朝中非常有地位，范学官十分惧怕他，就问范十一娘该怎么办。范十一娘听了非常苦闷。她母亲也来问她，她仍旧不说话，只是哭。后来她让人对母亲说：『我只嫁给孟安仁，要是其他人，那我就宁死不嫁。』范学官听了之后大发脾气，竟然答应了那位贵绅。他疑心女儿与孟安仁有私情，于是匆匆选择吉日，想把女儿尽早嫁出去。范十一娘气得饭都吃不下，整日躺在床上。到了出嫁的前一天晚上，她忽然照着镜子化起妆来。范夫人看到后十分开心。没想到，没过多久，有丫鬟跑来报告：『小姐上吊了。』全家人痛哭流涕，非常后悔，但是事已至此，也无法挽回了。三天后，家人就将范十一娘埋葬了。

孟安仁从邻居老妇人那里得知范夫人拒绝了求婚，又气又痛，恨不得死去。可是他还是暗中打听，看有没有机会挽回，听说范十一娘被许配给别人了，就气得咬牙切齿，同时也万念俱灰。没过几天，孟安仁又听说范十一娘已经下葬了，心中悲痛，恨不得与范十一娘一同死去。傍晚，孟安仁从家里出来，想在夜色的掩护下，到范十一娘的墓前哭祭一番。忽然看见一个人走过来，等走近一看，原来是封三娘。封三娘对他说：『祝贺你的婚姻即将圆满。』孟安仁哭着说：『你难道不知道十一娘已经死了吗？』封三娘说：『我所说的圆满，正是因为她死了，你可以找人挖开坟墓，我有奇药，能使她苏醒过来。』于是，孟安仁便按照她的话找人掘开了坟墓，打开棺木，取出尸体，又把坟穴填好。孟安仁背着尸体，和封三娘一起回到了家，他把尸体放在床上，喂了药，不一会儿，范十一娘就醒了。她一看到封三娘就问：『这是哪里？』封三娘指着孟安仁说：『他就是孟安仁。』接着又把事情的经过说了一遍，范十一娘这才如梦初醒。封三娘担心事情被泄露出去，就带着他们来到五十里外的一处山村隐藏起来。封三娘打算告辞，范十一娘哭着挽留她，并让她住在另一个院子里。

他们变卖了随葬的物品，作为日常开支，也算是小康生活。封三娘每次遇到孟安仁就躲开。范十一娘就大度地说：『我们两人比亲姐妹还亲，但是却不能一辈子相聚在一起，不如仿效尧的两个女儿娥皇和女英一起嫁给大舜的做法。』封三娘说：『我年少时修习了一种秘诀，用吐出浊气、吸进清气的方法，可以长生不老，所以不愿意嫁人。』范十一娘笑着说：『世上所传的养生之术，记载在书上的不计其数，但哪一种是有效的呢？』封三娘说：『我所修习的那个秘诀，可不是世人所传的那些。世上所传的养生之术并不是真正的法诀，只有华佗的五禽戏可以算是一种，但也只是使身体内的血气流贯通畅罢了。人要是打嗝，做出老虎的姿势，就可以止住，那不是效验了吗？』范十一娘暗中与孟安仁商量，让他假装出远门。到了夜里，就设法使封三娘喝醉了，然后孟安仁便偷偷地进来，与她同房了。封三娘醒来后，说：『妹妹，你害了我呀！如果我没有破了男女相交的戒规，修成道行，那就能达到道家修炼的最高境界。现在却中了你们的计谋，这是命运啊！』说完就起身要告辞。范十一娘就把自己的诚心说了出来，并诚恳地向她道歉。封三娘说：『我告诉你们实情吧，我是狐狸，只因看见你美丽的容颜，产生了喜爱之心，就如同作茧自缚，才会落得如今的下场，这是情魔带来的劫数，与人的行事没有关系。我如果还要留下来，情魔就会继续生长，没有休止了。姑娘有福的日子还长着呢，希望你自己珍惜这种福气。』说完就消失了。孟安仁和范十一娘都很吃惊，感叹了很长时间。

过了一年，孟安仁在考取举人的乡试和考取进士的会试中都高中了，官封翰林。他拿着帖子去拜见范学官，范学官既羞愧又后悔，不愿意见他。孟安仁十分坚持，范学官这才同意相见。孟安仁一进去，就以晚辈的身份行了礼，伏在地上叩拜，十分恭敬。范学官在羞愧的同时还感到了愤怒，怀疑孟安仁有轻薄之意。孟安仁请求与他单独说话，然后将事情的经过从头到尾地讲述了一遍。范学官起初不敢完全相信，派人到孟家去查看，这才惊喜万分，并私下里告诫孟安仁，不要把事情宣扬出去，唯恐招来祸害。又过了两年，那位贵绅被查出收受贿赂，父子二人都被充军到辽海，范十一娘这才回娘家探亲。

农人

有农人芸于山下，妇以陶器为饷。食已，置器垄畔。向暮视之，器中余粥尽空。如是者屡。心疑之，因睨注以觇之。有狐来，探首器中。农人荷锄潜往，力击之。狐惊窜走。器囊头，苦不得脱；狐颠蹶，触器碎落，出首，见农人，窜益急，越山而去。后数年，山南有贵家女，苦狐缠祟，敕勒无灵。狐谓女曰：『纸上符咒，能奈我何！』女绐之曰：『汝道术良深，可幸永好。顾不知生平亦有所畏者否？』狐曰：『我罔所怖。但十年前在北山时，尝窃食田畔，被一人戴阔笠，持曲项兵，几为所戮，至今犹悸。』女告父。父思投其所畏，但不知姓名、居里，无从问讯。会仆以故至山村，向人偶道。旁一人惊曰：『此与吾曩年事适相符同，将无向所逐狐，今能为怪耶？』仆异之，归告主人。主人喜，即命仆马招农人来，敬白所求。农人笑曰：『曩所遇诚有之，顾未必即为此物。且既能怪变，岂复畏一农人？』贵家固强之，使披戴如尔日状，入室以锄卓地，咤曰：『我日觅汝不可得，汝乃逃匿在此耶！今相值，决杀不宥！』言已，即闻狐鸣于室。农人益作威怒。狐即哀言乞命。农人叱曰：『速去，释汝。』女见狐奉头鼠窜而去。自是遂安。

【译文】

有一个农人正在山脚下种地，他的妻子用陶罐盛了饭送给他吃，他吃过之后，把陶罐放在田埂上，到了傍晚去看，那陶罐里剩下的粥也都没有了。这样的情况出现了很多次，引起了他的怀疑，便留意暗中窥探。原来有一只狐狸来了，把脑袋伸进陶罐里。农人背着锄头偷偷地走了去，狠狠地打了一下，那狐狸猛吃一惊，拔腿就跑，那陶罐套着它的脑袋，苦于没有办法挣脱，狐狸摔了一跤，把陶罐跌碎了，露出头来，见了农人，逃得更快了，翻过山便走了。

过了几年，有一个富贵人家的女儿，被狐狸精缠上了，念咒画符，都没有效果。狐狸精对女儿说：『纸上画的符咒，对我有什么作用！』女儿哄骗它说：『你的道行很高，我愿意永远和你相好。但不晓得你生平是不是也有害怕的人吗？』狐狸精说：『我什么也不怕。但十年前住在北山的时候，曾经在田埂旁偷吃那农人剩下的粥，被一个头戴大斗笠，手执弯头兵器的莽汉追了来，几乎被他打死了，至今想起来，还是心有余悸。』女儿把这话告诉了她父亲，父亲想利用狐狸所害怕的来镇服它，但又不知道那莽汉姓甚名谁，住在哪里，没有办法打听得到。碰巧他家有个仆人到北山的村子里去，偶尔向人谈起这件事，旁边有个人吃惊地说：『这和我当年遇到的那件事完全相同，莫不是过去被我打过的那只狐狸，今天能够兴妖作怪了吗？』仆人听了觉得很奇怪，回去告诉了主人。主人非常高兴，立即打发仆人用马把农人接了来，恭恭敬敬地向他提出驱赶狐狸精的要求。农人笑着说：『我当年确实遇到了这么件事情，但不一定就是这只狐狸。而且它既然可以兴妖作怪了，难道还怕一个农人？』主人再三请求，使他打扮得像过去一样，走到房里，把锄头往地上一顿，大声地喝责道：『我天天在找你没有找到，原来你躲到这里了。今天碰到我手里，不把你杀掉，决不罢休！』话刚落音，就听到狐狸在房子里哀鸣起来。农人越发装出十分震怒的样子，狐狸便苦苦哀求饶命。农人厉声喝道：『你赶快滚蛋，我就饶了你。』女儿果见那狐抱头鼠窜，狼狈地逃走了，从此也就平安无事了。

金永年

利津金永年，八十二岁无子。媪亦七十八岁，自分绝望。忽梦神告曰：『本应绝嗣，念汝贸贩平准，赐予一子。』醒以告媪。媪曰：『此真妄想。两人皆将就木，何由生子？』无何，媪腹震动；十月，竟举一男。

【译文】

山东利津地方有个金永年，今年八十二岁了，还没有儿子，他的老伴也有七十八岁了，自己认定应该没有希望了。忽然梦到一个菩萨告诉他说：“本来应该绝后的，考虑到你做生意，价钱公道，也不短斤缺两，给你一个儿子。”他醒来以后，便告诉老伴，老伴说：“这真是痴心妄想，我俩都快进棺材了，怎么能生儿子呢？”没有好久，老伴的肚子大起来了，十个月之后，竟然生了一个男孩。

武孝廉

武孝廉石某，囊资赴都，将求铨叙。至德州，暴病，唾血不起，长卧舟中。仆篡金亡去。石大恚，病益加，资粮断绝。榜人谋委弃之。会有女子乘船，夜来临泊，闻之，自愿以舟载石。榜人悦，扶石登女舟。石视之，妇四十余，被服灿丽，神采犹都。呻以感谢。妇临审曰：『君夙有瘵根，今魂魄已游墟墓。』石闻之，嗷然哀哭。妇曰：『我有丸药，能起死。苟病瘳，勿相忘。』石洒泣矢盟。妇乃以药饵石；半日，觉少痊。妇即榻供甘旨，殷勤过于夫妇。石益德之。月余，病良已。石膝行而前，敬之如母。妇曰：『妾茕独无依，如不以色衰见憎，愿侍巾栉。』时石三十余，丧偶经年，闻之，喜惬过望，遂相燕好。妇乃出藏金，使入都营干，相约返与同归。石赴都夤缘，选得本省司阃；余金市鞍马，冠盖赫奕。因念妇腊已高，终非良偶，因以百金聘王氏女为继室。心中悚怯，恐妇闻知，遂避德州道，迂途履任。年余，不通音耗。有石中表，偶至德州，与妇为邻。妇知之，诣问石况。某以实对。妇大骂，因告以情。某亦代为不平，慰解曰：『或署中务冗，尚未暇遑。乞修尺一书，为嫂寄之。』妇如其言。某敬以达石，石殊不置意。又年余，妇自往归石，止于旅舍，托官署司宾者通姓氏。石令绝之。一日，方燕饮，闻喧詈声；释杯凝听，则妇已搴帘入矣。石大骇，面色如土。妇指骂曰：『薄情郎！安乐耶？试思富若贵何所自来？我与汝情分不薄，即欲置婢妾，相谋何害？』石累足屏气，不能复作声。久之，长跽自投，诡辞求宥。妇气稍平。石与王氏谋，使以妹礼见妇。王氏雅不欲；石固哀之，乃往。王拜，妇亦答拜。曰：『妹勿惧，我非悍妒者。曩事，实人情所不堪，即妹亦当不愿有是郎。』遂为王缅述本末。王亦愤恨，因与交詈石。石不能自为地，惟求自赎，遂相安帖。初，妇之未入也，石戒阍人勿通。至此，怒阍人，阴诘让之。阍人固言管钥未发，无入者，不服。石疑之而不敢问妇，两虽言笑，而终非所好也。幸妇娴婉，不争夕。三餐后，掩闼早眠，并不问良人夜宿何所。王初犹自危；见其如此，益敬之。厌旦往朝，如事姑嫜。妇御下宽和有体，而明察若神。一日，石失印绶，合署沸腾，屑屑还往，无所为计。妇笑言：『勿忧，竭井可得。』石从之，果得之。叩其故，辄笑不言。隐约间，似知盗者姓名，然终不肯泄。居之终岁，察其行多异。石疑其非人，常于寝后使人听之，但闻床上终夜作振衣声，亦不知其何为。妇与王极相爱怜。一夕，石以赴臬司未归，妇与王饮，不觉过醉，就卧席间，化而为狐。王怜之，覆以锦褥。未几，石入，王告以异。石欲杀之。王曰：『即狐，何负于君？』石不听，急觅佩刀。而妇已醒，骂曰：『虺蝮之行，而豺狼之心，必不可以久居！曩所啖药，乞赐还也？』即唾石面。石觉森寒如浇冰水，喉中习习作痒；呕出，则丸药如故。妇拾之，忿然径出，追之已杳。石中夜旧症复作，血嗽不止，半岁而卒。

异史氏曰：『石孝廉，翩翩若书生。或言其折节能下士，语人如恐伤。壮年殂谢，士林悼之。至闻其负狐妇一事，则与李十郎何以少异？』

【译文】

有个姓石的武举人，他带着许多银子去京城，准备谋求个官做做。但走到德州，忽然得了暴病，吐血不起，整天卧在船上。仆人们抢了他的银子逃跑了，石某十分愤恨，病情更加沉重。没有了银子，又没有饭吃，船夫便打算抛弃他。正巧一个女子乘着船，夜晚到这里停泊，听说了这件事，愿意把石某留到自己船上。船夫很高兴，便把石某扶上了女子的船。石某一看，这女子大约四十多岁年纪，穿着艳丽，虽然徐娘半老，但风韵犹存。石某呻吟着道谢。妇人走近他，仔细看了看说：『你早就有痨病根，现在病情已很重，魂魄已经在坟墓里游荡了。』石某听说，悲伤害怕得大哭起来。妇人说：『我有丸药，可以起死回生。假若你病好了，不要忘了我。』石某流着泪起誓，永不相忘。妇人便拿出一丸药，给石某喂下去。过了半天，觉得病好了些。妇人在床榻边精心伺候，给他吃好吃的东西，比夫妻还要周到殷勤。石某更加感激她。过了一个多月，石某的病完全好了。石某下了病床，跪着爬到妇人身边，对待她就像生身母亲一般。妇人说：『我孑然一身，无依无靠，如果你不以年老色衰厌恶我，我愿意以身相许，终身侍奉你。』当时石某三十多岁，刚死了妻子一年多，听到妇人这样说，喜出望外，于是二人结成夫妻。妇人于是拿出自己积蓄的银子，让石某进京谋取官职，并约好等他返回时一块儿回家。

石某进京后，多方钻营，巴结权贵，终于选上了本省省城的门卫武官。他用余下的钱买马匹等行头，冠盖车辆华丽光洁。变成武官的石某，想到妇人年事已高，终究不是什么好伴侣。于是用一百两银子聘了王家的一个女子为继室。石某做贼心虚，心里胆怯，恐怕妇人得知，于是避开经过德州的道路，绕路去省城上任。过了一年多，也没和妇人通音信。石某有个中表亲，偶然到德州，与妇人相邻居住。妇人知道了，就去打听石某的情况。这个亲戚就把石某的情况实说了。妇人听了，大骂不止，把石某得病、自己相救又以身相许的事情说出。这位中表亲也替她鸣不平，安慰劝解他说：『或许官衙中事务繁忙，还没顾得上。请你写一封信，我替嫂嫂转交给他。』妇人听了他的话，写了一封信。这人回去后把信交给石某，石某却一点也不在意。

过了一年多，毫无石某的消息，妇人便自己前去找石某。到省城后，住到旅店里，妇托官衙中接待客人的小吏去通报自己的姓氏。石某听说她来了，拒绝相见。一天，石某正在喝酒，听见外面传来喧闹咒骂声；放下杯子仔细聆听时，妇人已掀开门帘闯了进来。石某大惊，面如土色。妇人指着他大骂道：『薄情郎！你现在安乐了？你想想你的富贵是从哪里来的？我和你情分不薄，你就是想买丫头娶小妾，和我商量商量有什么害处？』石某直直地站着，大气儿不敢出，一声也不敢回答。过了许久，石某跪到地上，不断叩着头，编造些谎话请求原谅。妇人才渐渐气平了些。

石某便去和王氏商量，让她以小妾的身份拜见妇人。王氏很不情愿，石某再三恳求，王氏才去了。见了妇人行礼，妇人也还了礼。说道：『妹妹不要害怕，我不是那种嫉妒撒泼的人。过去的事，实在是常人都无法忍受的，就是妹妹你也不会愿意有这样忘恩负义的郎！』于是给王氏讲了事情的始末。王氏听了也很愤怒，两人交相骂起石某来。石某无地自容，只求她们让自己赎回自己的罪过。于是，三人才相安无事。

初，妇人还没来家时，石某曾警告守门的人不要放她进来。到现在，他迁怒于守门人，暗地里责备他。守门人再三说门锁得好好的，没人进来，对石某的指责不服气。石某开始怀疑妇人的身份，但却不敢去问。两人虽然也有说有笑的，但却始终不喜欢她。幸好妇人比较娴静温和，也不与王氏争床笫之欢。每日三餐后，掩上门早早睡觉，并不问丈夫夜宿何处。王氏一开始还很有危机感，见她这样，心里越发敬重她。每天黎明就去拜见妇人，就如同对待婆婆那样。

妇人对待下人比较宽厚，举止得体，但却明察秋毫。一天，石某的官印不见了，整个衙门里像开了锅一样沸腾起来，人人不安，到处找寻不见，无计可施。妇人笑着说：『不用担忧，把井水淘干，就能找到了。』石某听了她的话，果然找到了官印。问她是怎么知道的，却总是笑而不答。隐隐约约间似乎知道偷盗官印者的名字，然而终究不肯泄露。过了一年，石某察觉妇人的行为有很多异于常人的地方。石某便怀疑她不是人类，经常派人在她睡下后偷听她的动静，只是听到床上整夜发出振衣声，也不知她在干什么。妇人与王氏互相爱怜，一夜，石某去臬司衙门没回来，妇人与王氏喝酒，不觉大醉，趴在卧席上，变成了狐狸。王氏见了，很可怜她，用锦褥给她盖上。不久，石某回来，王氏告诉他妇人是狐狸，石某便想杀了她。王氏说：『她就是狐狸，又哪里辜负了你？』石某不听，急忙寻找佩刀，这时妇人已醒过来，骂道：『你长着一副豺狼的心肠，行事比毒蛇还毒，这里不是久留之地！从前我给你吃的药，你还是还给我吧！』说着，向石某脸上吐了一口。石某只觉寒毛倒竖，就像兜头浇了盆冷水，喉咙里习习发痒，呕出一个东西。一看正是以前病急时吃下的那丸药，依然完好如初。妇人捡起丸药，愤愤地出门走了，追她时，早已踪迹全无。石某半夜里旧病复发，咳血不止，仅半年便死了。

异史氏说：『石举人，风度翩翩，有书生的气度。有人说他能礼贤下士，跟人说话也很和气，唯恐伤了人。正在壮年时却不幸夭折，文人们都悼念他，为他感到惋惜。但是听了他辜负狐仙夫人的事情，这和抛弃霍小玉的李十郎有什么不同呢？』

长治女子

陈欢乐，潞之长治人。有女慧美。有道士行乞，睨之而去。由是日持钵近廛间。适一瞽人自陈家出，道士追与同行，问何来。瞽云：『适过陈家推造命。』道士曰：『闻其家有女郎，我中表亲欲求姻好，但未知其甲子。』瞽为之述之，道士乃别而去。居数日，女绣于房，忽觉足麻痹，渐至股，又渐至腰腹；俄而晕然倾仆。定逾刻，始恍惚能立，将寻告母。及出门，则见茫茫黑波中，一路如线；骇而却退，门舍居庐，已被黑水淹没。又视路上，行人绝少，惟道士缓步于前。遂遥尾之，冀见同乡以相告语。走数里以来，忽睹里舍，视之，则己家门。大骇曰：『奔驰如许，固犹在村中。何向来迷惘若此！』欣然入门，父母尚未归。复仍至己房，所绣业履，犹在榻上。自觉奔波殆极，就榻憩坐。道士忽入，女大惊欲遁。道士捉而捺之。女欲号，则喑不能声。道士急以利刃剖女心。女觉魂飘飘离壳而立。四顾家舍全非，惟有崩崖若覆。视道士以己心血点木人上，又复叠指诅咒；女觉木人遂与己合。道士嘱曰：『自兹当听差遣，勿得违误！』遂佩戴之。陈氏失女，举家惶惑。寻至牛头岭，始闻村人传言，岭下一女子剖心而死。陈奔验，果其女也。泣以诉宰。宰拘岭下居人，拷掠几遍，迄无端绪。姑收群犯，以待覆勘。道士去数里外，坐路旁柳对下，忽谓女曰：『今遣汝第一差，往侦邑中审狱状。去当隐身暖阁上。倘见官宰用印，即当趋避，切记勿忘！限汝辰去巳来。迟一刻，则以一针刺汝心中，令作急痛；二刻，刺二针；至三针，则使汝魂销魄灭矣。』女闻之，四体惊悚，飘然遂去。瞬息至官廨，如言伏阁上。时岭下人罗跪堂下，尚未讯诘。适将钤印公牒，女未及避，而印已出匣。女觉身躯重软，纸格似不能胜，曝然作响。满堂愕顾。宰命再举，响如前；三举，翻坠地下。众悉闻之。宰起祝曰：『如是冤鬼，当便直陈，为汝昭雪。』女哽咽而前，历言道士杀己状、遣己状。宰差役驰去，至柳树下，道士果在。捉还，一鞫而服。人犯乃释。宰问女：『冤雪何归？』女曰：『将从大人。』宰曰：『我署中无处可容，不如暂归汝家。』女良久曰：『官署即吾家，我将入矣。』宰又问，音响已寂。退入宅中，则夫人生女矣。

【译文】

陈欢乐，是山西潞州长治县的人。有一个女孩，长得既聪敏又好看。一天，有一个道士到她家化斋，斜了她一眼便走了。从此，那个道士天天拿着钵子在附近的集镇上去要饭。碰到一个瞎子从陈家走了出来，道士便追了上去，跟他一道走，问他从哪里来，那瞎子说：『我刚才到陈家看八字去了。』道士说：『听说他家有一个女孩，我有一个老表想向她求婚，但不晓得她的生庚年月。』那瞎子便把女孩的生庚年月告诉了他，道士便告别走了。过了几天，女孩在房里刺绣，忽然觉得两只脚有些麻痹，慢慢地延伸到大腿上，又慢慢地麻到了腰部和腹部，过了一会儿便休克了，倒在地上。过了刻把钟的时间，才恍恍惚惚站了起来，打算去告诉母亲。等到她出得房门，只见一望无际的黑波中，有一条窄得像线的路，大吃一惊，退了转去，只见房子住宅，已经被黑水淹没了。又看到那条路上，没有什么行人，只有那个道士在前面慢慢地走，便远远地跟着他，希望能够碰上一个老乡，诉说她所经历的一切。走了几里路，忽然看到了房子，仔细一看，原来是自己的家门。女子大吃一惊说：『走了这么久，原来还在自己村子里，怎么刚才糊涂到这个田地？』高高兴兴走到屋里去，父母还没有回来。又走进自己的房里，绣的那只鞋子，仍然放在床上。感到走得疲倦极了，靠着床休息一会儿，那道士忽然闯了进来，女子大吃一惊，准备要走，道士抓住了她，并把她按了下去。女子想要大叫大喊，喉咙忽然哽塞得发不出声来。道士很快拿出锋利的刀子，剖开了她的心脏，女子觉得三魂渺渺，亡魄悠悠，离开了自己的躯壳。四下一看，完全不是自己的家，而是一个陡峻的岩洞，上面盖着一个岩顶。道士拿着自己的血，涂到一个木偶上，又叠起指头，念了咒语，女子便觉得木偶跟自己合而为一了。于是道士吩咐她说：『从此以后，就要听从我的差遣，不得有违。』便把那只木偶佩戴在她身上。

陈家丢了女孩，全家都惊恐不安。寻到牛头山，才听到村里人传说，岭下有一个女孩被剖开了心脏死在那里。陈跑去检验，果然是他的女儿。哭着向县官那里告了状，县官把牛头山岭下的居民，几乎都拷问过了，找不出一点头绪来。只好把那些嫌疑犯都拘留起来，等待下次仔细审问。道士走到几里路之外，坐在路旁的柳树下，忽然对女子说：『现在派你去办第一件差事，去县里打听审问这个案子的情况，到那里之后，就要隐藏在官署大堂设案审讯的阁楼上。如果看到县官动用官印的时候，就要赶快回避，切切记住，不要忘了！限你辰刻去，已时回。迟了一刻，就要拿一根针刺入你的心中，使你痛得受不了；迟了二刻，就要刺两针，刺到第三针时，那么你的魂魄就被消灭了。』女子听说了，吓得浑身打战，虚飘飘地去了。转眼之间，到了县衙里，按照道士的吩咐，偷偷地躲在阁楼上。只见岭下的居民一排排地跪在堂下，还没有审问。正遇上要在公文上盖印，女子还来不及回避，官印已从匣子里拿出来了。女子忽然觉得自己的身体又沉重又瘫软，纸糊的窗格好像承受不起，『砰』的响了一声，全堂的人都非常惊愕。县官叫人把官印再拿起来，又像先前一样响了一声；拿了三次，有一个东西翻然落在地下，大家都听得很清楚。县官站起来祷告说：『如果是一个衔冤而死的鬼魂，你应当直接向我陈述你的冤情，我一定为你申冤。』只见女子抽抽咽咽地走上前来，原原本本地把道士怎么杀她、怎么驱使她的情况告诉了县官。县官立即差人去抓道士，到了那棵柳树下，道士果然在那里，抓来一问，便服了罪，于是把那些看作嫌疑犯的岭下居民都放了。县官便问女子说：『你的冤已申了，准备到哪里去？』女子说：『准备跟着大人。』县官说：『我衙门里没有地方可以收容你，不如暂时回家里去吧！』女子沉思了很久才说：『你的官署，就是我的家，我就要进去了。』县官还想问她，已经没有声音了。回到家里，他夫人已经生了一个女孩了。

义犬

潞安某甲，父陷狱将死。搜括囊蓄，得百金，将诣郡关说。跨骡出，则所养黑犬从之。呵逐使退；既走，则又从之，鞭逐不返。从行数十里。某下骑，趋路侧私焉。既，乃以石投犬，犬始奔去；某既行，则犬欻然复来，啮骡尾足。某怒鞭之，犬鸣吠不已。忽跃在前，愤龁骡首，似欲阻其去路。某以为不祥，益怒，回骑驰逐之。视犬已远，乃返辔疾驰，抵郡已暮。乃扪腰橐，金亡其半。涔涔汗下，魂魄都失。辗转终夜，顿念犬吠有因。候关出城，细审来途。又自计南北冲衢，行人如蚁，遗金宁有存理。逡巡至下骑所，见犬毙草间，毛汗湿如洗。提耳起视，则封金俨然。感其义，买棺葬之，人以为义犬冢云。

【译文】

山西潞安地方的某甲，因为父亲被人诬陷关在牢房里，快要死了，倾家荡产，把所有的积蓄都拿了出来，一共不过才百两银子，准备拿到官府里去打通关节，说个人情。他骑着骡子出了门，家里养的那只黑狗也跟着他走了去。大声地喝退了它，等到他一走，那只狗又跟着来了。鞭它赶它，它也不回去，跟着走了几十里。某甲下了骡，走到路旁小便。小便完了，拿起石头来打狗，狗才跑开；某甲一走，狗突然又来了，咬着骡子的尾巴。某甲大发脾气，用鞭子打它，它大叫不止。忽然跳到前面，愤怒地咬了骡子的脑袋，好像硬要挡住骡子的去路似的。某甲以为不是一个吉祥的兆头，更加发脾气，勒转骡子就去追逐它。

看到狗已走得远远的，才勒转辔头飞跑，到达府城时天已经快黑了。等他来摸系在腰间的袋子时，银子已丢了一半，他急得汗如雨下、魂飞魄散，一夜翻来覆去，没有入睡。忽然想起狗的狂叫乱咬，一定是有缘故的。等到城门一开，他便离开了府城，仔细地观察了来的道路。自己又在心里划算，这是通往南北的大道，来往的行人多得像蚂蚁一样，丢了的银子哪还能在那里呢？犹犹豫豫地走到昨天下骡的地方，看到狗死在草丛里，身上的毛全都汗湿透了。提起它的耳朵来看，那一包银子分明还在那里。某甲为它的义气所感动，买了一口棺材埋葬了它，人们都叫作义犬冢。

伍秋月

秦邮王鼎，字仙湖。为人慷慨有力，广交游。年十八，未娶，妻殒。每远游，恒经岁不返。兄鼐，江北名士，友于甚笃。劝弟勿游，将为择偶。生不听，命舟抵镇江访友。友他出，因税居于逆旅阁上。江水澄波，金山在目，心甚快之。次日，友人来，请生移居，辞不去。居半月余，夜梦女郎，年可十四五，容华端妙，上床与合，既寤而遗。颇怪之，亦以为偶。入夜，又梦之。如是三四夜。心大异，不敢息烛，身虽偃卧，惕然自警。才交睫，梦女复来；方狎，忽自惊寤；急开目，则少女如仙，俨然犹在抱也。见生醒，顿自愧怯。生虽知非人，意亦甚得；无暇问讯，真与驰骤。女若不堪，曰：『狂暴如此，无怪人不敢明告也。』生始诘之。答云：『妾伍氏秋月。先父名儒，邃于易数。常珍爱妾；但言不永寿，故不许字人。后十五岁果夭殁，即攒瘗阁东，令与地平。亦无冢志，惟立片石于棺侧，曰：「女秋月，葬无冢，三十年，嫁王鼎。」今已三十年，君适至。心喜，亟欲自荐；寸心羞怯，故假之梦寐耳。』王亦喜，复求讫事。曰：『妾少须阳气，欲求复生，实不禁此风雨。后日好合无限，何必今宵？』遂起而去。次日，复至，坐对笑谑，欢若生平。灭烛登床，无异生人；但女既起，则遗泄流离，沾染茵褥。一夕，月明莹澈，小步庭中。问女：『冥中亦有城郭否？』答曰：『等耳。冥间城府，不在此处，去此可三四里。但以夜为昼。』问：『生人能见之否？』答云：『亦可。』生请往观，女诺之。乘月去，女飘忽若风，王极力追随。欻至一处，女言：『不远矣。』生瞻望殊罔所见。女以唾涂其两眦，启之，明倍于常，视夜色不殊白昼。顿见雉堞在杳霭中；路上行人，如趋墟市。俄二皂絷三四人过，末一人怪类其兄。趋近之，果兄。骇问：『兄那得来？』兄见生，潸然流涕，言：『自不知何事，强被拘囚。』王怒曰：『我兄秉礼君子，何至缧绁如此！』便请二皂，幸且宽释。皂不肯，殊大傲睨。生恚欲与争。兄止之曰：『此是官命，亦合奉法。

但余乏用度，索贿良苦。弟归，宜措置。」生把兄臂，哭失声。皂怒，猛掣项索，兄顿颠蹶。生见之，忿火填胸，不能制止，即解佩刀，立决皂首。一皂喊嘶，生又决之。女大惊曰：「杀官使，罪不宥！迟则祸及！请即觅舟北发，归家勿摘提幡，杜门绝出入，七日保无虑也。」王乃挽兄夜买小舟，火急北渡。归见吊客在门，知兄果死。闭门下钥，始入。视兄已渺；入室，则亡者已苏，便呼：「饿死矣！可急备汤饼。」时死已二日，家人尽骇。生乃备言其故。七日启关，去丧幡，人始知其复苏。亲友集问，但伪对之。转思秋月，想念颇烦。遂复南下，至旧阁，秉烛久待，女竟不至。蒙眬欲寝，见一妇人来，曰：「秋月小娘子致意郎君：前以公役被杀，凶犯逃亡，捉得娘子去，见在监押，押役遇之虐。日日盼郎君，当谋作经纪。」王悲愤，便从妇去。至一城都，入西郭，指一门曰：「小娘子暂寄此间。」王入，见房舍颇繁，寄顿囚犯甚多，并无秋月。又进一小扉，斗室中有灯火。王近窗以窥，则秋月坐榻上，掩袖呜泣。二役在侧，撮颐捉履，引以嘲戏。女啼益急。一役挽颈曰：「既为罪犯，尚守贞耶？」王怒，不暇语，持刀直入，一役一刀，摧斩如麻，篡取女郎而出。幸无觉者。裁至旅舍，蓦然即醒。方怪幻梦之凶，见秋月含睇而立。生惊起曳坐，告之以梦。女曰：「真也，非梦也。」生惊曰：「且为奈何！」女叹曰：「此有定数。妾待月尽，始是生期；今已如此，急何能待！当速发瘗处，载妾同归，日频唤妾名，三日可活。但未满时日，骨软足弱，不能为君任井臼耳。」言已，草草欲出。又返身曰：「妾几忘之，冥追若何？生时，父传我符书，言三十年后，可佩夫妇。」乃索笔急书两符，曰：「一君自佩，一粘妾背。」送之出，志其没处，掘尺许，即见棺木，亦已败腐。侧有小碑，果如女言。发棺视之，女颜色如生。抱入房中，衣裳随风尽化。粘符已，以被褥严裹，负至江滨；呼拢泊舟，伪言妹急病，将送归其家。幸南风大竞，甫晓，已达里门。抱女安置，始告兄嫂。一家惊愕，亦莫敢直言其惑。生启衾，长呼秋月，夜辄拥尸而寝。日渐温暖。三日竟苏，七日能步；更衣拜嫂，盈盈然神仙不殊。但十步之外，须人而行；不则随风摇曳，屡欲倾侧。见者以为身有此病，转更增媚。每劝生曰：「君罪孽太深，宜积德诵经以忏之。不然，寿恐不永也。」生素不信佛，至此皈依甚虔。后亦无恙。

异史氏曰：「余欲上言定律，『凡杀公役者，罪减平人三等。』盖此辈无有不可杀者也。故能诛锄蠹役者，即为循良；即稍苛之，不可谓虐。况冥中原无定法，倘有恶人，刀锯鼎镬，不以为酷。若人心之所快，即冥王之所善也。岂罪致冥追，遂可倖而逃哉？」

【译文】

苏北高邮人名叫王鼎，字仙湖，为人很是慷慨激奋，勇武有力，交友很广。在他十八岁那年，他还没成亲，未婚妻就死了。他每次外出远游，经常是一整年也不回家。哥哥王鼐，是江北的名士，兄弟感情十分深厚，王鼐劝弟弟不要再外出了，想要给他选个好媳妇。王鼎不听，乘船到镇江去拜访朋友。不巧赶上朋友外出，王鼎便租了一家旅店的阁楼住下。只见楼外江水翻着澄澈的波澜，金山尽收眼底，王鼎心情很是畅快。第二天，朋友回来了，请他搬到家里住，王鼎辞谢不去。

在阁楼住了半个多月，一天夜里，王鼎梦见一位女郎，年龄大约有十四五岁的样子，容貌秀丽端庄，上床和他交合，醒后他发现自己梦遗了。王鼎非常奇怪，还以为是出于偶然。再到夜里，又做了同样的梦。就这样过了三四夜。王鼎心中非常诧异，睡觉时不敢熄灭烛灯，身子虽然躺在床上，心里却时刻警惕着。可是刚一闭眼睛，梦见女郎又来了，正亲热时，王鼎忽然惊醒，急忙睁眼一看，看见一个美如天仙的少女，还真真切切地抱在自己的怀中。少女看见王鼎醒了过来，很是羞怯。王鼎虽然明知她不是人类，却也很是得意，顾不上询问，就又和她亲热欢爱起来。女子好像不堪忍受，说：『如此狂暴，难怪人家不敢当面告诉你。』王鼎这才询问她的情况。女子说：『我叫伍秋月。先父是有名的儒生，精通周易象数。他对我非常珍爱，但说我不能长寿，所以不把我许配人家。我到了十五岁时果然夭亡了，父亲便把我埋在阁楼东边，让坟墓和地面一样平。坟墓上也没有墓志，只在棺材旁立了块石片，上面写着「女秋月，葬无冢，三十年，嫁王鼎」。现在已经过了三十年，正好你来了，心中高兴，急着自荐给你，但又感到害羞，所以借梦境和你相会。』王鼎非常欢喜，又要求继续亲热。女子说：『我现在只需要一点点阳气，要想求得复生，实在禁不起这种风雨。以后我们好合的日子还多着呢，何必非在今晚？』说完起身走了。第二天夜里，秋月又来了，和王鼎对坐着，嬉笑戏谑，两人如同旧相识一样欢乐。熄灯上床，王鼎感觉她和活人没什么两样，只是秋月起身时，王鼎就遗泄淋漓，沾染被褥。

一天夜里，明月晶莹澄澈，王鼎和秋月在院中散步。王鼎问她说：『阴间里也有城市吗？』秋月回答说：『阴间也和人世一样。阴间的城市不在这里，距离这里大概有三四里路。只是那里把黑夜当作白天。』王鼎问：『活人能看到阴间吗？』回答说：『也可以。』王鼎请求去阴间看看，秋月答应了。二人便乘着月光前去，秋月飘飘忽忽地走着，如同风一样，王鼎极力追赶。转眼就来到一个地方，秋月说：『不远了。』王鼎四处张望，却什么也看不见。秋月把唾沫涂在他的两眼上，王鼎睁开眼，感觉眼睛比平常更加明亮，看夜色如同白天。顿时看到茫茫的烟雾之中有一座城池矗立，路上的行人来来往往，多得像赶集一样。一会儿，看到两个皂衣公差捆着三四个人走过来，最后一人很像王鼎的哥哥。鼎走近一看，果然是哥哥，惊骇地问：『哥哥怎么到这里来的？』哥哥看到王鼎，眼泪刷刷地淌下来，说：『我也不知道为什么事，硬被抓起来了。』王鼎愤怒说：『我哥哥是奉行礼仪的君子，怎么像捆犯人一样捆着他？』王鼎请求两个皂衣公差放了哥哥。皂衣公差不肯，非常傲慢地瞥着王鼎。王鼎愤怒地要和他们争执，哥哥劝阻他说：『这是长官的命令，他们也应当守法办事。只是我缺少费用，他们索取贿赂，勒索得我好苦。弟弟回去后，要筹办些钱给我。』王鼎拉着哥哥的胳膊，失声痛哭。皂衣公差大怒，猛地一拽王鼐脖子上的绳索，王鼐立刻就摔倒了。王鼎见此情景，满腔怒火，再也压制不住，拔出佩刀，一刀把那皂衣公差的脑袋砍了下来。另一个皂衣公差大声喊叫，王鼎又一刀杀了他。

秋月大惊说：『杀了官差，罪不可赦！逃晚了就大祸临头了！请你们马上找船渡江北上，回家后不要摘掉丧幡，关上大门绝对不要外出，七天后保证就无事了。』王鼎便搀着哥哥，连夜租了一条船，火速北上。回家后，看到很多吊唁的客人，才知道哥哥果然死了。他关上门，上好锁，才进院子，再看哥哥已经不见了。走进屋子，看到死去的哥哥已经苏醒过来，正喊着：『饿死我了！赶快备些汤饼来！』当时王鼐已经死了两天了，家人无不惊骇，王鼎便一五一十地讲述了事情的缘由。过了七天才打开门，去掉丧幡，人们才知道王鼐复活了。亲戚朋友都来打听询问，王鼎只得编了一套假话来回答。

王鼎想念起秋月来，想得心烦意乱。他便决定再次南下，来到原来住的那间阁楼，点上烛灯等了很久，秋月始终没来。王鼎朦朦胧胧正要睡时，看到一位妇人走进来，对他说：『秋月小娘子托我转告你，前些日子因为公差被杀，凶犯逃脱，便把秋月小娘子抓去，现在关押在监狱中，看守犯人的差役虐待她。小娘子天天盼你去，好想个办法救她。』王鼎悲愤不已，就跟着妇人前去。来到一座城市，进了西城关，妇人指着一个大门说：『小娘子就暂时关押在这里。』王鼎进去，只见一间间房屋密集，关押着很多囚犯，并没有秋月。又进了一扇小门，看到一间屋内有灯光。王鼎走近窗户一看，看到秋月正坐在床上，用袖子遮面哭泣。两个狱卒在她身边摸摸她的脸，又摸摸她的小脚，嬉笑着调戏她，秋月哭得更厉害。一个狱卒搂着她的脖子说：『已经成了罪犯，还守什么贞洁？』王鼎听后大怒，顾不上说话，持刀闯进去，一刀一个，如同斩麻般把两个狱卒杀了，接着紧握秋月的手跑了出来，所幸还没人发觉。刚回到旅舍，王鼎突然就醒了。正奇怪刚才的梦境凶险，忽然看到秋月含着泪站在一旁。

王鼎惊讶地站起身来拉她坐下，把刚才的梦境告诉了秋月，秋月说：『是真的，不是梦。』王鼎吃惊地说：『这可怎么办！』秋月叹息说：『这也是命中注定的。我本来要等到月底，才能复生，如今到了这个地步，事情急迫，怎能等待！你赶快挖开我的葬身之处，载着我一同回家，每天频频地呼唤我的名字，三天后我就可以复活。只是我在阴间的日期还不满，身子骨弱，腿脚无力，不能为你操劳家务罢了。』说完，就匆忙要走，又反身说，『我几乎忘了，阴间来追究怎么办？我在世时，父亲传给我符书，说三十年后，佩戴在我们夫妇两人身上。』便要来笔，飞快地写好两道符，说，『一道你自己佩戴，另一道贴在我的背上。』王鼎送她出去，在她消失的地方做了记号，在那里向下挖了一尺左右，便露出了棺材，棺材已经腐烂了。旁边有块小石碑，碑文果然和秋月说的相同。打开棺材一看，秋月面色如生。王鼎把秋月抱进房中，她的衣裳都随风化成了灰。王鼎给她贴好符，用被褥包裹严实，背着她来到江边，叫来一艘船假说是妹妹得了急病，要送她回家。幸好天刮起了南风，天刚明，就到了乡里。

王鼎把秋月抱回家安置好了，才告诉兄嫂。全家人都吃惊地来看，谁也不敢当着王鼎的面说出心中的疑惑。王鼎打开被子，不断地呼叫秋月，夜里就抱着尸体入睡。秋月的尸体渐渐温暖起来，三天后竟然苏醒过来，七天后就能走路了。秋月换好衣服拜见嫂嫂，身体轻盈的样子和仙女没什么两样。只是十步以上，还需要有人搀扶才能走，不然就会随风摇曳，好像要跌倒。看到她的人都以为她身体有这样的病，反倒给她增添了几分妩媚。秋月常劝王鼎说：『你的罪孽太深，应当多积德诵经以示忏悔。否则，恐怕寿命不会太长。』王鼎向来不信佛，从此也皈依佛门，十分虔诚。后来也就平安无事了。

异史氏说：我想向上进言，定一条这样的法律：『凡是杀死差役的，比一般犯人罪减三等。』因为这些人没有不该杀的。所以能铲除害人的差役的，就是奉公守法的良民，即使行为稍有些过分的，也算不上暴虐。何况阴间本来就没有固定的法规，倘若遇到坏人，刀砍锯截，用锅烹煮，都不算是残酷。只要是能大快人心的事，就是阎王爷认为做得好的事。哪有犯了要阴司追捕的罪，还能侥幸逃脱的呢？

绿衣女

于生名璟，字小宋，益都人。读书醴泉寺。夜方披诵，忽一女子在窗外赞曰：『于相公勤读哉！』因念深山何处得女子，方疑思间，女已推扉笑入曰：『勤读哉！』于惊起视之，绿衣长裙，婉妙无比。于知非人，固诘里居。女曰：『君视妾当非能咋噬者，何劳穷问？』于心好之，遂与寝处。罗襦既解，腰细殆不盈掬。更筹方尽，翩然遂去。由此无夕不至。一夕共酌，谈吐间妙解音律。于曰：『卿声娇细，倘度一曲，必能销魂。』女笑曰：『不敢度曲，恐销君魂耳。』于固请之。曰：『妾非吝惜，恐他人所闻。君必欲之，请便献丑；但只微声示意可耳。』遂以莲钩轻点足床，歌云：『树上乌臼鸟，赚奴中夜散。不怨绣鞋湿，只恐郎无伴。』声细如蝇，裁可辨认。而静听之，宛转滑烈，动耳摇心。歌已，启门窥曰：『防窗外有人。』绕屋周视，乃入。生曰：『卿何疑惧之深？』笑曰：『谚云：「偷生鬼子常畏人。」妾之谓矣。』既而就寝，惕然不喜，曰：『生平之分，殆止此乎？』于急问之，女曰：『妾心动，妾禄尽矣。』于慰之曰：『心动眼瞤，盖是常也，何遽此云？』女稍怿，复相绸缪。更漏既歇，披衣下榻。方将启关，徘徊复返，曰：『不知何故，惿心怯。乞送我出门。』于果起，送诸门外。女曰：『君伫望我；我逾垣去，君方归。』于曰：『诺。』视女转过房廊，寂不复见。方欲归寝，闻女号救甚急。于奔往，四顾无迹，声在檐间。举首细视，则一蛛大如弹，抟捉一物，哀鸣声嘶。于破网挑下，去其缚缠，则一绿蜂，奄然将毙矣。捉归室中，置案头。停苏移时，始能行步。徐登砚池，自以身投墨汁，出伏几上，走作『谢』字。频展双翼，已乃穿窗而去。自此遂绝。

【译文】

书生于璟，字小宋，是山东益都人，正在在醴泉寺里读书。一天夜里，他正在翻书朗读，忽然一个女子在窗外夸赞道：『于相公真是勤奋啊！』于生暗想，深山里怎么会有女子呢？正在疑虑思索间，窗外的女子已经推门进来，笑着说：『真是用功啊！』于生惊讶地站起身，上下打量，只见那女子身着绿衣长裙，长得婉妙无比。于生心知她定不是人类，再三询问她家住哪里。女子说：『你看我不像是能吃人的妖怪吧？何劳你寻根究底？』于生心里很喜欢她，于是和她睡在了一起。罗衫解开，见女子的腰细得还没有对把粗。天快亮时，女子轻盈地走了。从此后，女子无一晚不来。

一天晚上，于生和女子一块喝酒，谈吐间，于生听出她很懂音律，便说：『你的声音娇细弱，如能唱一曲，必定能让人销魂。』女子笑着说：『我不敢唱，怕让你销了魂。』于生三请求，女子才说：『我不是吝惜我的嗓子，是怕被别人听见。你非要听，那我就献丑了。但是只小声唱唱，表达出意思就行。』于是便用脚尖轻轻地在脚踏上打着拍子，唱道：『树上乌臼鸟，赚奴中夜散。不怨绣鞋湿，只恐郎无伴。』歌声细得如苍蝇的鸣叫声，刚刚能听清楚唱的什么。但仔细听去，却是婉转悠扬，既圆润又激烈，悦耳动听，动人心弦。唱完，开门偷偷地瞧瞧外面，说：『提防窗外有人。』又绕着屋子转了一圈，才进来。于生说：『你为什么如此疑虑害怕？』女子笑着说：『俗话说：偷生的小鬼常怕人。这说的就是我了。』

一会儿睡下，女子忽然心惊肉跳，恐惧不安，忧愁地说：『我们平生的缘分，难道就到此为止了吗？』于生急忙询问她怎么了，女子说：『我心里发慌，大概活不了多久了。』于生安慰她说：『心慌、眼皮乱跳，都是常有的事，你怎么这么说呢？』女子听了稍微高兴了点儿，两人才又亲热起来。天快亮时，女子披上衣服下床，才要出门，犹豫着又走回来，说：『不知什么缘故，我心跳得厉害，非常害怕，请你送我出门。』

于生便起身，把她送到门外。女子说：『你站在这里看着我，等我翻墙去，你再回去。』于生说：『好吧。』一直看着她转过房廊，看不见人影了才回屋。

于生回屋刚要再睡下，外面传来女子急切的呼救声。于生连忙奔跑过去，四下里察看，什么也没发现；但是呼救声还在，听声音是从屋檐下发出的。于生急忙抬头细看，只见一个弹丸大小的蜘蛛，正在用爪子抟弄着一个东西，嘶哑的哀鸣声就是那个东西发出的。于生于是挑破蜘蛛网，把缠住那东西的蛛丝去掉，才发现是一只绿色的蜂子，已经奄奄一息了。于生把蜂子带回屋里，放到书桌上，过了一会儿，蜂子才苏醒过来，能走动了。它慢慢地爬到砚台上，自己跳到墨汁里，又出来伏在桌面上，慢慢走出一个『谢』字。然后，频繁弛落，穿过窗口，飞走了。从此后，绿衣女子再也没来。

荷花三娘子

湖州宗湘若，士人也。秋日巡视田垄，见禾稼茂密处，振摇甚动。疑之，越陌往觇，则有男女野合。一笑将返。即见男子腼然结带，草草径去。女子亦起。细审之，雅甚娟好。心悦之，欲就绸缪，实惭鄙恶。乃略近拂拭曰：『桑中之游乐乎？』女笑不语。宗近身启衣，肤腻如脂。于是挼莎上下几遍。女笑曰：『腐秀才！要如何，便如何耳，狂探何为？』诘其姓氏，曰：『春风一度，即别东西，何劳审究？岂将留名字作贞坊耶？』宗曰：『野田草露中，乃山村牧猪奴所为，我不习惯。以卿丽质，即私约亦当自重，何至屑屑如此？』女闻言，极意嘉纳。宗言：『荒斋不远，请过流连。』女曰：『我出已久，恐人所疑，夜分可耳。』问宗门户物志甚悉，乃趋斜径，疾行而去。更初，果至宗斋。雨尤云，备极亲爱。积有月日，密无知者。会一番僧卓锡村寺，见宗，惊曰：『君身有邪气，曾何所遇？』答言：『无之。』过数日，悄然忽病。女每夕携佳果饵之，殷勤抚问，如夫妻之好。然卧后必强宗与合。宗抱病，颇不耐之。心疑其非人，而亦无术暂绝使去。因曰：『曩和尚谓我妖惑，今果病，其言验矣。明日屈之来，便求符咒。』女惨然色变。宗益疑之。次日，遣人以情告僧。僧曰：『此狐也。其技尚浅，易就束缚。』乃书符二道，复嘱曰：『归以净坛一事，置榻前，即以一符贴坛口。待狐窜入，急覆以盆。再以一符贴盆上，投釜汤烈火烹煮，少顷毙矣。』家人归，并如僧教。夜深，女始至，探袖中金橘，方将就榻问讯。忽坛口飕一声，女已吸入。家人暴起，覆口贴符，方欲就煮。宗见金橘散满地上，追念情好，怆然感动，遽命释之。揭符去覆，女子自坛中出，狼狈颇殆。稽首曰：『大道将成，一旦几为灰土！君，仁人也，誓必相报。』遂去。数日，宗益沉绵，若将陨坠。家人趋市，为购材木。途中遇一女子，问曰：『汝是宗湘若纪纲否？』答云：『是。』女曰：『宗郎是我表兄。闻病沉笃，将便省视，适有故不得去。灵药一裹，劳寄致之。』家人受归。宗念中表迄无姊妹，知是狐报。服其药，果大瘳，旬日平复。心德之，祷诸虚空，愿一再觏。一夜，闭户独酌，忽闻弹指敲窗。拔关出视，则狐女也。大悦，把手称谢，延止共饮。女曰：『别来耿耿，思无以报高厚。今为君觅一良匹，聊足塞责否？』宗问：『何人？』曰：『非君所知。明日辰刻，早越南湖，如见有采菱女，着冰縠帔者，当急舟趁之。苟迷所往，即视堤边有短干莲花隐叶底，便采归，以蜡火爇其蒂，当得美妇，兼致修龄。』宗谨受教。既而告别，宗固挽之。女曰：『自遭厄劫，顿悟大道。即奈何以衾裯之爱，取人仇怨？』厉色辞去。宗如言，至南湖，见荷荡佳丽颇多。中一垂髫人，衣冰縠，绝代也。促舟劘逼，忽迷所往。即拨荷丛，果有红莲一枝，干不盈尺，折之而归。入门，置几上，削蜡于旁，将以爇火。一回头，化为姝丽。宗惊喜伏拜。女曰：『痴生！我是妖狐，将为君祟矣！』宗不听。女曰：『谁教子者？』答曰：『小生自能识卿，何待教？』捉臂牵之，随手而下，化为怪石，高尺许，面面玲珑。乃携供案上，焚香再拜而祝之。入夜，杜门塞窦，惟恐其亡。平旦视之，即又非石，纱帔一袭，遥闻芗泽；展视领衿，犹存余腻。宗覆衾拥之而卧。暮起挑灯，既返，则垂髫人在枕上。喜极，恐其复化，衷祝而后就之。女笑曰：『孽障哉！不知何人饶舌，遂教风狂儿屑碎死！』乃不复拒。而款洽间，若不胜任，屡乞休止。宗不听。女曰：『如此，我便化去！』宗惧而罢。由是两情甚谐。而金帛常盈箱箧，亦不知所自来。女见人喏喏，似口不能道辞；生亦讳言其异。怀孕十余月，计日当产。入室，嘱宗杜门禁款者，自乃以刀剖脐下，取子出，令宗裂帛束之，过宿而愈。又六七年，谓宗曰：『夙业偿满，请告别也。』宗闻泣下，曰：『卿归我时，贫苦不自立，赖卿小阜，何忍遽言离逖？

且卿又无邦族，他日儿不知母，亦一恨事。』女亦怅悒曰：『聚必有散，固是常也。儿福相，君亦期颐，更何求？妾本何氏。倘蒙思眷，抱妾旧物而呼曰：「荷花三娘子！」当有见耳。』言已解脱，曰，『我去矣。』惊顾间，飞去已高于顶。宗跃起，急曳之，捉得履。履脱及地，化为石燕；色红于丹朱，内外莹澈，若水精然。拾而藏之。检视箱中，初来时所着冰縠帔尚在。每一忆念，抱呼『三娘子』，则宛然女郎，欢容笑黛，并肖生平，但不语耳。

【译文】

浙江湖州地方，有个叫宗湘若的人，是一位读书人。秋天的一天，他到田野里去看看，看到禾苗长得稠密的地方，振动摇摆得很厉害，心里有些怀疑，穿越过田间的小路去看，原来有一对男女在那里幽会，笑了一声，准备折身离开那里时，看到那男的羞愧地穿好衣服，匆匆忙忙地径自走了。那女的也站了起来，仔细打量，见她又温顺，又美好，心里很喜欢她。想跟她相好，又觉得太粗鄙了。于是稍微走到那女的面前，拂了拂她身上的尘土说：『在野外幽会，觉得很快乐吗？』那女子笑而不答。宗走上去，拉开她的衣服，只见她的皮肤细腻得像脂肪一样，于是上上下下摸了几遍。那女子笑着说：『酸腐的秀才，你要怎样，就怎样嘛，到处乱摸干什么？』追问她的姓名，回答说：『欢爱一会，各自东西，何劳仔细盘问，？难道要拿我的名字，去修建贞节牌坊吗？』宗说：『幽会于野田草露之中，是村里牧猪的莽汉所做的，我不习惯这么干。以你这样的美丽，就是男人私约，也应当自重自爱，怎么能这样草草率率呢？』那女子听了，十分满意地接受了他的意见。宗又说：『这里离我的书房不远，请到我那里稍微休息一下吧。』女子说：『我出来已经很久了，恐别人产生怀疑，夜里来好了。』便详细地询问了宗的住所的标志，往旁边的小路，很快地走了。刚起更的时候，她果然到宗的书房来了，两人你亲我爱，极为欢乐。过了很长的时间，都没有人知道。

碰巧有个外国和尚住在村子的一所寺院里，看到了宗大吃一惊说：『你身上有一股妖气，曾经遇到过什么人和事吗？』宗回答说：『没有。』过了几天，忽然憔悴地病了。那女子每天晚上都要拿一些很好的果品给他吃，诚诚恳恳地调护他，慰问他，好像夫妻的情爱一般。然而一睡下来，就要求和他交合。宗害了病，很受不了。心里怀疑她不是一个人，但也没有办法暂时跟她断绝往来，让她离开这里。便说：『日前有个和尚，说我被妖精迷惑了，如今果然病了，他的话灵了。明天只好请他来，让他给我画一道符。』那女子听了，脸色变得惨白，宗便更加对她产生了怀疑。第二天，打发人把情况告诉了那和尚。和尚说：『这是一只狐狸精，但它的道行还不高，容易就擒。』于是画了两道符，嘱咐来人说：『回去之后，拿一个干净坛子放到床边，在坛子口边贴上一道符。等到狐狸精跌进去了，赶快拿一个盆子盖起来，再拿一道符贴在盆子上。把热水倾倒进去，用烈火一煮，只要一会儿那家伙便死了。』家人回来之后，一切都按照那和尚吩咐的去办。很晚了，那女子才来，从袖子里拿出金橘来，正想走到床前去问候，忽然坛口发出『飕飕』的风声，女子已被吸了进去。家人突然出来，盖上坛子口，贴上那道符，正要用烈火来煮时，宗看到她带来的金橘散落一地，想起过去的恩情，感到非常悲怆，马上叫家里人把她放了。揭开了符，拿去了盆，那女子从坛子里跑了出来，狼狈得要死。向宗叩着头说：『我的修炼快要成功了，顷刻之间就要化为灰尘！您是一个非常仁慈的人，我一定要好好报答您的。』说完便走了。

几天之后，宗的病情更加沉重了，好像快要死了似的。家里人跑到街上去，给他购置棺材。在路上碰到一个女子，问家人说：『你是宗湘若的家人吗？』回答说：『是的。』女子说：『宗郎是我的表兄，听说他病得很厉害，准备去看望他，恰好有别的事情不能去了。这里有奇效的灵药一袋，麻烦你转交给他。』家人接了她的药回来。宗想到在姑表或姨表中并没有姊妹，晓得是狐来报恩的。吃了她的药，果然好得多了，十天以后，便恢复了健康。心里很感激她，经常向空中祈祷，希望能和她再见一面。一天晚上，他关了门在家里自斟自饮，忽然听到有人弹着指头，敲着窗户。打开门来看，正是那位狐女，非常高兴，握着她的手，向她表示谢意，并请她坐下来共饮一杯。狐女说：『分别以后，心里总觉得不安，想来无法报答你的大恩大德。如今给你找到了一个很好的对象，或者勉强可以赎罪了吧！』宗问：『是哪一位？』回答说：『不是你所认识的。明天一早，划船到南湖去，看到戴着洁白鲜明头披的采莲女，就赶快去追她，如果一时迷失了她所去的地方，便到堤边去，看到一枝短干的莲花藏在荷叶底下，便把它摘了回去，用烛火去烧那个花蒂，就能得到一个很好的老婆，而且可以享有高寿。』宗恭恭敬敬地接受，听了她的建议。不久狐女便要告辞而去，宗一再挽留她。狐女说：『自从遭到那次的浩劫，顿时悟得大道。怎么能够以男女的欢爱，招致人家的仇恨？』大声地告别走了。

宗依照她的话，到了南湖，只见湖中采莲的美女很多，其中有一个穿着洁白鲜明的衣服，真是绝代的佳人。赶快划着船去靠近她，忽然不晓得她到哪里去了。便拨开那一丛丛的荷花，果然有一枝红色的莲花，茎干还没有一尺，便把它摘了回来。一进房门，就把它放在桌子上。把蜡烛竖在旁边，准备点燃起来。回头一看，那枝红莲已经变成了美女。宗惊异和高兴得连忙向她施礼。那美女说：『傻家伙，我是一只狐狸精，将要害死你呀！』宗不信。女说：『哪个告诉你的？』宗回答说：『我自己能够认识你，何必要别人见教？』握着她的臂膀去拉她，随着他的手飘了下来，化为一块珍奇的石头，约摸一尺多高，四面都是透彻玲珑的。于是拿来放在桌子上，当作神物供奉起来，烧着香，向它顶礼膜拜和祷告。到了晚上，关上门窗，塞好洞穴，只怕它走失了，天一亮就来看，却不是一块石头，而是一领纱制的上衣，远远地闻到它散发出来芬芳气味，翻开领子一看，还有着残脂剩粉在上面。宗拿被子把它盖起，搂着它睡觉。晚上起来去点灯，转身回来，只见一个垂着长发的少女睡在枕上。宗高兴极了，生怕她又变了过去，苦苦向她祈祷而后慢慢地接近她。女子笑着说：『真是作了孽的恶果啊！不晓得是哪一个多嘴饶舌，使得你这傻瓜纠缠得我要死。』于是不再拒绝了，但在欢娱之间好像受不了似的，多次要求不要再继续下去了。宗不肯听，女说：『如果是这样，我便又变了。』宗怕她再变，只好作罢了。

从此，两人的感情越来越融洽和谐。金银布帛，箱箧中常常堆满了，也不晓得从哪里来的。那女郎见了别人，只是唱个喏，打个招呼，好像不能说话一样，宗也隐瞒了她的奇迹异闻。她怀了孕十个多月，计算时间应当分娩了，便走进卧房，嘱咐宗关起门来，不让人来叩门，自己拿起刀，割开肚皮，把胎儿取了出来，叫宗撕一块绸子把伤口包扎起来，过了一晚便痊愈了。又过了六七年，对宗说：『我们的缘分已经满了，让我们就此分手吧！』宗听了这话，不觉流泪说：『你嫁给我时，家里穷得无法生活下去，全靠你操持家务，才过上今天这样的小康生活，怎么忍心马上远离？而且你又没有家族，以后孩子长大了，不晓得母亲是谁，也是一个很大的遗憾啊！』女也很怅惘抑郁地说：『有欢聚就有离散，本来是一个永恒的规律。孩子有福相，你也可以活到一百岁，我还有什么别的要求呢？我本来姓何，如果你想念我，就拥抱着我过去穿过的衣服，喊着「荷花三娘子」，当可以与你再度相见。』说罢，便推开宗说：『我去了。』宗惊奇地回头来看，已飞了一人多高了。宗跳起来，赶忙去抓，只抓住一只鞋子。鞋子掉到地上，就变作一块形状像燕子的石头，颜色比丹漆还要红，里里外外都是晶莹透明的，好像水晶一样。捡上来把它收藏着，并从箱子里翻出了她刚来时穿的那件洁白透明的衣服。每到想念她的时候，便抱着它喊『荷花三娘子』，果然可以清楚地看到她高兴的样子，微笑的眉黛，都和平常一个样，只是不会说话罢了。

柳氏子

胶州柳西川，法内史之主计仆也。年四十余，生一子，溺爱甚至。纵任之，惟恐拂。既长，荡侈逾检，翁囊积为空。无何，子病。翁故蓄善骡。子曰：『骡肥可啖。杀啖我，我病可愈。』柳谋杀蹇劣者。子闻之，大怒骂，疾益甚。柳惧，杀骡以进。子乃喜；然尝一脔，便弃去。疾卒不减，寻毙。柳悼叹欲死。后三四年，村人以香社登岱。至山半，见一人乘骡驶行而来，怪似柳子。比至，果是。下骡遍揖，各道寒暄。村人共骇，亦不敢诘其死。但问：『在此何作？』答云：『亦无甚事，东西奔驰而已。』便问逆旅主人姓名，众具告之。柳子拱手曰：『适有小故，不暇叙间阔。明日当相谒。』上骡遂去。众既归寓，亦谓其未必即来。厌旦伺之，子果至，系骡厩柱，趋进笑言。众谓：『尊大人日切思慕，何不一归省侍？』子讶问：『言者何人？』众以柳对。子神色俱变，久之曰：『彼既见思，请归传语：我于四月七日，在此相候。』言讫，别去。众归，以情致翁。翁大哭，如期而往，自以其故告主人。主人止之，曰：『曩见公子，神情冷落，似未必有嘉意。以我卜也，殆不可见。』柳啼泣不信。主人曰：『我非阻君，神鬼无常，恐遭不善。如必欲见，请伏椟中，待其来，察其辞色，可见则出。』柳如其言。既而子果至，问曰：『柳某来否？』主人答云：『无。』子盛气骂曰：『老畜产那便不来！』主人惊曰：『何骂父？』答曰：『彼是我何父！初与义为客侣，不意包藏祸心，隐我血资，悍不还。今愿得而甘心，何父之有！』言已，出门，曰：『便宜他！』柳在椟中，历历闻之，汗流接踵，不敢出气。主人呼之，乃出，狼狈而归。

异史氏曰：『暴得多金，何如其乐？所难堪者偿耳。荡费殆尽，尚不忘于夜台，怨毒之于人甚矣哉！』

【译文】

胶州有个叫柳西川的人，是法若真内史里的管家，在四十多岁的时候才有了一个儿子。对于这个晚来的孩子，柳西川十分宠爱，什么事儿都由着他的性子，生怕他有一点不满意。儿子长大后，浪荡奢侈，不守规矩，几乎把柳西川的所有钱财都花光了。后来，儿子生了病。柳西川养着一头好骡子，儿子便说：“这骡子长得肥，肉一定很好吃，你杀了骡子让我吃肉，我的病就会好了！”柳西川不忍心，想找一头不太好的骡子代替，没想到儿子知道后，极为愤怒，大声咒骂父亲，病情也恶化了。柳西川连忙杀了那头好骡子给儿子吃，但他只吃了一片骡肉，就扔在了一边。之后儿子的病始终不见好转，没过几天，就病死了。柳西川老来丧子，自然是悲痛得要命。

过了三四年，同村的人结伴去泰山祭拜。走到半山腰时，见一个人骑着骡子，从对面而来。远远看去，那骡子上的人与柳西川的儿子很相像。走近一看，果然是柳家的儿子。柳子下了骡子，恭敬地站定后，向村里人拱手作揖。村里人感到很惊讶，不过没有说起他已经死去的事情，只是问他在这里做什么。柳子回答说：『我没有什么事情，就是四处转一转。』他还打听村里人所住旅店主人的姓名，村里人告诉了他。临行前，柳子拱手说：『诸位乡亲，我还有点事儿，不和你们多聊了。等明天有空了，我一定去找你们叙旧。』说着，他骑上骡子就离开了。第二天大早，村里人正在旅店里等着，柳子果然来了。他把骡子拴到马厩，便迎了上来。一时间，柳子和众人说说笑笑。大家都说：『你父亲在家，天天念叨着你，你怎么不回家看看他呢？』柳子惊讶地问：『谁？你们说的是谁啊？』众人回答说是柳西川。柳子听后变了脸色，然后说：『既然他想见我，就烦请你们回去带个话，就说我四月初七，在这里等他。』说完，柳子与众人告别离去了。村里人回去后，把当时的情景告诉了柳西川。

柳西川痛哭了一场，并按照约定的时间去那家旅店。到了那里，他把自己的事情告诉了店主人。店主人劝他说：『那天我看你儿子神情冷漠，好像不怀好意，依我看来，你最好还是不要见他。』柳西川哪里听得进去？店主人说：『我不是故意阻拦你，是鬼神无常，不能按照常理来推测，万一你受到伤害怎么办呢？如果你非要见他，可以先藏在柜子里，等他来了后，看看他的言语和神情，如果可以的话，你再出来相见。』柳西川觉得店主人的话在理，就按照他说的做了。

一会儿，柳子果然来了。他一来，劈头盖脸就问店主人：『姓柳的来了吗？』店主人回答说：『还没有。』柳子十分气恼，破口大骂：『这个老畜生，怎么还不来？』店主人很吃惊，忙问：『他是你父亲，你怎么可以骂他呢？』柳子又骂道：『他根本不是我什么父亲。当初，我和他合伙做生意，一切都说得好好的，没想到他心狠手辣，贪得无厌，暗地里侵吞了我的血本。我知道了找他要，他却蛮横无理，矢口抵赖。像这样的人，我杀了他才能消解心头之恨，哪里是我什么父亲！』说完，柳子径直走了出去。他一边走，还一边骂道：『真是便宜了他！』柳西川蹲在柜子里，听得一清二楚，身上的冷汗，不断地冒出来，全身都湿透了。他待在柜子里，一声不敢吭，直到店主人叫他，才从柜子里出来，狼狈地逃回了老家。

异史氏说：『突然发了大财，自然快乐得很，所难堪的在于怎么偿还。生前荡尽了家产，死了也没有忘记要报复。极大的仇怨，对于一个人来说，确实是很难消除的。』

上仙

癸亥三月，与高季文赴稷下，同居逆旅。季文忽病。会高振美亦从念东先生至郡，因谋医药。闻袁鳞公言：『南郭梁氏家有狐仙，善「长桑之术」。』遂共诣之。梁，四十以来女子也，致绥绥有狐意。入其舍，复室中挂红幕。探幕以窥，壁间悬观音像；又两三轴，跨马操矛，驺从纷沓。北壁下有案，案头小座，高不盈尺，贴小锦褥，云仙人至，则居此。众焚香列揖。妇击磬三，口中隐约有词。祝已，肃客就外榻坐。妇立帘下，理发支颐与客语，具道仙人灵迹。久之，日渐曛。众恐碍夜难归，烦再祝请。妇乃击磬重祷。转身复立，曰：『上仙最爱夜谈，他时往往不得遇。昨宵有候试秀才，携肴酒来与上仙饮；上仙亦出良酝酬诸客，赋诗欢笑。散时，更漏向尽矣。』言未已，闻室中细细繁响，如蝙蝠飞鸣。方凝听间，忽案上若堕巨石，声甚厉。妇转身曰：『几惊怖煞人。』便闻案上作叹咤声，似一健叟。妇以蕉扇隔小座。座上大言曰：『有缘哉！有缘哉！』抗声让坐，又似拱手为礼。已而问客：『何所谕教？』高振美遵念东先生意，问：『见菩萨否？』答云：『南海是我熟径，如何不见？』又，『阎罗亦更代否？』曰：『与阳世等耳。』『阎罗何姓？』曰：『姓曹。』已乃为季文求药。曰：『归当夜祀茶水，我与大士处讨药奉赠，何恙不已？』众各有问，悉为剖决。乃辞而归。过宿，季文少愈。余与振美治装先归，遂不暇造访矣。

【译文】

康熙二十二年三月，我与高季文一起要到临淄去，住在一家客店里。季文忽然就病了，恰巧高振美也跟着念东先生到了郡城，便和他们商量如何去医治的事情。听到袁鳞公说，郡城南郊梁家有一位狐仙，善于扶乩降神，便一同到那里去。梁氏，是一位四十多岁的女人。风度妩媚，颇有一点狐仙的妖气。到了她屋里，夹室中挂上红色的帷幕，揭开帷幕一看，壁子上挂着观音菩萨的像。另外，还有两三幅画像，骑着马，拿着矛，侍从的骑卒纷至沓来。北边的壁下，设了一个香案，案头有一个座位，还不足一尺高，紧贴着一块小小的丝绸褥子，说是仙人来了，就住在那里。大家烧了香，并排地作着揖。姓梁的妇人敲了三下磬子，口中隐隐约约念了些什么话。祷告完了之后，便请客人到外边的凳子上坐着。妇人站在门帘下面，掠着头发，支着下巴，与客人聊天，详细谈了仙人显灵的迹象。过了很久，太阳渐渐地偏西了。大家都怕晚上不好回去，麻烦她再祷告一下。妇人便敲着磬子，重新祷告。转过身来，又站在那里说：“上仙最喜欢晚上来谈，别的时候往往碰他不到。昨天夜里，有一个等候参加府试的秀才，拿着酒菜来和上仙共饮，上仙也拿出好酒来答谢各位客人，还作诗，说笑语。酒席散的时候，天都快亮了。”

话还没有说完，只听到房子里面传来细细嘈杂的声音，像蝙蝠在那里边飞边叫。大家正在聚精会神地听时，忽然像一块大石头落在桌子上，发出很大的响声。妇人转身说：『快把人都给吓死了！』接着听到桌子上发出嗟叹的声音，像一个很壮健的老头。妇人拿着蒲扇拦着桌子上的那个小座位，座上大声地说：『有缘分啊！有缘分啊！』高声地让着座位，又像在拱手施礼。过了一会儿便问客人道：『有什么见教？』高振美依照念东先生的意思，问：『看到观音菩萨吗？』回答说：『南海是我走得很熟的地方，怎么会没有看见？』又问：『阎罗王是不是也要更换呢？』回答说：『跟阳间是一个样的。』又问：『现任阎罗王姓什么？』回答说：『姓曹。』问完了以后，才给季文求药。上仙说：『回去以后，夜里拿杯茶来供奉，我向观音大士那里讨服药来相赠，有什么病治不好呢！』大家都有自己要问的事，上仙都给他们做出剖析和解决，这才告辞而归。过了一晚，季文的病略微好些，我和振美打点行李先回去了，也没有工夫再去访问上仙了。

侯静山

高少宰念东先生云：『崇祯间，有猴仙，号静山。托神于河间之叟，与人谈诗文，决休咎，娓娓不倦。以肴核置案上，啖饮狼藉，但不能见之耳。』时先生祖寝疾。或致书云：『侯静山，百年人也，不可不晤。』遂以仆马往招叟。叟至经日，仙犹未来。焚香祠之。忽闻屋上大声叹赞曰：『好人家！』众惊顾。俄檐间又言之。叟起曰：『大仙至矣。』群从叟岸帻出迎。又闻作拱致声。既入室，遂大笑纵谈。时少宰兄弟尚诸生，方入闱归。仙言：『二公闱卷亦佳；但经不熟，再须勤勉，云路亦不远矣。』二公敬问祖病，曰：『生死事大，其理难明。』因共知其不祥。无何，太先生谢世。

旧有猴人，弄猴于村。猴断锁而逸，不可追，入山中。数十年，人犹见之。其走飘忽，见人则窜。后渐入村中，窃食果饵，人皆莫之见。一日，为村人所睹，逐诸野，射而杀之。而猴之鬼竟不自知其死也，但觉身轻如叶，一息百里。遂往依河间叟，曰：『汝能奉我，我为汝致富。』因自号静山云。

长沙有猴，颈系金链，尝往来士大夫家，见之者必有庆幸之事。予之果，亦食，不知其何来，亦不知其何往也。有九旬余老人言：『幼时犹见其链上有牌，有前明藩邸识记。』想亦仙矣。

【译文】

高念东先生说：『明代崇祯年间，这里出了一个猴仙，号称侯静山。它的神灵托付到河间县的一个老翁身上，可以和人谈诗论文，判断吉凶，娓娓不倦。把菜肴果品放到桌案上，它连吃带喝，桌上一片狼藉，但是却看不见它。』当时先生的祖父病得十分严重。有人给他写信说：『侯静山，是个百岁老人，不能不见见他。』于是，先生便派仆人牵着马去请河间县的这个老翁。老翁来到高家后，过了一整天，托身的猴仙还没到。众人焚上香，一块儿等待。忽听见屋顶上有人大声赞叹道：『真是家好人家！』众人惊愕地四下里看。一会儿，房檐上又传出像前边一样的赞叹声。老翁站起身，说：『大仙到了！』众人立即随老翁恭恭敬敬地出去迎接。又听见拱手施礼声，进屋后，便大声谈笑，滔滔不绝。当时念东先生弟兄三个还是秀才，刚参加完举人考试回来。大仙说：『二公子的卷子考得好，不过五经还不熟，应当再努力，青云之路也不远了。』念东先生恭敬地询问祖父的病情，回答说：『生死大事，其中的道理很难讲明白。』众人听了，心里都明白病人不吉祥。不久，先生的祖父就去世了。起初，有个耍猴人，在一个村庄里耍猴。猴弄断锁链逃走了，耍猴人追赶不及，猴子逃到了山里。过了几十年，还有人看见这只猴子。猴子来去飘忽不定，看见人就逃窜。后来它渐渐潜入村中，偷吃瓜果食物，人们都看不见它。一天，这只猴子在偷吃时被村人发现，村人把它追赶到野外，用弓箭射死了它。猴子的鬼魂却不知道自己已经死了，只觉身子轻得像一片树叶，瞬息间已在百里之外。于是，猴子的鬼魂便去依附到河间县那个老翁身上，对老翁说：『你如能供奉我我能让你致富。』于是自号侯静山。

郭生

郭生，邑之东山人。少嗜读，但山村无所就正，年二十余，字画多讹。先是，家中患狐，服食器用，辄多亡失，深患苦之。一夜读，卷置案头，狐涂鸦；甚者，狼藉不辨行墨。因择其稍洁者辑读之，仅得六七十首。心甚恚愤，而无如何。又积窗课二十余篇，待质名流。晨起，见翻摊案上，墨汁浓泚殆尽。恨甚。会王生者，以故至山，素与郭善，登门造访。见污本，问之。郭具言所苦，且出残课示王。王谛玩之，其所涂留，似有春秋；又复视涴卷，类冗杂可删。讶曰：『狐似有意。不惟勿患，当即以为师。』过数月，回视旧作，顿觉所涂良确。于是改作两题，置案上，以觇其异。比晓，又涂之。积年余，不复涂；但以浓墨洒作巨点，淋漓满纸。郭异之，持以白王。王阅之曰：『狐真尔师也，佳幅可售矣。』是岁，果入邑庠。郭以是德狐，恒置鸡黍，备狐啖饮。每市房书名稿，不自选择，但决于狐。由是两试俱列前名，入闱中副车。时叶、缪诸公稿，风雅艳丽，家传而户诵之。郭有抄本，爱惜臻至。忽被倾浓墨碗许于上，污荫几无余字；又拟题构作，自觉快意，悉浪涂之：于是渐不信狐。无何，叶公以正文体被收，又稍稍服其先见。然每作一文，经营惨淡，辄被涂污。自以屡拔前茅，心气颇高，以是益疑狐矣。乃录向之洒点烦多者试之，狐又尽泚之。乃笑曰：『是真妄矣！何前是而今非也？』遂不为狐设馔，取读本锁箱簏中。旦见封锢俨然，启视则卷面涂四画，粗于指；第一章画五，二章亦画五，后即无有矣。自是狐竟寂然。后郭一次四等，两次五等，始知其兆已寓意于画也。

异史氏曰：『满招损，谦受益。天道也。名小立，遂自以为是，执叶、缪之余习，狃而不变，势不至大败涂地不止也。满之为害如是夫！』

【译文】

郭生，是我县的东山人。他从小就喜欢读书，但是在偏僻的山村里没有地方请教，以致20多岁了，而且错别字连篇。原来，他的家里闹狐狸精，穿的、吃的和用的，常常丢失，很使人费神。有天夜里，郭生正在读书，放在桌子上的诗卷，被狐狸精涂得乱七八糟，连字行都分不清了。于是，选了那些稍微整洁的编辑起来读，仅仅只有六七十首了，他心里非常气愤，却又无可奈何。后来又陆续写了二十篇习作，准备向名流请教。早上起来一看，被翻了出来摊在桌子上，上面洒满了墨汁。郭生心里气得不得了。

恰巧有个姓王的，因事到东山来，他一向跟郭生要好，顺便登门拜访。看到了被墨汁污染了的卷子，问他是怎么回事。郭生详细叙述了他为狐狸精所害的苦衷，并且拿了剩下的那些诗文给王生看。王生仔细翻阅，发现被狐狸精涂了剩下的字句，像是有所褒贬。又看看被墨汁弄脏的卷子，大都是冗长、杂乱应该删掉的。王生十分惊讶地说：『狐狸精像是个有心人，不仅没有害处，而且应当马上拜她为师。』过了几个月，郭生回头再看过去的作品，顿时觉得狐狸精涂抹得很对。于是他又改写了两篇文章放在桌子上，看看有什么怪异出现。等到天亮了一看，狐狸精又把它涂得一塌糊涂。这样过了一年多，就不再涂了，只是用墨汁在卷子上浓圈密点，满纸都是。郭生觉得很奇怪，拿了卷子去告诉王生。王生看了说：『狐狸精真是你的老师啊，这样的好文章可以实现你的目的了。』这一年，郭生果然中了秀才。因此，他非常感谢狐狸精，常常准备一些酒食，供养着她。

往往购买闱墨名稿，也都不是自己选择，而是由狐狸精来决定。所以他参加府、县两级的考试，都是名列前茅，在乡试中，又考取了副榜贡生。

当时，叶、缪诸公的时文，风格典雅，辞藻华丽，家家户户都在学习他们的作品。郭生也有一个抄本，十分珍惜和爱护。忽然被狐狸精泼了一碗多浓浓的墨汁在上面，污损得几乎没有剩下一个字，他自己又拟了几个题目，模仿叶、缪两人的文风，写作了几篇，自己觉得很满意，也全部被她乱七八糟涂掉了，于是他慢慢地不相信狐狸精了。没多久，叶公因为文风不正，被收下狱，郭生又逐渐地佩服她有先见之明。但他每做一篇文章，经过辛苦构思，反复修改，往往被狐狸精涂抹得不成样子。自己认为每次考试，都是名列前茅，自恃高明，有些飘飘然起来，因此更加怀疑狐狸精在胡闹。于是，抄了过去被狐狸精圈点得很多的文章来试试她，又被全部涂掉了，这才笑着说：『这就真胡闹了，怎么从前认为是好的而今天又认为不好呢？』于是不再给狐狸精供应吃喝了，而且把他读的那些范本，锁到箱子里面。第二天早上，分明看到箱子锁得好好的，打开来看，却发现卷面上涂了四道黑杠，有指头那么粗。第一章涂了五道，第二章也涂了五道，下面的就没有涂了。从此以后，狐狸精也再没有来了。后来郭生在科举考试中，考了一个四等，两个五等，这才知道狐狸精已把预兆寄寓在她所画的黑杠里面了。

异史氏说：『骄傲自满，就要招来损害；谦虚谨慎，就会得到收益，这是一条自然规律。稍微有点名声，就自以为是，坚持叶、缪的残存习惯走老路，而不去创新，势必一败涂地不可。自满的危害竟然有这么大呀！』

彭海秋

莱州诸生彭好古，读书别业，离家颇远。中秋未归，岑寂无偶。念村中无可共语；惟丘生者，是邑名士，而素有隐恶，彭常鄙之。月既上，倍益无聊，不得已，折简邀丘。饮次，有剥啄者。斋僮出应门，则一书生，将谒主人。彭离席，肃客入。相揖环坐，便询族居。客曰：『小生广陵人，与君同姓，字海秋。值此良夜，旅邸倍苦。闻君高雅，遂乃不介而见。』视其人，布衣洁整，谈笑风流。彭大喜曰：『是我宗人。今夕何夕，遘此嘉客！』即命酌，款若夙好。察其意，似甚鄙丘；丘仰与攀谈，辄傲不为礼。彭代为之惭，因挠乱其词，请先以俚歌侑饮。乃仰天再咳，歌『扶风豪士之曲』。相与欢笑。客曰：『仆不能韵，莫报阳春。倩代者可乎？』彭言：『如教。』客问：『莱城有名妓无也？』彭答云：『无。』客默然良久，谓斋僮曰：『适唤一人，在门外，可导入之。」僮出，果见一女子逡巡户外。引之入。年二八已来，宛然若仙。彭惊绝，掖坐。衣柳黄帔，香溢四座。客便慰问：「千里颇烦跋涉也！」女含笑唯唯。彭异之，便致研诘。客曰：「贵乡苦无佳人，适于西湖舟中唤得来。」谓女曰：「适舟中所唱「薄幸郎曲」，大佳。请再反之。」女歌云：「薄幸郎，牵马洗春沼。人声远，马声杳；江天高，山月小。掉头去不归，庭中生白晓。不怨别离多，但愁欢会少。眠何处？勿作随风絮。便是不封侯，莫向临邛去！」客于袜中出玉笛，随声便串；曲终笛止。彭惊叹不已，曰：「西湖至此，何止千里，咄嗟招来，得非仙乎？」客曰：「仙何敢言，但视万里犹庭户耳。今夕西湖风月，尤盛曩时，不可不一观也，能从游否？」彭留心欲觇其异，诺言：「幸甚。」客问：「舟乎，骑乎？」彭思舟坐为逸，答言：「愿舟。」客曰：「此处呼舟较远，天河中当有渡者。」乃以手向空招曰：「船来船来！我等要西湖去，不吝价也。」无何，彩船一只，自空飘落，烟云绕之。众俱登。见一人持短棹；棹末密排修翎，形类羽扇；一摇羽清风习习。舟渐上入云霄，望南游行，其驶如箭。逾刻，舟落水中。但闻弦管敖曹，鸣声喤聒。出舟一望，月印烟波，游船成市。榜人罢棹，任其自流。细视，真西湖也。客于舱后，取异肴佳酿，欢然对酌。少间，一楼船渐近，相傍而行。隔窗以窥，中有二三人，围棋喧笑。客飞一觥向女曰：「引此送君行。」女饮间，彭依恋徘徊，惟恐其去，蹴之以足。女斜波送盼。彭益动，请要后期。女曰：「如相见爱，但问娟娘名字，无不知者。」客即以彭绫巾授女，曰：「我为若代订三年之约。」即起，托女子于掌中，曰：「仙乎，仙乎！」乃扳邻窗，捉女人；窗目如盘，女伏身蛇游而进，殊不觉隘。俄闻邻舟曰：「娟娘醒矣。」舟即荡去。遥见舟已就泊，舟中人纷纷并去，游兴顿消。遂与客言，欲一登岸，略同眺瞩。才作商榷，舟已自拢。因而离舟翔步，觉有里余。客后至，牵一马来，令彭捉之。即复去，曰：「待再假两骑来。」久之不至。行人已稀；仰视斜月西转，天色向曙。丘亦不知何往。捉马营营，进退无主。振辔至泊舟所，则人船俱失。念腰橐空匮，倍益忧皇。天大明，见马上有小错囊，探之，得白金三四两。买食凝待，不觉向午。计不如暂访娟娘，可以徐察丘耗。比讯娟娘名字，并无知者，兴转萧索。次日遂行。马调良，幸不蹇劣，半月始归。方三人之乘舟而上也，斋僮归白：「主人已仙去。」举家哀涕，谓其不返。彭归，系马而入。家人惊喜集问，彭始具白其异。因念独还乡井，恐丘家闻而致诘；戒家人勿播。语次，道马所由来。众以仙人所遗，便悉诣厩验视。及至，则马顿渺，但有丘生，以草缰絷枥边。骇极，呼彭出视。见丘垂首栈下，面色灰死，问之不言，两眸启闭而已。彭大不忍，解扶榻上，若丧魂魄。灌以汤酡，稍稍能咽。中夜少苏，急欲登厕；扶掖而往，下马粪数枚。又少饮啜，始能言。彭就榻研问之，丘云：『下船后，彼引我闲语。至空处，戏拍项领，遂迷罔颠踣。伏定少刻，自顾已马。心亦醒悟，但不能言耳。是大辱耻，诚不可以告妻子，乞勿泄也！』彭诺之，命仆马驰送归。彭自是不能忘情于娟娘。又三年，以姊丈判扬州，因往省视。州有梁公子，与彭通家，开筵邀饮。即席有歌姬数辈，俱来祗谒。公子问娟娘，家人白以病。公子怒曰：『婢子声价自高，可将索子系之来！』彭闻娟娘名，惊问其谁。公子云：『此娼女，广陵第一人。缘有微名，遂倨而无礼。』彭疑名字偶同，然突突自急，极欲一见之。无何，娟娘至，公子盛气排数。彭谛视，真中秋所见者也。谓公子曰：『是与仆有旧，幸垂原恕。』娟娘向彭审顾，似亦错愕。公子未遑深问，即命行觞。彭问：『「薄幸郎曲」犹记之否？』娟娘更骇，目注移时，始度旧曲。听其声，宛似当年中秋时。酒阑，公子命侍客寝。彭捉手曰：『三年之约，今始践耶？』娟娘曰：『昔日从人泛西湖，饮不数卮，忽若醉。矇昽间，被一人携去，置一村中。一僮引妾入；席中三客，君其一焉。后乘船至西湖，送妾自窗棂归，把手殷殷。每所凝念，谓是幻梦，而绫巾宛在，今犹什袭藏之。』彭告以故，相共叹咤。娟娘纵体入怀，哽咽而言曰：『仙人已作良媒，君勿以风尘可弃，遂舍念此苦海人。』彭曰：『舟中之约，一日未尝去心。卿倘有意，则泻囊货马，所不惜耳。』诘旦，告公子；又称贷于别驾，千金削其籍，携之以归。偶至别业，犹能认当年饮处云。

异史氏云：『马而入，必其为人而马者也；使为马，正恨其不为人耳。狮象鹤鹏，悉受鞭策，何可谓非神人之仁爱之乎？即订三年约，亦度苦海也。』

【译文】

莱州秀才彭好古，住在别墅里读书，离家十分遥远。所以中秋节也没有回家，身边没有做伴儿的，感到很寂寞。他想来想去，村子里也没有和他聊天的人；只有一位姓丘的书生，是掖县的名士。但是丘生向来就有不可告人的丑事，彭好古常常瞧不起他。明月升上东天以后，他越发感到无聊，不得已，才写信把丘生请来了。在饮酒的时候，忽听有人敲门。书童出去开门，看见一位书生，要进见主人。彭好古离开席位，很有礼貌地把客人迎进书房。互相作了个揖，就围着桌子坐下了。彭好古询问客人的家乡住处。客人说：『小生是扬州人，和你同姓，名叫海秋。碰到这样好的月夜，在旅店里很苦闷。听说你是一位高雅的书生，就没有经人介绍，自己登门求见。』他看看客人，穿着整洁的粗布衣裳，谈笑很风雅。彭好古很高兴地说：『是我的一家子。今晚是什么好日子，使我遇到这样一位好客人！』马上给客人斟酒，殷勤招待，如同一位老朋友。他观察客人的神情，似乎很瞧不起丘生；丘生很敬慕地和他攀谈，他总是傲慢地不能以礼相待。彭好古替丘生难为情，因而就扰乱他们的言谈，请求唱一段民间小调向客人劝酒。说完就仰脸朝天，咳嗽一声，清清嗓子，唱了一段『扶风豪士』曲。大家一起欢快地笑了起来。客人说：『我不会唱歌，不能用「阳春白雪」回报你。请人替我唱一支歌子，行吗？』彭好古说：『完全同意你的意见。』客人问他：『莱州城里有没有出名的妓女？』他回答说：『没有。』

客人沉默了很长时间，对书童说：『我刚才请来一个人，在书房门外，可以把她领进来。』书童出了房门，看见一个女子，在门外进进退退的。书童把她领了进来。女子年约十六七岁，美得真像一位仙女。彭好古惊得目瞪口呆，拉她坐下了。她披着一件柳黄色的披肩，粉脂的浓香充溢四座。客人就向她慰问：『千里跋涉，你辛苦了！』女郎只是满脸含笑，唯唯诺诺地点头。彭好古感到很惊异，就询问女郎是从哪里来的。客人说：『贵乡苦于没有美人，刚才从西湖的一艘大船里把她招呼来了。』又对女郎说：『你刚才在船里唱的「薄幸郎曲」，很好听，请你再给我们唱一遍。』女郎唱道：『薄幸郎，牵马洗春沼。人声远，马声杳；江天高，山月小。掉头去不归，庭中生白晓。不怨别离多，但愁欢会少。眠何处，勿作随风絮。便是不封侯，莫向临邛去！』客人从袜筒里抽出一支玉笛，随着歌声伴奏；歌声结束了，笛声也停止了。

彭好古惊叹不已，说：『西湖到这里，何止一千里，眨眼之间就请来一位美女，莫非是神仙吧？』客人说：『我不敢说是神仙，但在我眼睛里的万里路程，只像一个院庭而已。今夜西湖的风光月色，比从前更加明媚，不能不去看看，你能跟我去游览吗？』彭好古想要留心看看他的奇术，就应了一声说：『那可太有幸了。』客人问他：『乘船呢，还是骑马呢？』他心里一想，还是乘船舒服，回答说：『愿意乘船。』客人说：『这个地方喊船是比较远的，天河里应该有摆渡的船只。』就伸手向天空招呼说：『来船哪，来船！我们要上西湖去，决不吝惜船价。』

过了不一会儿，有一只彩船，从天空飘飘摇摇地落下来，烟云缭绕在船的四周。四个人都上了彩船。看见船夫拿着一支短桨，短桨的末梢用羽毛装饰着，形状好像一把羽扇；船夫一摇羽扇，只觉清风习习。彩船逐渐升上了云霄，望着南方游行，快得好像离弦的羽箭。过了一刻，彩船就落到水里去了。只听到处都是管弦的声音，嘈杂刺耳。他走出船舱一望，月色映着浩渺的烟波，游船多得好像一屋城市。船夫停止了划动，任其随波荡漾。他仔细一看，真是西湖。客人从后舱里拿出佳肴美酒，宾主很畅快地敬酒。喝了一会儿，有一艘高大的楼船，逐渐来到彩船跟前，船靠船地一起往前游荡。他隔窗往楼船里一望，里面有两三个人，围着棋盘喧笑着。客人举起一杯酒对女郎说：『你喝下这一杯，我就送你回去。』女郎饮酒的时候，彭好古在她跟前恋恋不舍地徘徊着，唯恐她离开这里，就偷偷地踢踢女郎的小脚。女郎斜着眼睛，多情地看着他。他更加动了感情，请求和女郎约定后会的日期。女郎说：『你若真爱我，只要打听娟娘的名字，没有不知道的。』客人就把他的一条绫巾送给女郎，说：『我替你们订下三年的约会。』说完就站起来，把女郎托在手心上，说：『你飘然起舞吧！』就扳开邻船的舷窗，把女郎塞进去了；窗孔像盘口那么大小，女郎伏下身子往里爬，一点也没感到狭窄。

不一会儿，听见邻船有人说：『娟娘醒了。』那条楼船就开走了。他远远地看见楼船已经靠岸抛锚，船里的人一齐纷纷攘攘地下船走了，他也马上失去了游兴。就和客人说，他想登上堤岸，一同大略地看看西湖的湖光山色。刚一商量，彩船已经自己靠在湖边了。因而就离开彩船，甩着两条胳膊在湖边上漫游，觉得往前走了一里多地。客人从后边赶上来，牵来一匹马，叫他牵着。马上又返回去，说：『等我再去借两匹马来。』他等了很久，客人也没回来。行人已经很少了；抬头望望星空，明月已经斜过西天，东方快要露出了曙光。丘生也不知道哪里去了。他牵着马，心烦意乱地走来走去，是进是退，自己拿不定主意。抖抖缰绳，回到停船的地方，客人和彩船都不见了。想到腰里的钱包空空的，更加忧心忡忡。天亮以后，看见马上有一个小小的绣花钱包；伸手往里一摸，里边有三四两银子。他买了吃的，就专心致志地等待着，不知不觉快到晌午了。他心里一想，不如访访娟娘的下落，可以慢慢地察访丘生的消息。及至打听娟娘名字的时候，没有知道的，兴致马上冷落了。第二天就往回走。这匹马驯得很好，幸而不是一匹劣马，半个月才回到家里。

当初三个人乘船升天以后，书童回到家里报告说：『主人羽化成仙，已经乘船飞走了。』全家都痛哭流涕，认为他不能回来了。他今天回到家里，把马拴在槽子上就进了屋里。家人又惊又喜，都跑来询问情况，他就把遇到的怪事全都告诉了家人。因为想到只有他一个人回到家乡，害怕丘家的人听到消息前来追问他，就告诫家人，不要把他回来的消息传播出去。说话的时候，说到了马的来历。大家认为那是仙人留下的东西，便都跑到马圈里去看看。等到了马圈，那匹马顿时无影无踪了，只有一个丘生，用草绳子做缰绳，拴在马槽子旁边。大家极其惊讶，招呼彭好古出来看看。他出来一看，看见丘生在槽下耷拉着脑袋，脸色灰白，问他也不说话，只是两眼一眨一眨的。彭好古心里很不忍，解开缰绳，把他扶到床上，他好像丢失了魂魄。给他灌一点稀粥，他稍微能够咽下去。半夜，略微有些清醒了，就急急忙忙地要上厕所；把他搀到厕所，他拉下好几枚马粪蛋。又稍微给他喝一点粥，才能说出话来。彭好古到他床前询问情况，他说：『下船以后，客人领着我闲聊。到了一个没有人的地方，戏弄着拍我的后脖子，我就迷迷糊糊地倒在地下。趴了一会儿，自己睁开眼看看，已经变成马了。心里也明明白白的，只是不能说话罢了。真是奇耻大辱，实在不能告诉妻子，请你不要泄露出去！』彭好古答应了他的要求，打发仆人备上一匹马，急忙把他送回家里去了。

彭好古从此就把娟娘挂在心上，总也不能忘怀。又过了三年，因为他姐夫担任扬州府的通判，就去看望姐夫。扬州有个梁公子，和他家是世交，就设宴请他喝酒。有几名歌女参加宴会，都毕恭毕敬地拜见梁公子。梁公子询问娟娘为什么没来，家人回报娟娘病了。公子怒气冲冲地说：『这个丫头，总是抬高自己的身价，可以用绳子把她捆来！』

彭好古听到娟娘的名字，惊讶地询问娟娘是个什么人。公子说：『是个妓女，扬州第一个美人。因为有点小名声，就傲慢没有礼貌。』彭好古怀疑是名字的偶然巧合；但是心里突突直跳，暗自着急，极想见到娟娘。过了不一会儿，娟娘来了，公子怒气冲冲地数落她。彭好古仔细一看，真是中秋节见到的娟娘。就对公子说：『她从前和我有过交情，希望你能原谅她。』娟娘向他看了一眼，似乎猛然一惊。公子没有工夫深追细问，就举杯向客人敬酒。彭好古问娟娘：『「薄幸郎曲」还记得吗？』娟娘更吃了一惊，不错眼珠地看他一会儿，才唱起从前唱过的歌子。听她的歌声，仿佛还像当年中秋节的时候。酒宴结束以后，公子叫她侍奉客人睡觉。

彭好古抓着她的手说：『三年的约会，今天才能践约吗？』娟娘说：『三年前的八月中秋，跟人在西湖上乘船游览，喝了不几杯，忽然好像醉了。在似睡非睡的时候，被一个人带走，把我放到一个村子里。一个书童把我领进书房，酒席上有三个客人，你是其中的一位。后来乘船到了西湖，把我从窗棂里往回送的时候，你拉着我的手，诚恳地约定后会的日期。我常常专心致志地想念你，以为是梦里的幻觉；但是绫巾却真真切切地在我手里，今天还珍藏着。』彭好古把当时的情况告诉了她，互相都惊讶地叹了口气。娟娘纵身跳进他的怀里，抽抽咽咽地说：『仙人已经做了良媒，你不要把我当作可以随便丢弃的妓女，就忍心不去想念苦海中的苦命人。』彭好古说：『船上的约会，我心里一天也没有忘掉。你倘若有心嫁给我，我就是倒空了钱口袋，卖了马匹，也是在所不惜的。』第二天早晨，他告诉了梁公子；又向担任通判的姐夫借钱，花了千金，在妓女的户籍上削去了她的名字，把她带回家里。她偶尔到了别墅，还能认识当年饮酒的地方。

异史氏说：『马变人，必然是他的为人具有马性；叫他变成马，正是恨他不是人罢了。狮象鹤鹏，都受神仙的鞭策，怎能说不是神仙仁爱之心呢？就以约定三年之约来说，也是神仙在苦海里救人。』

梁彦

徐州梁彦，患鼽嚏，久而不已。一日，方卧，觉鼻奇痒，遽起大嚏。有物突出落地，状类屋上瓦狗，约指顶大。又嚏，又一枚落。四嚏凡落四枚。蠢然而动，相聚互嗅。俄而强者啮弱者以食；食一枚，则身顿长。瞬息吞并，止存其一，大于鼫鼠矣。伸舌周匝，自舐其吻。梁大愕，踏之。物缘袜而上，渐至股际。捉衣而撼摆之，粘据不可下。顷入衿底，爬抓腰胁。大惧，急解衣掷地。扪之，物已贴伏腰间。推之不动，掐之则痛，竟成赘疣。口眼已合，如伏鼠然。

【译文】

徐州的梁彦，他的鼻子得了一种病，老是流鼻涕，打喷嚏，很长时间都没有治好。有一天，他正卧在床上，忽然觉得鼻子十分痒，猛然起身打了一个大喷嚏。有个东西从鼻孔里喷出来，落到地上，样子就像屋顶上的瓦狗，大约有手指肚子大小。又打了个喷嚏，又一个这样的东西落下。总共打了四次喷嚏，喷出四个这样的东西。落到地上后，这些东西笨笨地蠕动着，聚在一起互相嗅着。一会儿，一个强壮的吃掉了一个弱小的，吃一个，身子就顿时长大一圈。瞬间，四个只存下一个，留下的这个比鼫鼠都大了。它伸出长长的舌头，自己舔着自己的嘴巴。梁彦非常惊愕，伸出脚踩踏它，这东西却顺着袜子爬上了他的身体，渐渐爬到大腿处。梁彦拽住衣服，用力摇摆，想把它甩下来，那东西却像粘在身上牢不可下。一会儿，便钻进衣服底下，爬到腰肋处。梁彦十分恐惧，急忙脱下衣服扔到地上。用手一扪，那东西已经贴附在腰上，用手推，推不动；手一掐就疼痛，竟然成了一个肉瘤。细一看，它的嘴巴、眼睛都已合上，就像趴着的一只老鼠。

卷六

马介甫

杨万石，大名诸生也。生平有『季常之惧』。妻尹氏，奇悍，少迕之，辄以鞭挞从事。杨父年六十余而鳏，尹以齿奴隶数。杨与弟万钟常窃饵翁，不敢令妇知。然衣败絮，恐贻讪笑，不令见客。万石四十无子，纳妾王，旦夕不敢通一语。兄弟候试郡中，见一少年，容服都雅。与语，悦之。询其姓字，自云：『介甫，姓马。』由此交日密，焚香为昆季之盟。既别，约半载，马忽携僮仆过杨。值杨翁在门外，曝阳扪虱。疑为佣仆，通姓氏使达主人。翁披絮去。或告马：『此即其翁也。』马方惊讶，杨兄弟岸帻出迎。登堂一揖，便请朝父。万石辞以偶恙。促坐笑语，不觉向夕。万石屡言具食，而终不见至。兄弟迭互出入，始有瘦奴持壶酒来。俄顷饮尽。坐伺良久，万石频起催呼，额颊间热汗蒸腾。俄瘦奴以馔具出，脱粟失饪，殊不甘旨。食已，万石草草便去。万钟襆被来伴客寝。马责之曰：『曩以伯仲高义，遂同盟好。今老父实不温饱，行道者羞之！』万钟泫然曰：『在心之情，卒难申致。家门不吉，蹇遭悍嫂，尊长细弱，横被摧残。非沥血之好，此丑不敢扬也。』马骇叹移时，曰：『我初欲早旦而行，今得此异闻，不可不一目见之。请假闲舍，就便自炊。』万钟从其教，即除室为马安顿。夜深窃馈蔬稻，惟恐妇知。马会其意，力却之。且请杨翁与同食寝。自诣城肆，市布帛，为易袍裤。父子兄弟皆感泣。万钟有子喜儿，方七岁，夜从翁眠。马抚之曰：『此儿福寿，过于其父，但少年孤苦耳。』妇闻老翁安饱，大怒，辄骂，谓马强预人家事。初恶声尚在闺闼，渐近马居，以示瑟歌之意。杨兄弟汗体徘徊，不能制止；而马若弗闻也者。妾王，体妊五月，妇始知之，褫衣惨掠。已，乃唤万石跪受巾帼，操鞭逐出。值马在外，惭懅不前。又追逼之，始出。妇亦随出，叉手顿足，观者填溢。马指妇叱曰：『去，去！』妇即反奔，若被鬼逐。裤履俱脱，足缠萦绕于道上；徒跣而归，面色灰死。少定，婢进袜履。着已，噭啕大哭。家无敢问者。马曳万石为解巾帼。万石耸身定息，如恐脱落，马强脱之。而坐立不宁，犹惧以私脱加罪。探妇哭已，乃敢入，趑趄而前。妇殊不发一语，遽起，入房自寝。万石意始舒，与弟窃奇焉。家人皆以为异，相聚偶语。妇微有闻，益羞怒，遍挞奴婢。呼妾，妾创剧不能起。妇以为伪，就榻搒之，崩注堕胎。万石于无人处，对马哀啼。马慰解之。呼僮具牢馔，更筹再唱，不放万石归。妇在闺房，恨夫不归，方大恚忿；闻撬扉声，急呼婢，则室门已辟。有巨人入，影蔽一室，狰狞如鬼。俄又有数人入，各执利刃。

妇骇绝欲号。巨人以刀刺颈曰：『号便杀却！』妇急以金帛赎命。巨人曰：『我冥曹使者，不要钱，但取悍妇心耳！』妇益惧，自投败颡。巨人乃以利刃画妇心而数之曰：『如某事，谓可杀否？』即一画。凡一切凶悍之事，责数殆尽，刀画肤革，不啻数十。末乃曰：『妾生子，亦尔宗绪，何忍打堕？此事必不可宥！』乃令数人反接其手，剖视悍妇心肠，妇叩头乞命，但言知悔。俄闻中门启闭，曰：『杨万石来矣。既已悔过，姑留余生。』纷然尽散。无何，万石入，见妇赤身绷系，心头刀痕，纵横不可数。解而问之，得其故，大骇，窃疑马。明日，向马述之。马亦骇。由是妇威渐敛，经数月不敢出一恶语。马大喜，告万石曰：『实告君，幸勿宣泄：前以小术惧之。既得好合，请暂别也。』遂去。妇每日暮，挽留万石作侣，欢笑而承迎之。万石生平不解此乐，遽遭之，觉坐立皆无所可。妇一夜忆巨人状，瑟缩摇战。万石思媚妇意，微露其假。妇遽起，苦致穷诘。万石自觉失言，而不可悔，遂实告之。妇勃然大骂。万石惧，长跽床下。妇不顾，哀至漏三下。妇曰：『欲得我恕，须以刀画汝心头如干数，此恨始消。』乃起捉厨刀。万石大惧而奔，妇逐之。犬吠鸡腾，家人尽起。万钟不知何故，但以身左右翼兄。妇方诟詈，忽见翁来，睹袍服，倍益烈怒；即就翁身条条割裂，批颊而摘翁髭。万钟见之怒，以石击妇，中颅，颠蹶而毙。万钟曰：『我死而父兄得生，何憾！』遂投井中，救之已死。移时妇苏，闻万钟死，怒亦遂解。既殡，弟妇恋儿，矢不嫁。妇唾骂不与食，醮去之。遗孤儿，朝夕受鞭楚。俟家人食讫，始啖以冷块。积半岁，儿尫羸，仅存气息。一日，马忽至。万石嘱家人，勿以告妇。马见翁褴褛如故，大骇；又闻万钟殒谢，顿足悲哀。儿闻马至，便来依恋，前呼马叔。马不能识，审顾始辨，惊曰：『儿何憔悴至此！』翁乃嗫嚅具道情事。马忿然谓万石曰：『我曩道兄非人，果不谬。两人止此一线，杀之，将奈何？』万石不言，惟伏首帖耳而泣。坐语数刻，妇已知之，不敢自出逐客，但呼万石入，批使绝马。含涕而出，批痕俨然。马怒之曰：『兄不能威，独不能断「出」耶？殴父杀弟，安然忍受，何以为人！』万石欠伸，似有动容。马又激之曰：『如渠不去，理须杀；即便杀却，勿惧。仆有二三知交，都居要地，必合极力，保无亏也。』万石诺，负气疾行，奔而入。适与妇遇，叱问：『何为？』万石皇遽失色，以手据地曰：『马生教余出妇。』妇益恚，顾寻刀杖，万石惧而却走。马唾之曰：『兄真不可教也已！』遂开箧，出刀圭药，合水授万石饮。曰：『此丈夫再造散。所以不轻用者，以能病人故耳。今不得已，暂试之。』饮下，少顷，万石觉忿气填胸，如烈焰冲烧，刻不容忍。直抵闺闼，叫喊雷动。妇未及诘，万石以足腾起，妇颠去数尺有咫。即复握石成拳，擂击无算。妇体几无完肤，嘲犹骂。万石于腰中出佩刀。妇骂曰：『出刀子，敢杀我耶？』万石不语，割股上肉，大如掌，掷地上；方欲再割，妇哀鸣乞恕。万石不听，又割之。家人见万石凶狂，相集，死力掖出。马迎去，捉臂相用慰劳。万石余怒未息，屡欲奔寻，马止之。少间，药力消，嗒然若丧。马嘱曰：『兄勿馁。乾纲之振，在此一举。夫人之所以惧者，非朝夕之故，其所由来者渐矣。譬昨死而今生，须从此涤故更新；再一馁，则不可为矣。』遣万石入探之。妇股栗心慑，倩婢扶起，将以膝行。止之，乃已。出语马生，父子交贺。马欲去，父子共挽之。马曰：『我适有东海之行，故便道相过，还时可复会耳。』月余，妇起，宾事良人。久觉黔驴无技，渐狎，渐嘲，渐骂；居无何，旧态全作矣。翁不能堪，宵遁，至河南，隶道士籍。万石亦不敢寻。年余，马至，知其状，怫然责数已，立呼儿至，置驴子上，驱策径去。由此乡人皆不齿万石。学使案临，以劣行黜名。又四五年，遭回禄，居室财物，悉为煨烬；延烧邻舍。村人执以告郡，罚锾烦苛。于是家产渐尽，至无居庐。近村相戒，无以舍舍万石。尹氏兄弟，怒妇所为，亦绝拒之。万石既穷，质妾于贵家，偕妻南渡。至河南界，资斧已绝。妇不肯从，聒夫再嫁。适有屠而鳏者，以钱三百货去。万石一身，丐食于远村近郭间。至一朱门，阍人诃拒不听前。少间，一官人出，万石伏地啜泣。官人熟视久之，略诘姓名，惊曰：『是伯父也！何一贫至此？』万石细审，知为喜儿，不觉大哭。从之入，见堂中金碧焕映。俄顷，父扶童子出，相对悲哽。万石始述所遭。初，马携喜儿至此，数日，即出寻杨翁来，使祖孙同居。又延师教读。十五岁入邑庠，次年领乡荐，始为完婚。乃别欲去。祖孙泣留之。马曰：『我非人，实狐仙耳。道侣相候已久。』遂去。孝廉言之，不觉恻楚。因念昔与庶伯母同受酷虐，倍益感伤。遂以舆马赍金赎王氏归。年余，生一子，因以为嫡。尹从屠半载，狂悖犹昔。夫怒，以屠刀孔其股，穿以毛绠，悬梁上，荷肉竟出。号极声嘶，邻人始知。解缚抽绠；一抽则呼痛之声，震动四邻。以是见屠来，则骨毛皆竖。后胫创虽愈，而断芒遗肉内，终不良于行；犹夙夜服役，无敢少懈。屠既横暴，每醉归，则挞詈不情。至此，始悟昔之施于人者，亦犹是也。一日，杨夫人及伯母烧香普陀寺，近村农妇交来参谒。尹在中帐立不前。王氏故问：『此伊谁？』家人进白：『张屠之妻。』便诃使前，与太夫人稽首。王笑曰：『此妇从屠，当不乏肉食，何羸瘠乃尔？』尹愧恨，归欲自经，绠弱不得死。屠益恶之。岁余，屠死。途遇万石，遥望之，以膝行，泪下如縻。万石碍仆，未通一言。归告侄，欲谋珠还。侄固不肯。妇为里人所唾弃，久无所归，依群乞以食。万石犹时就尹废寺中。侄以为玷，阴教群乞窘辱之，乃绝。此事余不知其究竟，后数行，乃毕公权撰成之。

异史氏曰：『惧内，天下之通病也。然不意天壤之间，乃有杨郎！宁非变异？余常作妙音经之续言，谨附录以博一噱：

「窃以天道化生万物，重赖坤成；男儿志在四方，尤须内助。同甘独苦，劳尔十月呻吟；就湿移乾，苦矣三年颦笑。此顾宗祧而动念，君子所以有伉俪之求；瞻井臼而怀思，古人所以有鱼水之爱也。第阴教之旗帜日立，遂乾纲之体统无存。始而不逊之声，或大施而小报；继则如宾之敬，竟有往而无来。只缘儿女深情，遂使英雄短气。床上夜叉坐，任金刚亦须低眉；釜底毒烟生，即铁汉无能强项。秋砧之杵可掬，不捣月夜之衣；麻姑之爪能搔，轻试莲花之面。小受大走，直将代孟母投梭；妇唱夫随，翻欲起周婆制礼。婆娑跳掷，停观满道行人；嘲鸣嘶，扑落一群娇鸟。恶乎哉！呼天吁地，忽尔披发向银床。丑矣夫！转目摇头，猥欲投缳延玉颈。当是时也：地下已多碎胆，天外更有惊魂。北宫黝未必不逃，孟施舍焉能无惧？将军气同雷电，一入中庭，顿归无何有之乡；大人面若冰霜，比到寝门，遂有不可问之处。岂果脂粉之气，不势而威？胡乃肮脏之身，不寒而栗？犹可解者：魔女翘鬟来月下，何妨俯伏皈依？最冤枉者：鸠盘蓬首到人间，也要香花供养。闻怒狮之吼，则双孔撩天；听牝鸡之鸣，则五体投地。登徒子淫而忘丑，回波词怜而成嘲。设为汾阳之婿，立致尊荣，媚卿卿良有故；若赘外黄之家，不免奴役，拜仆仆将何求？彼穷鬼自觉无颜，任其斫树摧花，止求包荒于妒妇；如钱神可云有势，乃亦婴鳞犯制，不能借助于方兄。岂缚游子之心，惟兹鸟道？抑消霸王之气，恃此鸿沟？然死同穴，生同衾，何尝教吟『白首』？而朝行云，暮行雨，辄欲独占巫山。恨熬『池水清』，空按红牙玉板；怜尔妾命薄，独支永夜寒更。蝉壳鹭滩，喜骊龙之方睡；犊车尘尾，恨驽马之不奔。榻上共卧之人，挞去方知为舅；床前久系之客，牵来已化为羊。需之殷者仅俄顷，毒之流者无尽藏。买笑缠头，而成自作之孽，太甲必曰难违；俯首帖耳，而受无妄之刑，李阳亦谓不可。酸风凛冽，吹残绮阁之春；醋海汪洋，淹断蓝桥之月。又或盛会忽逢，良朋即坐，斗酒藏而不设，且由房出逐客之书；故人疏而不来，遂自我广绝交之论。甚而雁影分飞，涕空沾于荆树；鸾胶再觅，变遂起于芦花。故饮酒阳城，一堂中惟有兄弟；吹竽商子，七旬余并无室家。古人为此，有隐痛矣。呜呼！百年鸳偶，竟成附骨之疽；五两鹿皮，或买剥床之痛。髯如戟者如是，胆似斗者何人？固不敢于马栈下断绝祸胎，又谁能向蚕室中斩除孽本？娘子军肆其横暴，苦疗妒之无方；胭脂虎啖尽生灵，幸渡迷之有楫。天香夜爇，全澄汤镬之波；花雨晨飞，尽灭剑轮之火。极乐之境，彩翼双栖；长舌之端，青莲并蒂。拔苦恼于优婆之国，立道场于爱河之滨。咦！愿此几章贝叶文，洒为一滴杨枝水！」

【译文】

河北大名县的秀才名叫杨万石，他十分怕老婆。他的妻子名叫尹氏，极其的凶悍，谁稍微有点不顺从，就用鞭子去抽打。杨万石的父亲六十多岁了，尹氏却一直把他当奴仆看待，还不许他住在自己家里。杨万石和弟弟万钟经常偷偷地给老人送些吃的，不敢让尹氏知道。老人经常饿着肚子，衣衫褴褛，尹氏又害怕别人笑话，就不让他见客人。杨万石到四十多岁还没有儿子，就纳了一房小妾王氏。这一年，兄弟俩在县城考试时，结识了一个叫马介甫的少年，三个人感情很好，就结拜了兄弟。

半年后的一天，马介甫忽然带着童仆从杨家门口路过，正碰见杨老汉在门外一边晒太阳一边捉虱子。马介甫以为是个用人，就让他去向主人通报，老汉身披破棉絮走了。这时，有人告诉他说：『这是杨万石的父亲。』马介甫十分惊讶，和杨万石兄弟见面后，请求拜见一下杨父。杨万石尴尬地说：『父亲正在病中，不方便见客。』马介甫也就不再坚持，他们谈谈笑笑，不觉已经到了黄昏。万石屡次说备饭，可始终不见有人端出饭菜。兄弟俩轮流去催，才有一个瘦瘦的奴仆端出一壶酒来，没多大工夫就喝完了。等了很久，万石急得出了一身汗，瘦奴仆端着碗筷出来，不仅是粗米，还半生不熟，很难吃。

吃过饭，万石匆匆忙忙离开了，万钟准备好被褥来陪着马介甫休息。马介甫责备他说：『从前以为杨兄品格高尚，才和你们结为兄弟。今天才看到老父连个用人都不如，我这个客人都感到羞耻。』万钟伤心地说：『说起来实在难以启齿。我家倒霉，不幸出了个凶狠毒辣的嫂嫂，无论长幼，一家老小都被她横加摧残，不是知心朋友，这种家丑真不敢外扬啊。』马介甫叹息好久说：『我原打算天亮后早早地就走，现在听到了这样的事，不可袖手旁观。请借给我一间空闲的屋子，我自己做饭。』

第二天，万石按照马介甫的要求，给他准备了住处。夜深人静的时候，又悄悄送来些蔬菜和米，生怕尹氏知道。马介甫十分理解他的处境，极力推辞，还邀请杨父和自己一起住，又亲自到城里买了布料，给老人做了新衣服。杨家父子都感激涕零。万钟的小儿子喜儿，刚七岁，晚上和爷爷一起睡。马介甫抚摸着他说：“这孩子将来的福寿，都超过他父亲，只是小时候孤苦伶仃的。”

尹氏听说杨父竟然得到温饱，破口大骂，指责马介甫干预别人的家事。起初还只是在房中恶骂，渐渐地越来越放肆，故意到马介甫的住处骂给他听。杨氏兄弟羞愧万分，汗流浃背，可是谁也不敢上前阻止。马介甫却像没听见一样，毫不在意。

万石的小妾王氏怀孕已经五个月了，尹氏知道后，令人剥掉她的衣服痛打一顿。打完后还不解气，让万石跪下，把女人的头巾系在他身上，然后又举起鞭子把他赶了出去。正好马介甫在外面，万石羞愧万分，不敢往前走。尹氏又追上前逼着他往门外跑，万石这才低着头跑了出去。尹氏也跟着追了出去，双手叉腰，跳着脚骂。周围的人都出来看热闹，马介甫指着她，呵斥道：『去，去，去。』尹氏随即快速倒退着回到了家里，好像被鬼追着一样，裤子和鞋子都跑掉了，裹脚布也乱七八糟地落在路上。

尹氏面如死灰地回到家里，大口喘了半天才安定下来。婢女把鞋袜拿进屋，穿戴整齐后，尹氏号啕大哭，一家人谁也不敢吭声。

马介甫想帮万石解开头巾，可是他一副心神不定的样子，似乎很害怕头巾脱落。马介甫强行帮他解开，万石更是坐立不安，唯恐尹氏怪罪。他站在院子里窥探了好久，发现尹氏止住了哭声，这才战战兢兢地走进屋子里，但仍然不敢靠近。尹氏一言不发，瞪着他半天，忽然站起来进到内室，在床上躺下来。万石这才松了一口气，家人也暗暗奇怪，聚在一起窃窃私语。没想到被尹氏听见了，她恼羞成怒，把奴仆婢女全部打了个遍，又训斥小妾。小妾肚子疼痛，起不了身。尹氏以为她在装病，就跑到床前拿鞭子抽打，结果小妾流产了。万石也只敢在无人处对着马介甫痛哭一番，马介甫好言安慰，留他到二更天，还不让他回去。

尹氏见丈夫迟迟不归，勃然大怒。这时，忽然听见有撬门声，她急忙呼喊婢女，可是房门已经被打开了，一个巨人走了进来，影子把整间屋子都遮住了。尹氏在昏暗的灯光下看到巨人面目狰狞，身后还跟着几个手拿钢刀的凶徒，她惊恐万分，巨人用刀逼着她的脖子说：『敢出声叫喊就要了你的命。』尹氏急忙表示愿意交出财物。巨人说：『我是阴间使者，不要钱，只是来取悍妇的心。』尹氏越发恐惧，急忙叩头求饶。巨人把锋利的刀刃在她胸口比画比画，数落着她的恶行，问：『你做这样的事，该不该杀？』一直把尹氏所做的坏事，全部说了一遍，每说一件就在她身上用刀子划一下。最后，巨人说：『小妾生子，也是你家的后代，怎么忍心打得她流产呢？这件事不可饶恕。』下令把尹氏的双手反绑在背后，要剖出她的心肠。尹氏吓得魂飞魄散，涕泪纵横地哀求饶命。这时，听见有人把门打开又关上，对巨人说：『杨万石来了。既然她已经悔过，暂且留她一命吧。』几个人很快就不见了踪影。很快杨万石就走了进来，见尹氏赤身裸体被捆绑着，胸口还有刀伤，急忙给她松开。问明经过后，万石心中十分害怕，怀疑是马介甫做的。可是，第二天，他向马介甫说这件事情时，马介甫一脸惊讶，看起来也很害怕的样子。

从此以后，尹氏收敛了许多，长达数十天不说一句恶言恶语。杨家上下都很高兴，马介甫也十分轻松，一次，他终于忍不住告诉了万石，说：『你千万不要泄露出去。上次其实是我用小小的法术吓唬吓唬她，既然她已经悔过，你们也和好了，我就暂时告辞了。』随即便离开了杨家。

马介甫走了以后，尹氏仍然对杨万石十分体贴。杨万石从来没有享受过这种家庭的欢乐，一开始不知道如何是好，慢慢地才敢和尹氏说笑。一天晚上，尹氏又回忆起那个巨人的样子，害怕得直打哆嗦。杨万石想讨好妻子，便忘了马介甫的嘱咐，说出了实话。没想到尹氏当即翻了脸，破口大骂。万石在地上跪到三更天，苦苦哀求。尹氏这才说：『想要我原谅你，必须用刀在你的胸口也划上几十下，我才能解恨。』说完拿起菜刀，就向万石走来。万石吓得连忙跑开，尹氏拿着刀紧追不舍，弄得鸡犬不宁，全家人都起来了。

杨万钟不知道是怎么回事，用身子护着哥哥。尹氏跳着脚骂，忽然看见公公穿戴整齐地出来了，更加暴躁，用刀在老人身上划出数十道伤口，又揪胡子、打嘴巴。万钟看见后大怒，捡起一块石头向她投了过去，没想正好击中脑袋。尹氏当即倒在地上，昏死过去。家人都以为她被打死了，万钟说：『用我这一条命，换来父亲和哥哥的性命，也没什么遗憾了。』说完投井而死。众人围着万钟的尸体正在伤心，尹氏却慢慢地苏醒了过来，听说万钟死了，才觉得出了胸中的恶气。

办完万钟的丧礼，尹氏便天天辱骂弟媳妇，逼着她改嫁。弟媳妇一开始留恋儿子，发誓不改嫁。可是尹氏强行把她嫁了出去，留下的喜儿，每天都要遭受她的鞭打，只能吃些残羹冷饭。过了不到半年，喜儿就变得十分瘦弱，气息奄奄。一天，马介甫忽然回来了。万石叮嘱家人，不许告诉尹氏。马介甫看见杨父还是穿着破烂，十分吃惊；听说万钟已经死了，是捶胸顿足，极其悲伤。喜儿看见马介甫，怯生生地偎依在他身边，直喊『马叔叔』。马介甫端详了很久，才认出这个孩子，含着泪说：『怎么如此狠心！』杨父吞吞吐吐把他走后的事情都说了一遍，马介甫气愤地对万石说：『我从前就说杨兄你不会做人，果然不错。你们兄弟两个人只有这一脉单传，如果他死了，可该怎么办？』万石不说话，只是俯首帖耳地哭泣。

他们正在说话，尹氏已经知道马介甫回来了。她自己不敢出来驱逐客人，就把万石叫进屋子，一边打耳光，一边逼着他和马介甫绝交。万石含泪出来，脸都被打肿了。马介甫愤愤地说：『你怎么就不能把她休掉呢？殴打老父残杀亲弟，你却心安理得地忍受，怎么做人哪？』万石听了这话，伸了伸胳膊，似乎跃跃欲试的样子。马介甫又激他说：『如果她不肯走，就把她杀了。我有两三个知交，都身居要职，一定会不遗余力地合力相助，保你没有事。』

万石憋了一口气，快步走进屋子，刚好迎面遇到尹氏。尹氏大声问他：『怎么回事？』万石惊慌失措，战战兢兢地说：『马生叫我休……休了你。』尹氏愤怒地拿起木棒，万石吓得跌跌撞撞地跑了出去。马介甫看着他，无奈地说：『杨兄真是执迷不悟。』然后打开随身的小木箱，取出了一小勺药粉，用水冲开，让万石喝下，说：『这是丈夫再造散，平时不敢轻易使用，今天暂且试试。』

万石喝下药不久，就感觉义愤填膺，胸中好像有一团火在燃烧，一刻也不能忍受。他径直走到尹氏房间，尹氏还没有来得及问话，他已经一跃而起，拳头雨点般狠狠地打在她的身上。尹氏嘴里骂个不停，万石猛然抽出佩刀，也不言语，上去就从她的大腿上割下手掌那么大一块肉，扔在地上。尹氏吓得连忙哀求，万石还要再割，家人慌忙将他拦住，拉出了屋子。

马介甫见万石出来，忙迎上前去，拉着他的胳膊好言安慰。万石余怒未消，还要提着刀去找尹氏算账。马介甫把他拉进屋子，过了一会儿，药效消失了，万石显得失魂落魄，十分不安。马介甫叮嘱他说：『兄长千万别泄气。振兴夫纲，不是一朝一夕就可以的。从此以后，只当昨天的自己已经死了，今天是重新开始。』等到万石平静下来，让他到尹氏的房间看看。尹氏见到万石，吓得两腿发抖，心有余悸，扶着婢女才能站稳。万石心中暗喜，出来告诉马介甫和父亲，大家都十分高兴。马介甫说：『我这次有事到东海去，正好从你家路过。以后有机会再相见吧。』说完就告辞走了。

一个多月以后，尹氏的伤慢慢好了，一开始她对丈夫毕恭毕敬，可是时间长了，却发现万石也没有更多的办法，就渐渐对他开始嘲弄和谩骂。很快，就又和以前一样了。杨父不能忍受，连夜逃走了，万石也不敢去寻找。

过了一年多，马介甫回来了。看到杨家的情况，对万石十分失望，带着喜儿，扬长而去。从此，乡里人都看不起万石，学政来巡查时，听到他的劣迹，就把他除了名。过了四五年，家里遇火灾，所有财物都被烧成了灰烬。火势蔓延到邻居家，被罚了很多钱来赔偿。就这样，家产渐渐消耗完了，连个住的地方都没有。尹氏的娘家人对她的作为也很愤怒，也不愿意帮助他们。万石穷困不堪，把小妾卖了，然后带着尹氏去河南。

一路上，两人乞讨为生，十分凄凉。到了河南境内，尹氏再也受不了苦，喋喋不休地吵着要改嫁。正好当地一个屠夫没有妻子，就花了三百吊钱把她买了。万石独自一人，在附近的村落讨饭。一天，他来到一扇大红门前，看门人呵斥着不让他靠前。过了一会儿，一个年轻人走了出来，看到万石，有些吃惊，问了他的姓名后，流着泪说：『是伯父呀！为什么穷到这个地步？』万石仔细端详，才知道是喜儿，情不自禁地大哭起来。跟着喜儿进去，只见厅堂中金碧辉煌。片刻之后，奴仆搀扶着老父亲走了出来，父子俩抱头痛哭。

原来马介甫把喜儿带到这里后，外出找到杨父。又请了老师教喜儿读书，喜儿十五岁考中秀才，十六岁考中进士，刚刚完婚。马介甫想走，祖孙俩哭着苦苦挽留。马介甫说：『实不相瞒，我是狐仙。道友们已经等我很久了。』说完就不见了。万石也说了自己的遭遇，喜儿回想起当初自己和庶伯母一起受到虐待，心中难过，派人去把万石的小妾赎了回来。过了一年多，小妾王氏给万石生下一个儿子，就扶正做了夫人。

尹氏嫁给屠夫后，慢慢变得和从前一样狂暴，屠夫勃然大怒，用刀子在她腿上挖了个洞，然后用细绳子穿过去，悬挂在屋梁上。也不管尹氏生死如何，径自出门卖肉去了。尹氏喊得声嘶力竭，幸好被邻居听见，把她放了下来，又慢慢地帮她把绳子抽出来，每抽一下就疼得死去活来。从此，一看见屠夫，她就吓得战战兢兢。腿上的伤好了以后，落下了行走不便的毛病。屠夫性格暴躁，经常喝醉了酒回来，对尹氏非打即骂。她这才体会到自己当初怎么对待别人，现在别人也怎么对待自己。

一天，喜儿的夫人和伯母王氏到普陀寺烧香，附近的农妇都来参拜。尹氏混在其中怅然站立，不敢靠前。王氏故意指着她问：『那是谁呀？』家人说：『张屠夫的老婆。』于是，呵斥她给夫人下跪叩头。王氏笑着说：『这个女人嫁给屠夫，应当不缺肉吃，可为什么瘦弱成这个样子？』尹氏羞愧至极，屠夫对她更加厌恶。一年多后，屠夫死了。尹氏在路上遇到万石，远远地就双膝跪地往前挪动，泪如雨下。万石碍着仆人的面，没和她说一句话。回家后告诉侄子，想和尹氏破镜重圆，喜儿坚决不答应。尹氏无家可归，只好乞讨为生。万石还不时到荒废的寺院跟她相会，他侄儿以为太丢人了，暗地里唆使那群乞丐给他以难堪，给他以羞辱这才断绝了关系。这件事，我不晓得它的结果，后面几行，是毕公权写成的。

异史氏说：『怕老婆，是世人的通病，但没有想到世上竟有像杨万石这样的人！难道不是一种怪现象吗？我曾经写过《妙音经》的续篇，恭恭敬敬地附录在后面，以期赢得读者的一笑：

「我以为自然化生万物，主要依靠雌性来完成；男儿志在四方，尤其需要妻子做内助。同甘共苦，辛苦你十月怀胎；就湿移干，麻烦你三年哺育。这是因为承宗接代而动的念头，所以君子有配偶之求；弄饭洗衣而生的感情，所以古人有鱼水之欢。但阃威的旗帜一天天地高举，使夫权的体制一步步地衰落。开始只是出言不逊，有时不免反唇相讥；接着便是无礼相待，竟然来而不往。只因儿女情深，便教英雄气短。床上坐了个母夜叉，即使是护法的金刚，也要低声下气；釜底生了毒烟尘，就是铁铸的汉子，也难昂首伸腰。捣衣石畔的木杵很多，竟然拿来打丈夫；麻姑手上的指甲很长，居然用以抓脸。小打便受，大打便走，像是代替孟母投梭而教子；老婆倡议，丈夫附和，反要起用周婆制礼来革新。来往跳掷，引起路上的行人前来围观；叽喳唠叨，像是天空的小鸟飞来觅食。

「多么凶恶呀！呼天抢地，忽然披头散发，走到床前来拼命。多么丑陋啊！瞪眼摇头，便要寻死觅活，拿起绳索去吊颈。

这个时候，地下的鬼也吓破了胆，天外的神也吓走了魂。便是北宫黝也未必不走，即使孟施舍也不能无畏。大将军的勇气，猛如雷电，一到内室，就不晓得到哪里去了；大官人的脸色，冷若冰霜，一进卧房，消失得无影无踪了。难道真是脂粉的威风，不需要权势，就能使人慑服？莫非竟教刚直的汉子，一见到红颜，就要不寒而栗？可以理解：月宫仙子下凡，何妨虔诚皈依？真是冤枉：鸠盘丑女来了，也要香花供养。听到河东狮吼，就吓得两眼朝天；看到牝鸡司晨，就只好五体投地。登徒子好色而忘其妻之丑，《回波词》谈情而不知己之痴。假如做了汾阳的婿，马上得到高官厚禄，向『卿卿』献媚，这也难怪；要是招了内黄的郎，自然要做书童奚奴，对『仆仆』作揖，又有何求？那些穷鬼们自觉没有脸面，任凭她为非作歹，只要悍妇包容；财神爷可说很有势力，也无法抗颜违令，难教孔方效力。

「难道缚住游子的芳心，只有这条崎岖的『道』？抑或消除霸王的豪气，只有那条狭隘的『鸿沟』？只说死要同穴，生要同床，从来没有唱过『白头偕老』；谁知朝为行云，暮为行雨，硬要争得『巫山独占』。恨透了『池水清』，白白地按着红牙玉板；最怜你《妾命薄》，寂寂地守着长夜寒更。蝉脱了壳，鹭栖在滩，高兴的是骊龙睡得正香；驾起犊车，扬起尘土，可恨的是驽马走得不快。同榻共卧的人，挞去方知是舅；挨打被缚的人，牵来已变作羊。苦苦要求她的只是片刻之欢，慢慢施于我的却是无穷之害。买笑缠头子青楼，乃是自作之孽，当然罪责难逃；俯首帖耳于黄婆，而受不当之罚，岂可说是应该？凛冽的酸风，吹残了香困的春意；汪洋的苦海，淹没了蓝桥的月华。有时盛会忽逢，良朋在座，藏了很久的那杯酒，不肯摆出来，还在房中发出了逐客令；交了很久的那些人，自然疏远了，累得在下续写了绝交论。甚而兄弟分离，眼泪洒满了庭前那株紫荆树；断弦再续，寒衣换上了滩上的白芦花。所以阳城饮酒，一门之中只有兄弟；商子吹竽，七旬以外尚无室家。古人之所以这样，实在有难言之隐啊！

「唉！百年的配偶，竟然成了附在骨上的痈疽；千金的聘礼，居然买来伤及肌肤的痛苦。须硬似戟的尚且如此，胆大如斗的更有何人？本不敢在马栈下断绝祸胎，谁又愿在蚕室中斩掉孽根？对大肆横暴的娘子军，哪里有什么疗妒的药方？啖尽生灵的胭脂虎，本来无引渡迷津的舟楫。夜里烧着的天香，完全沉淀在沸沸扬扬的汤镬里；早上飘着的花雨，完全消失在炎炎灼灼的剑影中。在极乐的世界上，彩翼双栖；在长舌的婆娘前，青莲并蒂。去烦恼于佛国，立道场于爱河。哟！希望这几章贝叶写成的文章，变作一滴杨枝洒下的甘露。」』

绛妃

癸亥岁，余馆于毕刺史公之绰然堂。公家花木最盛，暇辄从公杖履，得恣游赏。一日，眺览既归，倦极思寝，解屦登床。梦二女郎被服艳丽，近请曰：『有所奉托，敢屈移玉。』余愕然起，问：『谁相见召？』曰：『绛妃耳。』恍惚不解所谓，遽从之去。俄睹殿阁，高接云汉。下有石阶，层层而上，约尽百余级，始至颠头。见朱门洞敞，又有二三丽者，趋入通客。无何，诣一殿外，金钩碧箔，光明射眼。内一女人降阶出，环珮锵然，状若贵嫔。方思展拜，妃便先言：『敬屈先生，理须首谢。』呼左右以毯贴地，若将行礼。余惶悚无以为地，因启曰：『草莽微贱，得辱宠召，已有余荣。况敢分庭抗礼，益臣之罪，折臣之福！』妃命撤毡设宴，对筵相向。酒数行，余辞曰：『臣饮少辄醉，惧有愆仪。教命云何？幸释疑虑。』妃不言，但以巨杯促饮。余屡请命。乃言：『妾，花神也。合家细弱，依栖于此，屡被封家婢子，横见摧残。今欲背城借一，烦君属檄草耳。』余惶然起奏：『臣学陋不文，恐负重托；但承宠命，敢不竭肝膈之愚。』妃喜，即殿上赐笔札。诸丽者拭案拂坐，磨墨濡毫。又一垂髫人，折纸为范，置腕下。略写一两句，便二三辈叠背相窥。余素迟钝，此时觉文思若涌。少间，稿脱，争持去，启呈绛妃。妃展阅一过，颇谓不疵，遂复送余归。醒而忆之，情事宛然。但檄词强半遗忘，因足而成之：

『谨按封氏：飞扬成性，忌嫉为心。济恶以才，妒同醉骨；射人于暗，奸类含沙。昔虞帝受其狐媚，英、皇不足解忧，反借渠以解愠；楚王蒙其蛊惑，贤才未能称意，惟得彼以称雄。沛上英雄，云飞而思猛士；茂陵天子，秋高而念佳人。从此怙宠日恣，因而肆狂无忌。怒号万窍，响碎玉于王宫；澎湃中宵，弄寒声于秋树。倏向山林丛里，假虎之威；时于滟滪堆中，生江之浪。且也，帘钩频动，发高阁之清商；檐铁忽敲，破离人之幽梦。寻帷下榻，反同入幕之宾；排闼登堂，竟作翻书之客。不曾于生平识面，直开门户而来；若非是掌上留裙，几掠妃子而去。吐虹丝于碧落，乃敢因月成阑；翻柳浪于青郊，谬说为花寄信。赋归田者，归途才就，飘飘吹薜荔之衣；登高台者，高兴方浓，轻轻落茱萸之帽。蓬梗卷兮上下，三秋之羊角抟空；筝声入乎云霄，百尺之鸢丝断系。不奉太后之诏，欲速花开；未绝座客之缨，竟吹灯灭。甚则扬尘播土，吹平李贺之山；叫雨呼云，卷破杜陵之屋。冯夷起而击鼓，少女进而吹笙。荡漾以来，草皆成偃；吼奔而至，瓦欲为飞。未施抟水之威，浮水江豚时出拜；陡出障天之势，书天雁字不成行。助马当之轻帆，彼有取尔；牵瑶台之翠帐，于意云何？至于海鸟有灵，尚依鲁门以避；但使行人无恙，愿唤尤郎以归。古有贤豪，乘而破者万里；世无高士，御以行者几人？驾炮车之狂云，遂以夜郎自大；恃贪狼之逆气，漫以河伯为尊。姊妹俱受其摧残，汇族悉为其蹂躏。纷红骇绿，掩苒何穷？擘柳鸣条，萧骚无际。雨零金谷，缀为藉客之茵；露冷华林，去作沾泥之絮。埋香瘗玉，残妆卸而翻飞；朱榭雕阑，杂珮纷其零落。减春光于旦夕，万点正飘愁；觅残红于西东，五更非错恨。翩跹江汉女，弓鞋漫踏春园；寂寞玉楼人，珠勒徒嘶芳草。斯时也：伤春者有难乎为情之怨，寻胜者作无可奈何之歌。尔乃趾高气扬，发无端之踔厉；催蒙振落，动不已之阑珊。伤哉绿树犹存，簌簌者绕墙自落；久矣朱幡不竖，娟娟者陨涕谁怜？堕溷沾篱，毕芳魂于一日；朝荣夕悴，免荼毒以何年？怨罗裳之易开，骂空闻于子夜；讼狂伯之肆虐，章未报于天庭。诞告芳邻，学作蛾眉之阵；凡属同气，群兴草木之兵。莫言蒲柳无能，但须藩篱有志。且看莺俦燕侣，公覆夺爱之仇；请与蝶友蜂交，共发同心之誓。兰桡桂楫，可教战于昆明；桑盖柳旌，用观兵于上苑。东篱处士，亦出茅庐；大树将军，应怀义愤。杀其气焰，洗千年粉黛之冤；歼尔豪强，销万古风流之恨！』

【译文】

康熙二十二年，我在毕刺史家教书，就住在绰然堂。先生的家中种了很多花木，我在闲暇时就随他在园中游玩，所以有机会尽情欣赏。有一天游览之后，我感觉十分疲倦，而且很想睡觉，就脱了鞋子，上床去睡。不久后，我就睡着了，还做了一个梦，梦见两个穿着华丽服饰的年轻女子向我走了过来，说：『我们有事要请您帮忙，麻烦您屈驾去一趟。』我惊愕地坐起来，问：『是谁要找我？』那两个女子回答说：『是绛妃。』我听了十分迷糊，不知道她们说的是谁，就匆忙地跟随她们走了。走了不久，就看到高耸入云的宫殿楼阁。宫殿的下面有石阶，我们就沿着石阶一级一级地往上走，大约走了百多层，才走到顶部。只见朱红的大门大开，有两三个漂亮的女子跑着进去通报客人到来。没过多久，我就被带到一座宫殿的外面。这时，一个女人从殿里走出来，从台阶上向我们走过来。她身上佩戴的金环玉佩叮当作响，声音十分清脆悦耳。她看上去很像宫中高贵的嫔妃。我正打算向她行礼，那妃子已经开口说道：『有劳先生大驾光临，按理我应当先拜谢您。』说着吩咐身边的侍女铺上毯子，像是要叩拜。我惶恐不已，不知如何是好，只好说：『我只是一个乡野之人，身份卑贱，得到您的传唤，已经感到很荣幸了，哪里还敢与您平起平坐，这岂不是增加了我的罪过，折损我的福分吗？』那妃子听了我的话后，就让人取走毯子，在殿里摆上酒席。我与那妃子在酒席上相对而坐。喝过几杯酒后，我就推辞说：『我稍微多饮就会醉，唯恐醉后失态，有违礼仪。您要我做什么，还请明白地告知，以消除我的疑问和忧虑。』那妃子还是没有说话，又拿起大杯子劝我喝酒。我多次请她指示，她才说：『我是花神，一家老小都住在这里，屡次被封家那丫头蛮横地残害。这次打算与她决战，想请您写一篇檄文。』我惊慌地站起来说：『我才学粗浅，文章写得不好，恐怕会有愧于您的重托，但是既然承蒙您的信任，把这个光荣的使命交付给我，我怎能不效犬马之劳，为您尽忠呢？』妃子听了很高兴，就在殿上给我拿来纸笔，让侍女将书桌擦干净，磨墨，蘸笔。又有一个幼年侍女，按规矩把纸折好，放到我的手腕下。我刚写了一两句，就看到她们你压在我身上，我压在她身上，偷偷地看我怎么写。我平常头脑略显迟钝，但此时却觉得脑中的文辞就像泉水一样涌出，没花多长时间就写完了。那些侍女争抢着拿走了，递给绛妃看。绛妃打开檄文，看了一遍后，说我写得很好，然后就把我送回来了。我醒来回想这件事，只觉得那情形十分真切，只是将那檄文的词句遗忘了大半，于是把它补足成一篇文章：

『封家女子，性情飞扬跋扈，心胸狭小。凭借自己的才能作恶多端，妒忌之情，深入骨髓，时常暗中害人，恶毒如同含沙射影的蜮。从前虞舜受了她的迷惑，即使是娥皇、女英，也不能消除他的烦恼，反而向她求助。楚王受了她的煽动，所有的贤能之士都不能令他满意，似乎只有依靠她才能称雄。汉高祖刘邦要高唱《大风歌》才能抒发对守卫国家的战士的思念之情。汉武帝刘彻也要高唱《秋风词》，才能表达出思念美人的感情。那封氏女子，从此便仗着帝王的宠爱，逐渐放纵起来，到处张扬，横行无忌。她大声吼叫，声音震耳，把王宫里的玉都震碎了；她在秋天的夜里吹动树木，发出令人感到寒冷的声音。她有时借助老虎的威风，突然在山林中吹起；她有时在江心的燕窝堆中掀起长江的浪涛。她还吹动楼上的策钩，不断地发出声响；她吹动檐头铁马，破坏离别之人的好梦。她掀开帷幕，钻到床上，如同最亲密的伴侣。她随意推门进屋，将书翻开。人们不认识她，她也径直开门进来。在她发狂的时候，会把人卷上天空。她无比狂妄，竟然借月晕来显示她即将到来。她在春天的郊野吹杨拂柳，谎报是替花神传信。陶渊明辞官回乡，她竟在归途中吹动他的衣裳。晋代的孟嘉高兴地登上高台，她竟敢无理地吹落他的帽子。飞蓬翻卷，本打算自由降落，而她竟一直把它吹到高空。风筝升上天空，她就将风筝线吹断。她不遵奉武则天的命令，让花儿提前开放。她不是为了像楚王一样保护有功的下属，也敢把灯吹灭。她甚至扬起了尘土，把山吹成平地；她呼风唤雨，将茅屋上的茅草都吹走了。即使是微风，也能掀起波浪；即使是和风，也会带来倾盆暴雨。她飘飘荡荡地过来，草儿都要点头哈腰；她怒吼而来，将房上的瓦片全都吹飞。尽管她还没有施威掀起波浪，但那江豚早已浮出水面向她朝拜。她为了突然矜夸她那遮天盖地的本领，就使那大雁的飞行不再成行。她在马当山吹动船帆，使王勃提前到达滕王阁，因为她别有所图；她吹动瑶台上的翠绿帐子，那又是要图谋什么呢？至于那些海鸟，因为是有灵性的，所以知道飞到鲁国的城门上来躲避她。只要能够让出门在外的亲人平安归来，人们愿意向她乞求。世上的高人，有谁能够驾驭她飞行呢？她伴随着狂云而来，自高自大，发起脾气，不听从河神的命令，还掀起巨浪。我的姐妹都受到她的摧残，整个家族都受到她的蹂躏，花儿落了满地，叶子惊慌摇晃。我们在她的淫威下，整天都在摇摆，没有尽头。她吹起柳条，呜呜作响，声音传到了很远的地方。她携带着雨点来到花园，花瓣被吹落在地上，成了人们的坐垫。她携带着寒露而来，柳花纷纷飘扬，落在泥土上。花儿凋残了，花瓣被她吹得到处都是。在朱红楼榭和雕栏旁边，花儿纷纷凋落。在她的凋残下，春色顿时失色不少，令人忧愁。人们到处寻找落花，可见人们对她的怨恨是真真切切的。她把花儿吹落，使游园的少女劳而返；花儿全落了，使楼上的寂寞离人只能对着青草叹息。这个时候，因春光消逝而感伤的人难以表达怨愤之情，寻找美景的人只能唱一些无可奈何的歌。春天已经过去了，你还是一副趾高气扬的样子，没有任何缘故地狂舞不止。你无休无止地摧毁花草的幼芽，吹落满树的花朵。可悲啊！虽然绿树还在，但也只是围在墙边让叶子被吹落。已经很久没人建立能保护花朵的朱幡，美好的花朵只能默默流泪，有谁来怜惜呢？花儿掉在厕所，挂在篱笆上，在一天之内死去。她们总是早晨开花，晚上就憔悴，要等到什么时候才能免去这灾难呢？气愤罗衣被吹开，只听说《子夜歌》曾经骂过她、控告她的暴虐，但那奏章还没有送到玉皇的面前。我要向花儿姐妹们高声疾呼，要向那平阳公主的娘子军学习，凡是同类，就联合在一起，兴兵反抗。不要埋怨自己柔弱，没有本领，一定要有抗敌的志气。你们看那成双成队的黄莺、燕子，我们联合在一起，共同报复夺走亲人的仇恨，让我们与蝴蝶、蜜蜂结为盟友，共同誓死抵抗仇敌。兰树、桂树可以做成船桨，用来打水战；桑树可以遮阴；柳树可以做旗杆，用于练兵。隐居的菊花也要从茅庐中出来，出谋划策；谦朴的大树要做将军，义愤填膺。要扑灭她的气焰，洗雪千年花草的仇冤，杀死那凶恶的东西，消除我们的万古积恨。』

河间生

河间某生，场中积麦穰如丘，家人日取为薪，洞之。有狐居其中，常与主人相见，老翁也。一日，屈主人饮，拱生入洞。生难之，强而后入。入则廊舍华好。即坐，茶酒香烈。但日色苍皇，不辨中夕。筵罢既出，景物俱杳。翁每夜往夙归，人莫能迹。问之，则言友朋招饮。生请与俱，翁不可；固请之，翁始诺。挽生臂，疾如乘风，可炊黍时，至一城市。入酒肆，见座客良多，聚饮颇哗，乃引生登楼上。下视饮者，几案柈餐，可以指数，翁自下楼，任意取案上酒果，抔来供生。筵中人莫之禁，移时，生视一朱衣人前列金橘，命翁取之。翁曰：『此正人，不可近。』生默念：狐与我游，必我邪也。自今以往，我必正！方一注想，觉身不自主，眩堕楼下。饮者大骇，相哗以妖。生仰视，竟非楼上，乃梁间耳。以实告众。众审其情确，赠而遣之。问其处，乃鱼台，去河间千里云。

【译文】

河北河间地方的某君，在院外的晒谷场上，麦秆堆得和小山一样，家里的人每天去拿麦秆做柴烧，渐渐搬出一个洞来。有一个狐仙就住在这洞里，经常跟主人家打个照面，是一个老头儿。有一天，邀了主人到他那里去喝酒，拱着手请某君到洞里去，某君颇有难色，一再邀请后才进去。进去一看，走廊房子都很华丽。就座之后，献上的茶很香，斟出的酒很浓；只是光线很淡，分辨不出是中午还是黄昏。喝完了酒出来，在那里所看到的一切都消失了。那个老头每天夜里出去，早上回来，人们没有办法能跟踪他，问他到哪里去了，便说是朋友们请他喝酒去了。某君要求带他一同前往，老头不肯答应；一再请求，老头才同意了。于是拉着某君的臂膀，快得乘风而走似的，大约煮熟一顿饭的工夫，到了一座城镇。走进酒店里，只见座上的客人很多，围坐在一起喝酒，十分喧哗，老头便领着某君到楼上去。俯着身子看下面那些喝酒的人，桌椅杯盘，历历可数。老头自己下了楼，随便在桌子上拿酒肴果饵，捧了来给某君吃，坐在席上的人从来没有拦阻过。过了一会儿，某君看到一个穿红袍的人面前摆着金橘，叫老头去拿。老头说：『这是一位很正直的人，不能接近他。』某君便在暗地里想那么我与狐精厮混在一起，一定是个不正派的人了。从今天以后我一定要做一个正派的人！正在聚精会神地想到这里的时候，忽觉身不由己，头昏眼花地堕到楼下。喝酒的人大吃一惊，都叫着喊着，认为他是妖怪。某君捂头一看，竟然不是楼，而是一根梁木。只好把实际情况告诉了大家。大家了解他所说的情况是真实的，送了他一些路费叫他回去。问这是什么地方，竟是山东的鱼台，离河间有千多里了。

云翠仙

梁有才，故晋人，流寓于济，作小负贩。无妻子田产。从村人登岱。岱，四月交，香侣杂沓。又有优婆夷、塞，率众男子以百十，杂跪神座下，视香炷为度，名曰『跪香』。才视众中有女郎，年十七八而美，悦之。诈为香客，近女郎跪；又伪为膝困无力状，故以手据女郎足。女回首似嗔，膝行而远之。才又膝行近之；少间，又据之。女郎觉，遽起，不跪，出门去。才亦起，出履其迹，不知其往。心无望，怏怏而行。途中见女郎从媪，似为女也母者。才趋之。媪女行且语。媪云：「汝能参礼娘娘，大好事！汝又无弟妹，但获娘娘冥加护，护汝得快婿。但能相孝顺，都不必贵公子、富王孙也。」才窃喜，渐渍诘媪。媪自言为云氏，女名翠仙，其出也。家西山四十里。才曰：「山路涩，母如此蹜蹜，妹如此纤纤，何能便至？」曰：「日已晚，将寄舅家宿耳。」才曰：「适言相婿，不以贫嫌，不以贱鄙，我又未婚，颇当母意否？」媪以问女，女不应。媪数问，女曰：「渠寡福，又荡无行，轻薄之心，还易翻覆。儿不能为遢伎儿作妇。」才闻，朴诚自表，切矢皦日。媪喜，竟诺之。女不乐，勃然而已。母又强拍怵之。才殷勤，手于橐，觅山兜二，舁媪及女。己步从，若为仆。过隘，辄诃兜夫不得颠摇动，良殷。俄抵村舍，便邀才同入舅家。舅出翁，妗出媪也。云兄之嫂之。谓：「才吾婿。日适良，不须别择，便取今夕。」舅亦喜，出酒肴饵才。既，严妆翠仙出，拂榻促眠。女曰：「我固知郎不义，追母命，漫相随。郎若人也，当不须忧偕活。」才唯唯听受。明日早起，母谓才：「宜先去，我以女继至。」才归，扫户闼。媪果送女至。入视室中，虚无有。便云：「似此何能自给？老身速归，当小助汝辛苦。」遂去。次日，有男女数辈，各携服食器具，布一室满之。不饭俱去，但留一婢。才由此坐温饱，惟日引里无赖，朋饮竞赌，渐盗女郎簪珥佐博。女劝之，不听；颇不耐之，惟严守箱奁，如防寇。一日，博党款门访才，窥见女，适适然惊。戏谓才曰：「子大富贵，何忧贫耶？」才问故，答曰：「曩见夫人，真仙人也。适与子家道不相称。货为媵，金可得百；为妓，可得千。千金在室，而听饮博无资耶？」才不言，而心然之。归辄向女欷歔，时时言贫不可度。女不顾，才频频击桌，抛匕箸，骂婢，作诸态。一夕，女沽酒与饮。忽曰：「郎以贫故，日焦心。我又不能御穷，分郎忧，中岂不愧怍？但无长物，止有此婢，鬻之，可稍稍佐经营。」才摇首曰：「其值几许！」又饮少时，女曰：「妾于郎，有何不相承？但力竭耳。念一贫如此，便死相从，不过均此百年苦，有何发迹？不如以妾鬻贵家，两所便益，得值或较婢多。」才故愕言：「何得至此！」女固言之，色作庄。才喜曰：「容再计之。」遂缘中贵人，货隶乐籍。中贵人亲诣才，见女大悦。恐不能即得，立券八百缗，事滨就矣。女曰：「母日以婿家贫，常常萦念，今意断矣，我将暂归省；且郎与妾绝，何得不告母？」才虑母阻。女曰：「我顾自乐之，保无差贷。」才从之。夜将半，始抵母家。挝阖入，见楼舍华好，婢仆辈往来憧憧。才日与女居，每请诣母，女辄止之，故为甥馆年余，曾未一临岳家。至此大骇，以其家巨，恐媵妓所不甘也。女引才登楼上。媪惊问夫妻何来。女怨曰：「我固道渠不义，今果然！」

乃于衣底出黄金二铤置几上，曰：『幸不为小人赚脱，今仍以还母。』母骇问故，女曰：『渠将鬻我，故藏金无用处。』乃指才骂曰：『豺鼠子！曩日负肩担，面沾尘如鬼。初近我，熏熏作汗腥，肤垢欲倾塌，足手皴一寸厚，使人终夜恶。自我归汝家，安座餐饭，鬼皮始脱。母在前，我岂诬耶？』才垂首，不敢少出气。女又曰：『自顾无倾城姿，不堪奉贵人；似若辈男子，我自谓犹相匹。有何亏负，遂无一念香火情？我岂不能起楼宇、买良沃？念汝儇薄骨、乞丐相，终不是白头侣！』言次，婢媪连衿臂，旋旋围绕之。闻女责数，便都唾骂，共言：『不如杀却，何须复云云。』才大惧，据地自投，但言知悔。女又盛气曰：『鬻妻子已大恶，犹未便是剧；何忍以同衾人赚作娼！』言未已，众眦裂，悉以锐簪剪刀股攒刺胁膜。才号悲乞命。女止之曰：『可暂释却。渠便不仁义，我不忍其觳觫。』乃率众下楼去。才坐听移时，声语俱寂，思欲潜遁。忽仰视见星汉，东方已白，野色苍莽；灯亦寻灭。并无屋宇，身坐削壁上。俯瞰绝壑，深无底。骇绝，惧堕。身稍移，塌然一声，堕石崩坠。壁半有枯横焉，挂不得堕。以枯受腹，手足无着。下视茫茫，不知几何寻丈。不敢转侧，嗥怖声嘶，一身尽肿，眼耳鼻舌身力俱竭。日渐高，始有樵人望见之；寻绠来，缒而下，取置崖上，奄将溘毙。舁归其家。至则门洞敞，家荒荒如败寺，床簏什器俱杳，惟有绳床败案，是己家旧物，零落犹存。嗒然自卧。饥时，日一乞食于邻。既而肿溃为癞。里党薄其行，悉唾弃之。才无计，货屋而穴居，行乞于道，以刀自随。或劝以刀易饵，才不肯曰：『野居防虎狼，用自卫耳。』后遇向劝鬻妻者于途，近而哀语，遽出刀揕而杀之，遂被收。官廉得其情，亦未忍酷虐之，系狱中，寻瘐死。

异史氏曰：『得远山芙蓉，与共四壁，与以南面王岂易哉！已则非人，而怨逢恶之友；故为友者不可不知戒也。凡狭邪子诱人淫博，为诸不义，其事不败，虽则不怨亦不德。迨于身无襦，妇无裤，千人所指，无疾将死，穷败之念，无时不萦于心；穷败之恨，无时不切于齿。清夜牛衣中，辗转不寐。夫然后历历想未落时，历历想将落时，又历历想致落之故，而因以及发端致落之人。至于此，弱者起，拥絮坐诅；强者忍冻裸行，篝火索刀，霍霍磨之，不待终夜矣。故以善规人，如赠橄榄；以恶诱人，如馈漏脯也。听者固当省，言者可勿惧哉！』

【译文】

梁有才，老家住在山西，长期流浪外地，最后住在济南，做了一个挑担儿的小货郎。他没有老婆孩子，也没有田产。有一年，他跟着村民登泰山。泰山这个地方，一进四月，结伴进香的客人，就纷至沓来，络绎不绝。又有一些善男信女，一次率领百十来人，杂乱地跪在神座下面，看着烧完一炷香才能起来，这叫作『跪香』。梁有才看见人群里有一个女郎，只有十七八岁，长得很漂亮，一搭眼就爱上了。他就装作『跪香』的客人，紧靠那个女郎跪了下来；又装作膝盖疲乏无力的样子，故意伸手往地下一按，按在女郎的脚上。女郎回头瞪他一眼，用膝盖行路，躲他远远的。他也用膝盖行路，又挨近了女郎；跪了不一会儿，又按女郎的脚。女郎发觉他不怀好意，急忙站起来，不再『跪香』，出门走了。他也爬起来，追出庙门；寻找女郎的行踪，却不知到什么地方去了。他很失望，就怏怏不乐地往回走。半路上，他看见那个女郎跟着一个老太太往前赶路，老太太好像是她的母亲，他就凑过去了。

老太太和女郎一边走路一边唠嗑。老太太说：『你能恭敬地参拜娘娘，是件很好的事情！你又没有弟弟妹妹，但愿得到娘娘的暗中保佑，保你得到一个好女婿。只要对我孝顺就很好，完全不必找贵公子，也不必找富王孙。』梁有才一听，心里暗自高兴，逐渐凑近老太太，没话找话地询问老太太的家世。老太太说她姓云，女儿名叫云翠仙，是她亲生的姑娘。家住西山，离济南四十里路。梁有才说：『崎岖的山路很难走，老母这样跌跌撞撞，妹妹又这样纤弱，怎能立即回到西山呢？』老太太说：『天已经晚了，我要在孩子舅舅家里住一宿。』梁有才说：『你刚才说的相看女婿，若不嫌我贫穷，不嫌我卑贱丑陋，我又没有结婚，能不能中你的心意呢？』老太太征求女儿的意见，女儿不应声。老太太一连问了好几次，女儿说：『他福分很浅，而且行为放荡，没有好品行，心地很轻薄，还容易反复无常。我不能嫁给轻薄肮脏的小子做媳妇！』梁有才一听，马上表白自己是个忠厚人，并且指着太阳发誓。老太太一听就高兴了，竟把女儿许给了他。翠仙很不高兴，现出了恼怒的脸色。母亲拍拍打打的，又吵又骂，强迫女儿嫁给他。

梁有才表现得很殷勤，伸手从腰包里掏出一些钱，雇了两顶小轿，抬着老太太和女郎往前走。他自己步行跟在后边，好像是母女二人的一个仆人。路过狭小的山径，他就吆喝轿夫不要颠摇摆动，显得很殷勤。往前走了不一会儿，进了一个村庄，来到一家门前，老太太就请他一同到舅舅家里。舅舅迎出来，是个老头儿；舅母迎出来，是个老太太。云翠仙的哥哥嫂子也出来迎接。老太太告诉他们：『此人名叫梁有才，是我的女婿。今天恰好是个吉日良辰，不需要另外选择日子，今晚儿就给他们举行婚礼。』舅舅也很高兴，拿出酒菜款待梁有才。酒足饭饱以后，老太太就把穿着艳丽服装的翠仙送出来，扫扫卧床，催促他们就寝。老太太走了以后，云翠仙说：『我本来知道你是一个不义之人，迫于母亲的命令，只好屈辱地嫁给你。你如果是个人，我们在一起，该当不需担忧和谐的生活。』梁有才只是唯唯诺诺地听受指教。

第二天，早晨起来以后，母亲就对梁有才说：『你应该先回去，我随后就把女儿给你送去。』梁有才回到家里，把屋里屋外扫得干干净净。老太太果然把女儿送来了。老太太进屋一看，屋里空荡荡的，什么东西也没有。就说：『像这样贫穷，生活怎能自给呢？我赶紧回去，应该稍微帮你一点东西，解解你的贫穷。』说完就走了。第二天，男男女女来了好几个人，每个人都提着衣服，扛着粮食，送来一些器具，把一间小房子摆得满满的。他们放下东西，没有吃饭都走了，只留下一个丫鬟。梁有才从此就坐享温饱，每天只是勾引一些无赖、狐朋狗友，聚到一起饮酒、赌博，没有本钱，就逐渐盗窃翠仙的簪环首饰。翠仙苦口相劝，他根本不听；翠仙再也不能忍受了，就严守自己的箱子和嫁妆，像提防强盗似的。

一天，赌博场上的一个朋友登门拜访梁有才，偷偷地看见了云翠仙，吃了一惊。过了几天，就戏耍梁有才说：『你可以大富大贵了，还忧虑什么贫穷呢？』梁有才问他什么地方可以发财，他说：『我前几天看见你的夫人，真是一个仙女。嫁你做妻子，和你的家道很不相称。如果卖给别人去做小老婆，你可以得到百金；卖给妓院当妓女，你可以拿到千金。家里存着千金，愿喝就喝，愿赌就赌，愁什么没有本钱呢？』梁有才没有说话，心里却很同意。回到家里以后，总是对着翠仙长吁短叹，常说穷得没法过日子。翠仙不理他，他就连连地拍桌子摔筷子，骂丫鬟，做出种种丑态。

一天晚上，翠仙买酒和他对饮。喝了一会儿，翠仙忽然说：『你因为家里很穷，天天心里很焦急。我又不能解决贫寒，分担你的忧愁，心里怎不惭愧呢？我没有多余的东西，只有这么一个丫鬟，把她卖出去吧，拿到一笔钱，可以略微助你经营家业。』梁有才摇摇头说：『一个丫鬟，能值几个钱呢！』又喝了一会儿，翠仙说：『我对于郎君，有什么不能承受的呢？只是心有余而力不足罢了。想到一贫如洗到这个地步，就是以死相随，过上一百年，也不过都是这样的苦日子，能有什么发迹呢？不如把我卖给一个富贵人家，你我都有好处，得到的钱财也许比出卖丫鬟多一点。』梁有才装作吃了一惊地说：『怎能这样呢！』翠仙说得很坚决，脸色装得很严肃。梁有才心里高兴，嘴上却说：『不忙，容我再合计合计。』说完就去巴结一个有本事的中间人，要把翠仙卖出去当妓女。中间人亲自到他家里，看见了云翠仙，心里很高兴。他害怕不能马上买到美女，当场写了一张八百贯的契约，事情就接近办妥了。云翠仙说：『我母亲把女婿家的贫穷生活，时常挂在心上，现在我们的情义已经断了，我要暂时回去看看母亲；而且你和我已经断绝了夫妻关系，怎能不回去告诉母亲呢？』梁有才担心岳母会拦挡这件事情。翠仙说：『这本来是我自己愿意的，保证少不了给你的卖身钱。』梁有才就跟着她回娘家。

快到半夜的时候，两个人才到达母亲家里。敲开大门进了院子，看见院里的楼房很华丽，丫鬟奴仆，来来往往。他天天和翠仙住在一起时，常要求到岳母家里看看，翠仙总是制止他，所以做了一年多的女婿，一趟也没到过岳母家。今天到这儿一看，不由大吃一惊，认为这样的大户人家，听说女儿做了妓女，恐怕不会甘心。翠仙没理他，一直把他领到楼上。老太太一看，很惊讶地询问他们夫妻来到这里做什么，翠仙怨恨地说：『我本来说他是个没有情义的家伙，现在果然证实了。』就从衣裳里取出两锭金子，放在桌子上，说：『幸亏没叫小人赚去，今天仍然还给母亲。』母亲很惊讶地问她为什么要把金子还回来。翠仙说：『他要卖掉我，我再藏着这些金子就没有用处了。』说完就指着梁有才的鼻子骂道：『你真是个豺狼鼠子！从前肩上挑着货郎担儿，脸上沾满灰尘，活像一个鬼。刚接近我的时候，满身都是熏人的汗腥味儿，皮肤上的污垢快要塌下来了，手脚的皴皮足有一寸厚，叫人一宿一宿地恶心。自从我嫁到你家以后，你坐在家里吃闲饭，身上的鬼皮才褪下去。母亲就在跟前，难道我是诬蔑你吗？』

梁有才低着脑袋，不敢大声喘气。翠仙又说：『我自料没有倾国倾城的容貌，不配侍奉贵人；但是像你这样的男子，我自己认为还是匹配的。我有什么亏负你的地方，竟然毫不思念夫妻的感情呢？我难道不能兴建楼台亭阁，置买良田吗？我是想你长了一身轻佻的骨头，一副乞丐的样子，终究不是一个白头偕老的伴侣！』她说话的时候，来了一群丫鬟仆妇，裙子连着裙子，胳膊挎着胳膊，把她团团围在中间。她们听着翠仙责备数落他，便都唾他骂他，一哄声地说：『不如杀掉算了，何必再和他多话呢！』梁有才吓得要死，赶紧跪下磕头，一个劲儿地哀告，只说他已经知道改悔了。翠仙又气冲冲地说：『你出卖妻子，已经是罪大恶极，这还不是最惨的；你怎能忍心把同床共枕的妻子卖去做娼妓！』她还没有说完，丫鬟仆妇的眼角都气裂了，都拿起锐利的簪子和剪子，刺他的两肋和髁骨。他大声惨叫，哀求饶命。翠仙止住丫鬟仆妇说：『可以暂时把他放掉。他就是不仁不义，我也不忍心叫他吓得浑身发抖。』说完就领着丫鬟仆妇下楼去了。

他坐在地上听了一会儿，人声完全寂静了，想要偷偷地下楼逃回去。忽然抬头看见了天上的星斗，东方已经发白，苍苍茫茫的，四周全是野外的景色；灯也很快就熄灭了。仔细一看，并没有楼台房舍，身子坐在陡峭的悬崖上。往下一看，万丈深渊，深得看不见底。他吓得要死，害怕掉下去。身子稍微往后一挪，轰的一声，屁股底下的石头崩塌了，他就跟着石头一起掉了下去。

因为半壁上横着一棵枯树，他被枯树挂住，才没有掉进深渊。枯树托着他的肚子，手脚完全没有着落。往下一看，茫茫一片，不知有多少丈深。他身子一点也不敢转动，拼命地号叫，嗓子喊哑了，身上全肿了，眼睛看不见东西，耳朵听不见声音，鼻子闻不到气味，舌头也不会转动，身上的力气全部用尽了。太阳逐渐升上高空，才有几个打柴的人望见了他，找来一条绳子，把他系在绳子上放下来，抬到一块岩石上，已经奄奄一息，就要死了。大家把他抬起来，送回家里。到家一看，只见敞着房门，家里很荒凉，活像一座破庙，床子、箱子、家什、物品全都无影无踪了，只剩下一个破床和一个破桌子，这是他自己家里的旧物，还零零乱乱地摆在地下。他垂头丧气地躺在床上。饿了的时候，每天向邻居讨一顿饭吃。不久，身上肿胀的地方溃烂了，变成了癞疮。乡亲们嫌恶他品行恶劣，都唾弃他。他没有活下去的办法，就卖了房子，住在一个山洞里，每天都在路上讨饭吃，随身带着一把刀子。有人劝他用刀子换点吃的，他不愿意，说：『我住在荒郊野地，要防备虎狼，刀子可以用来自卫。』后来，他在路上遇见那个从前劝他卖老婆的人，就凑到身边，很悲痛地述说自己的遭遇，乘人不备，突然拔出刀子，杀死了那个人，于是就被官府抓进了监狱。府尹查清了他的情况，也不忍心施用酷刑，把他押在狱里，很快就病死了。

异史氏说：『得到远山的芙蓉，过着惬意的大同生活，即使让他在南面称王，他难道愿意以此易彼吗？自己本来就不是个人，却又去埋怨迎合他作恶的朋友，所以做朋友的应该知道有所戒惧。凡是浪荡子弟引诱别人去嫖娼竞赌，去做不义的事情，如果事情没有败露，即使不埋怨你，也不会去感激你。等到他自己没有短袄穿了，老婆没有裤子穿了，大家在后头指他的背心，使他无地自容，没有病也活不下去了的时候，穷困破败的念头，无时不在心里打转转；穷困破败的愤恨，无时不在口头唠叨。当宁静的夜晚，睡在给牛御寒的草藉中，辗转不能入睡的时候，清清楚楚地想到自己没有破落时的富贵生活，将要破落时的狼狈情景，还要清清楚楚地想到所以招致破落的原因，以及开始导致他家破落的人。到了这个时候，懦弱的人坐了起来，抱着破棉絮在那里垂头丧气；强悍的人，忍着冷冻，赤着身子，燃起篝火，拿着刀子，霍霍地磨了起来，等不到天亮就要去雪恨报怨了。所以劝人做好事，好比送给人家一只橄榄；诱人做坏事，好比送给人家一块坏了的腊肉。听的人固然应当审慎，说的人难道不要戒惧吗？』

铁布衫法

沙回子，得铁布衫大力法。骈其指，力斫之，可断牛项；横搠之，可洞牛腹。曾在仇公子彭三家，悬木于空，遣两健仆极力撑去，猛反之；沙裸腹受木，砰然一声，木去远矣。又出其势即石上，以木椎力击之，无少损。但畏刀耳。

【译文】有个姓沙的回族人，学会了铁布衫大力法。他把五指并拢用力一削，就可以砍断牛脖子；横着捅过去，可在牛肚子上戳个大窟窿。有一次，他曾在仇彭三公子家里，将一根大木头悬在空中，让两个健壮的仆人用尽全力将木头推出很远，然后让木头猛然返回；姓沙的用自己赤裸的肚子去接，只听『砰』的一声，木头又被撞回去很远。又掏出自己的生殖器放到石头上，用一把木槌用力砸，毫发无损。只是怕刀砍罢了。

白莲教

白莲盗首徐鸿儒，得左道之书，能役鬼神。小试之，观者尽骇，走门下者如鹜。于是阴怀不轨。因出一镜，言能鉴人终身。悬于庭，令人自照，或幞头，或纱帽，绣衣貂蝉，现形不一。人益怪愕。由是道路遥播，踵门求鉴者，挥汗相属。徐乃宣言：『凡镜中文武贵官，皆如来佛注定龙华会中人。各宜努力，勿得退缩。』因亦对众自照，则冕旒龙衮，俨然王者。众相视而惊，大众齐伏。徐乃建旗秉钺，罔不欢跃相从，冀符所照。不数月，聚党以万计，滕、峄一带，望风而靡。后大兵进剿，有彭都司者，长山人，艺勇绝伦。寇出二垂髫女与战。女俱双刃，利如霜；骑大马，喷嘶甚怒。飘忽盘旋，自晨达暮，彼不能伤彭，彭亦不能捷也。如此三日，彭觉筋力俱竭，哮喘而卒。迨鸿儒既诛，捉贼党械问之，始知刃乃木刀，骑乃木凳也。假兵马死真将军，亦奇矣！

【译文】渺 白莲教的首领名叫徐鸿儒，他得到了一部旁门邪道的书，能够役使鬼神。略微试了一试，看到的人没有不惊异的，奔走在他门下的像一群鸭子争先恐后地来了。于是他暗地里去图谋不轨。拿出一面镜子，说是能够看到一个人的终身结果，挂在厅堂上面，叫人自己去照，有时是一顶平民所戴的幞头，有时是一顶贵人所戴的纱缈帽，有时是一袭大官所穿的绣衣，所戴的貂蝉帽，出现的形象很不一样，人们便更加感到惊异。因此到处传播，登门求见的，挥着汗珠络绎不断地来了。徐于是宣称：『凡是镜子里面出现的文武，都是如来佛祖注定要参加龙华会的人。各自应该努力，不要退缩。』便拿起镜子自己来照，只见头戴龙冠，身穿龙袍，就像一个帝王。大家互相看着，大吃一惊，一齐拜伏在地。徐于是造起旗帜，拿起武器，莫不踊跃相从，希望能和他在镜中出现的形象一样。没有几个月，聚集的人马以万计，山东的滕县、峄县一带，听到风声，就倒向他一边了。

后来，朝廷派了大兵来围剿，有一个彭都司，济南地区长山人，武艺和勇气都超过了别人，徐派了两个垂着头发的少女出来应战。两个少女都拿着双刀，骑着大马，刀白如霜，马嘶若怒，轻快迅疾，周旋进退，从早到晚，两个少女没有能够伤害彭都司，彭都司也没有能够打败她。这样打了三天，彭觉得精力俱竭，气喘吁吁地死了。等到徐鸿儒被杀了，捉到徐的同党拘系起来拷问，才知道刃乃木刀，骑乃木凳。假的兵马战死了真的将军，也是一件奇闻啊！

杜翁

杜翁，沂水人。偶自市中出，坐墙下，以候同游。觉少倦，忽若梦，见一人持牒摄去。至一府署，从来所未经。一人戴瓦垄冠，自内出，则青州张某，其故人也。见杜惊曰：『杜大哥何至此？』杜言：『不知何事，但有勾牒。』张疑其误，将为查验。乃嘱曰：『谨立此，勿他适。恐一迷失，将难救挽。』遂去，久之不出。惟持牒人来，自认其误，释令归。杜别而行。途中遇六七女郎，容色媚好，悦而尾之。下道，趋小径，行十数步，闻张在后大呼曰：『杜大哥，汝将何往？』杜迷恋不已。俄见诸女人入一圭窦，心识为王氏卖酒之家，不觉探身门内，略一窥瞻，即见身在苙中，与诸小豭同伏。豁然自悟，已化豕矣，而耳中犹闻张呼。大惧，急以首触壁。闻人言曰：『小豕颠矣。』还顾，已复为人。速出门，则张候于途。责曰：『固嘱勿他往，何不听信？几至坏事！』遂把手送至市门，乃去。杜忽醒，则身犹倚壁间。诣王氏问之，果一豕自触死云。

【译文】

杜翁，是山东沂水人。他偶然间从市镇上出来，坐在一堵墙下，等候同游的伙伴们。觉得有些疲倦，忽然像做梦似的，看到有一个人拿了公文把他勾摄了过去。就这样来到一个官府，从来都没有到过那里，有一个人戴着瓦楞形的帽子从里面出来，原来是青州的张某，是他的老熟人。一看到了他，大吃一惊说：『杜大哥怎么到这里来了？』杜说：『不知道为什么事，不过有一纸拘捕的公文。』张怀疑是搞错了，打算替他去查对一下。便嘱咐他说：『小心地站在这儿，不要到别的地方去了。恐怕迷失了道路，就难得挽救了。』说罢便走了，等了好久还没有出来。

只有原先那个拿公文的出来了，自己承认是搞错了，放了他，叫他回去。杜便告别而走，在路上遇到了六七个女郎，样子都长得很漂亮，心里很喜欢，便跟在她们的后面。离开大道，往小路走去，走了几十步，听到张在后面大喊道：『杜大哥，你到哪里去？』杜还是迷惑依恋不止，不久看到那些女郎走进一个长方形的小洞里去，杜心里记得那是卖酒王婆家里。不知不觉地探身门内，随便看了看，就发觉自己在猪圈里，跟那些小猪们伏在一起。豁然醒悟，自己已经变做猪了。但耳朵里还听到老张在喊，大吃一惊，赶忙将脑袋碰到壁子上，便听到有人说：『小猪害了癫痫病了。』回头一看，自己又变成了人。赶快跑出门来，老张还在路上等他，批评他说：『一再嘱咐你不要到别的地方去，怎么不听话？几乎坏了大事！』便拉着他的手送到城门口，这才走了。杜忽然醒来，自己还是靠在墙壁上，到王家去问，果然有一只小猪自己碰到壁子上死了。

吴门画工

吴门画工某，忘其名。喜绘吕祖，每想象而神会之，希幸一遇。虔结在念，靡刻不存。一日，值群丐饮效郭间，内一人敝衣露肘，而神采轩豁。心忽动，疑为吕祖。谛视觉愈确，遂捉其臂曰：『君吕祖也。』丐者大笑。某坚执为是，伏拜不起。丐者曰：『我即吕祖，汝将奈何？』某叩头，但祈指教。丐者曰：『汝能相识，可谓有缘。然此处非语所，夜间当相见也。』再欲遮问，转盼已杳。骇叹而归。至夜，果梦吕祖来，曰：『念子志虑专诚，特来一见。但汝骨气贪吝，不能为仙。我使子见一人可也。』即向空一招，遂有一丽人蹑空而下，服饰如贵嫔，容光袍仪焕映一室。吕祖曰：『此乃董娘娘，子审志之。』既而又问：『记得否？』答：『已记之。』又曰：『勿忘却。』俄而丽者去，吕祖亦去。醒而异之，即梦中所见，肖而藏之。终亦不解所谓。后数年，偶游于都。会董妃薨，上念其贤，将为肖像。诸工群集，口授心拟，终不能似。某忽触念梦中人，得无是耶？以图呈进。宫中传览，皆谓神肖。由是授官中书，辞不受；赐万金。于是名大噪。贵戚家争遗重币，乞为先人传影。但悬空摹写，罔不曲似。浃辰之间，累数巨万。莱芜朱拱奎曾见其人。

【译文】

苏州有一位画匠，已经忘记了他的名字。他喜好绘画吕洞宾，常在想象中就能够心领神会，一直希望有幸见上一面。他把这些很虔诚地记在心里，一刻也不敢忘记。一天，他和一群乞丐在城外喝酒，其中有一个乞丐，穿一身很破的衣服，露着两个胳膊肘，但却神采飞扬，性格很开朗。他心里忽然一动，怀疑那个人是吕洞宾。仔细一看，一点不错，越看越是吕洞宾，就抓着人家的胳膊说：『你是吕洞宾。』那个乞丐不由哈哈大笑。他很固执地认为那人肯定是吕洞宾，趴在地下磕头，总也不起来。那个乞丐说：『我就是吕洞宾，你要怎么样呢？』他一个劲儿地磕头，祈求吕祖指教他。那个乞丐说：『你能认识我，可以说是有缘。但是这个地方不是说话的场所，应该晚上再来见你。』说完就站起来要走。他挡着去路，问长问短，一眨眼，已经无影无踪了。他愣了一会儿，才长吁短叹地回到家里。到了晚上，果然梦见了吕洞宾，对他说：『念你诚心诚意地想念我，所以特地前来和你见一面。但是你的骨气贪婪吝啬，不能成仙。我叫你看看一个人，你的目的就达到了。』说完就向空中一招手，竟然有个美人踏空而下，衣装服饰很像一个贵妃。漂亮的容颜，艳丽的袍服，光彩照耀全室。吕洞宾说：『这一位是董娘娘，你要仔细看看，牢牢记在心里。』他看了一会儿，吕洞宾又问：『你记住了吗？』他回答说：『已经记住了。』吕洞宾又说：『你千万不要忘了。』眨眼之间，美人走了，吕洞宾也走了。他醒过来以后，感到很奇怪，就把梦中见到的美人，画个肖像藏起来了，始终不知会有什么用处。过了几年以后，他偶然在京城里闲游。恰巧赶上董贵妃死了，皇帝念她很贤惠，要给她画一张肖像供起来。招集一大群画匠，嘴里传授，心里猜测，终究不像董妃。他忽然触景生情，想起梦中的美人，是不是她呢？就把肖像献了上去。宫廷里互相传阅，都说出神地相像。因此就封他到中书省里做官，他辞谢没有接受；皇帝就赏给他万贯财产。他从此就声名大振。皇亲贵戚，争着给他送厚礼，请他给先人画个遗像。他只是凭空模拟，就是很小的部位，也没有不像的。十几天的工夫，他积累的金钱就达到了万万贯。莱芜的朱拱奎先生，曾经见过那个画匠。

刘亮采

闻济南怀利仁言：刘公亮采，狐之后身也。初，太翁居南山，有叟造其庐，自言胡姓。问所居，曰：『只在此山中。闲处人少，惟我两人，可与数晨夕，故来相拜识。』因与接谈，词旨便利，悦之。治酒相欢，醺而去。越日复来，欲益款厚。刘云：

『自蒙下交，分即最深。但不识家何里，焉所问兴居？』胡曰：『不敢讳，实山中之老狐也。与若有夙因，故敢内交门下。固不能为君福，亦不敢为君祸，幸相信勿骇。』刘亦不疑，更相契重。即叙年齿，胡作兄，往来如昆季。有小休咎，亦以告。时刘乏嗣，叟忽云：『公勿忧，我当为君后。』刘讶其言怪。胡曰：『仆算数已尽，投生有期矣。』与其他适，何如生故人家？』刘曰：『仙寿万年，何遂及此？』叟摇首云：『非汝所知。』遂去。夜果梦叟来，曰：『我今至矣。』既醒，夫人生男，是为刘公。公既长，身短，言词敏谐，绝类胡。少有才名，壬辰成进士。为人任侠，急人之急，以故秦、楚、燕、赵之客，趾错于门；货酒卖饼者，门前成市焉。

【译文】

济南怀利仁说：刘公亮采，是一只狐狸精的后身。原来，刘老太爷住在南山的时候，有个老头来到他家里，自己只是说是姓胡的。问他住在哪里，说：『只是住在这个山里。这荒僻的地方，人非常少，只有我们两个人，可以早晚来往，所以特来结识你。』于是跟他攀谈起来，很健谈，很中肯，因而很喜欢他。摆上酒来，和他畅叙，喝得醉醺醺的走了。隔一天又来了，刘更加殷勤地招待了他。刘说：『承蒙不耻下交，情谊便很好。只是不知府上在哪里，怎么来问候你呢？』胡说：『不敢相瞒，我是山里的一只老狐，跟你过去有缘，所以敢来和你交个朋友。虽然不能给老先生造福，但也不会给老先生带来不幸，希望能相信我，不要害怕。』刘也没有对他怀疑，反而更加对他亲密和敬重了。和他论岁数来，胡是哥哥，彼此往来像兄弟一样。有什么小的吉凶，胡也事先告诉刘。

这时刘还没有儿子，那老头忽然说：『你不要担忧，我当作你的儿子。』刘觉得他的话说得怪，感到很惊讶，胡说：『我的寿命已经完了，投生的时间不远了，与其投胎到别的地方去，何不投生到老朋友家呢？』刘说：『神仙是可以长生不老的，怎么便会到这一步呢？』老头摇着脑袋说：『这不是你所能知的。』说完便走了。夜里果然梦见老头来了，说：『我如今来了。』醒转了过来，夫人就生了一个男孩，这就是刘公。公长大了，个子很矮，说话很敏捷，很有风趣，跟胡老头很相像。从小就有才华出众的声誉，康熙五十一年中了进士。为人很豪爽，把别人的急难，看作自己的急难，所以陕西、两湖、河北、河南的人，到他家里来的络绎不绝，卖酒卖饼的在他家门前，摆成一条街了。